U0789387

珍藏版

三言二拍

李楠 主编

柒

民主与建设出版社

第九卷　卫朝奉狠心盘贵产
陈秀才巧计赚原房

诗曰：

> 人生碌碌饮贪泉，不畏官司不顾天。
>
> 何必广斋多忏悔？让人一着最为先。

这一首诗，单说世上人贪心起处，便是十万个金刚也降不住，明明的刑宪陈设在前，也顾不的。子列子有云："不见人，徒见金。"盖谓当这点念头一发，精神命脉，多注在这一件事上，那管你行得也行不得？

话说杭州府有一贾秀才，名实，家私巨万，心灵机巧，豪侠好义，专好结识那一班有义气的朋友。若是朋友中有那未娶妻的，家贫乏聘，他便捐资助其完配；有那负债还不起的，他便替人赔偿。又且路见不平，专要与那瞒心昧己的人作对。假若有人恃强，他便出奇计以胜之。种种快事，未可枚举。如今且说他一节助友赎产的话。

钱塘人有个姓李的人，虽习儒业，尚未游庠。家极贫窭，事亲至孝。与贾秀才相契，贾秀才时常周济他。一日，贾秀才邀李生饮酒。李生到来，心下怏怏不乐。贾秀才疑惑，饮了数巡，忍耐不住，开口问道："李兄有何心事，对酒不欢？何不使小弟相闻，或能分忧万一，未可知也。"李生叹气道："小弟有些心事，别个面前也不好说，我兄垂问，敢不实言？小弟先前曾有小房一所，在西湖口昭庆寺左侧，约值三百余金。为因负了寺僧慧空银五十两，积上三年，本利共该百金。那和尚却是好利的先锋，趋势的元帅，终日索债。小弟手足无措，只得将房子准与他，要他找足三百金之价。那和尚知小弟别无他路，故意不要房子，只顾索银。小弟只得短价将房准了，凭众处分，找得三十两银子。才交得过，和尚就搬进去住了。小弟自同老母搬往城中，赁房居住。今因主家租钱连年不楚，他家日来催小弟出屋，老母忧愁成病，以此烦恼。"贾秀才道："原来如此，李兄何不早说？敢问所负彼家租价几何？"李生道："每年四金，今共欠他三年租价。"贾秀才道："此事一发不难。

今夜且尽欢，明早自有区处。"当日酒散相别。

次日，贾秀才起个清早，往库房中取天平，兑勾了一百四十二两之数，着一个仆人跟了，径投李生处来。李生方才起身，梳洗不迭，忙叫老娘煮茶。没柴没火的，弄了一早起，煮不出一个茶。贾秀才会了他每的意，忙叫仆人请李生出来，讲一句话就行。李生出来道："贾兄有何见教，俯赐宠临？"贾秀才叫仆人将过一个小手盒，取出两包银子来，对李生道："此包中银十二两，可偿此处主人。此包中银一百三十两，兄可将去与慧空长老赎取原屋居住，省受主家之累，且免令堂之忧，并兄栖身亦有定所，此小弟之愿也。"李生道："我兄说那里话！小弟不才，一母不能自赡，贫困当自受之。屡承周给，已出望外，复为弟无家可依，乃累仁兄费此重资，赎取原屋，即使弟居之，亦不安稳。荷兄高谊，敢领租价一十二金；赎屋之资，断不敢从命。"贾秀才道："我兄差矣！我两人交契，专以义气为重，何乃以财利介意？兄但收之，以复故业，不必再却。"说罢，将银放在桌上，竟自出门去了。

李生慌忙出来，叫道："贾兄转来，容小弟作谢。"贾秀才不顾，竟自去了。李生心下想道："天下难得这样义友，我若不受他的，他心决反不快。且将去取赎了房子，若有得志之日，必厚报之！”当下将了银子，与母亲商议了，前去赎屋。

到了昭庆寺左侧旧房门首，进来问道："慧空长老在么？"长老听得，只道是什么施主到来，慌忙出来迎接。却见是李生，把这足恭身分，多放做冷淡的腔子，半吞半吐的施了礼请坐，也不讨茶。李生却将那赎房的说话说了。慧空便有些变色道："当初买屋时，不曾说过后来要取赎。就是要赎，原价虽只是一百三十两，如今我们又增造许多披屋，装折许多材料，值得多了。今官人须是补出这些帐来，任凭取赎了去。"这是慧空分明晓得李生拿不出银子，故意勒掯他，实是何曾添造什么房子？又道是"人穷志窄"，李生听了这句话，便认为真，心下想道："难道还又去要贾兄找足银子取赎不成？我原不愿受他银子赎屋，今落得借这个名头，只说和尚索价太重，不容取赎，还了贾兄银子，心下也到安稳。"即便辞了和尚，走到贾秀才家里来，备细述了和尚言语。贾秀才大怒道："叵耐这秃厮恁般可恶！僧家四大俱空，反要瞒心昧己，图人财利。当初如此卖，今只如此赎，缘何平白地要增价银？钱财虽小，情理难容！撞在小生手里，待作个计较处置他，不怕他不容我赎！"当时留李生吃了饭，别去了。

　　贾秀才带了两个家僮，径走到昭庆寺左侧来，见慧空家门儿开着，踱将进去。问着个小和尚，就道："师父陪客吃了几杯早酒，在楼上打盹。"贾秀才叫两个家僮住在下边，信步走到胡梯边，悄悄蓦将上去。只听得鼾齁之声，举目一看，看见慧空脱下衣帽熟睡。楼上四面有窗，多关着。贾秀才走到后窗缝里一张，见对楼一个年少妇人坐着做针指，看光景是一个大户人家。贾秀才低头一想道："计在此了。"便走过前面来，将慧空那僧衣僧帽穿着了，悄悄地开了后窗，嬉着脸与那对楼的妇人百般调戏，直惹得那妇人焦燥，跑下楼去。贾秀才也仍复脱下衣帽，放在旧处，悄悄下楼，自回去了。

　　且说慧空正睡之际，只听下边乒乓之声，一直打将进来。十来个汉子，一片声骂道："贼秃驴，敢如此无状！公然楼窗对着我家内楼，不知回避，我们一向不说；今日反大胆把俺家主母调戏！送到官司，打得他逼直，我们只不许他住在这里罢了！"慌得那慧空手足无措。霎时间，众人赶上楼来，将家火什物打得雪片，将慧空浑身衣服扯得粉碎。慧空道："小僧何尝敢向宅上看一看？"众人不由分说，夹嘴夹面只是打，骂道："贼秃！你只搬去便罢；不然时，见一遭打一遭，莫想在此处站一站脚！"将慧空乱叉出门外去。慧空晓得那人家是郝上户家，不敢分说，一溜烟进寺去了。

贾秀才探知此信，知是中计，暗暗好笑。过了两日，走去约了李生，说与他这些缘故，连李生也笑个不住。贾秀才即便将了一百三十两银子，同了李生，寻见了慧空，说要赎屋。慧空起头见李生一身，言不惊人，貌不动众，另是一般说话。今见贾秀才是个富户，带了家僮到来，况刚被郝家打慌了的，自思："留这所在，料然住不安稳，不合与郝家内楼相对，必时常要来寻我不是。由他赎了去，省了些是非罢。"便一口应承，兑了原银一百三十两，还了原契，房子付与李生自去管理。那慧空要讨别人便宜，谁知反吃别人弄了。此便是贪心太过之报。

后来贾生中了，直做到内阁学士；李生亦得登第做官。两人相契，至死不变。正是：

> 量大福也大，机深祸亦深。

> 慧空空昧己，贾实实仁心！

这却还不是正话。如今且说一段故事，乃在金陵建都之地，鱼龙变化之乡。那金陵城傍着石山筑起，故名石头城。城从水门而进，有那秦淮十里楼台之盛。那湖是昔年秦始皇开掘的，故名秦淮湖。水通着扬子江，早晚两潮，那大江中百般物件，每每随潮势流将进来。湖

里有画舫名妓，笙箫嘹亮，仕女喧哗。两岸柳荫夹道，隔湖画阁争辉。花栏竹架，常凭韵客联吟；绣户珠帘，时露娇娥半面。酒馆十三四处，茶坊十七八家。端的是繁华盛地，富贵名邦。

说话的，只说那秦淮风景，没些来历。看官有所不知，在下就中单表近代一个有名的富郎陈秀才，名珩，在秦淮湖口居住，娶妻马氏，极是贤德，治家勤俭。陈秀才有两个所在：一所庄房，一所住居，都在秦淮湖口；庄房却在对湖。那陈秀才专好结客，又喜风月，逐日呼朋引类，或往青楼嫖妓，或落游船饮酒。帮闲的不离左右，筵席上必有红裙。清唱的时供新调，修痒的百样腾那，送花的日逐荐鲜，司厨的多方献异。又道是：利之所在，无所不趋。为因那陈秀才是个撒漫的都总管，所以那些众人多把做一场好买卖，齐来趋奉他。若是无钱悭吝的人，休想见着他每的影。那时南京城里没一个不晓得陈秀才的。陈秀才又吟得诗，作得赋，做人又极温存帮衬，合行院中姊妹，也没一个不喜欢陈秀才的。好不受用！好不快乐！果然是朝朝寒食，夜夜元宵。

光阴如隙驹，陈秀才风花雪月了七八年，将家私弄得干净快了。马氏每每苦劝，只是旧性不改。今日三，明日四，虽然不比日前的松快容易，手头也还搬凑得来。又花费了半年把，如今却有些急迫了。马氏倒也看得透，道："索性等他败完了，倒有个住场。"所以再不去劝他。陈秀才燥惯了脾胃，一时那里变得转？却是没银子使用，众人撺掇他写了一纸文契，往那三山街开解铺的徽州卫朝奉处借银三百两。那朝奉又是一个爱财的魔君，终是陈秀才的名头还大，卫朝奉不怕他还不起，遂将三百银子借与，三分起息。陈秀才自将银子依旧去花费，不题。

却说那卫朝奉平素是个极刻剥之人。初到南京时，只是一个小小解铺，他即有百般的昧心取利之法。假如别人将东西去解时，他却把那九六七银子，充作纹银，又将小小的等子称出，还要欠几分兑头。后来赎时，却把大大的天平兑将进去，又要你找足兑头，又要你补勾成色，少一丝时，他则不发货。又或有将金银珠宝首饰来解的，他看得金子有十分成数，便一模二样，暗地里打造来换了；粗珠换了细珠，好宝换了低石。如此行事，不能细述。那陈秀才这三百两债务，卫朝奉有心要盘他这所庄房，等闲再不叫人来讨。巴巴的盘到了三年，本利却好一个对合了，卫朝奉便着人到陈家来索债。陈秀才那时已弄得瓮尽杯干，只得收了心，在家读书。见说卫家索债，心里没做理会处，只得三回五次回

说：“不在家，待归时来讨。”又道是怕见的是怪，难躲的是债。是这般回了几次，他家也自然不信了。卫朝奉逐日着人来催逼，陈秀才则不出头。卫朝奉只是着人上门坐守，甚至以浊语相加，陈秀才忍气吞声。

正是有钱神也怕，到得无钱鬼亦欺。

早知今日来忍辱，却悔当初太燥脾。

陈秀才吃搅不过，没极奈何，只得出来与那原中说道：“卫家那主银子，本利共该六百两，我如今一时间委实无所措置，隔湖这一所庄房，约值千余金之价，我意欲将来准与卫家，等卫朝奉找足我千金之价罢了。列位与我周全此事，自当相谢。”众人料道无银得还，只得应允了，去对卫朝奉说知。卫朝奉道：“我已曾在他家庄里看过，这所庄子怎便值得这一千银子？也亏他开这张大口。就是只准那六百两，我也还道过分了些，你们众位怎说这样话？”原中道：“朝奉，这座庄居，六百银子也不能勾得他。乘他此时窘迫之际，胡乱找他百把银子，准了他的庄，极是便宜。倘若有一个出钱主儿买了去，要这样美产就不能勾了。”卫朝奉听说，紫胀了面皮道：“当初是你每众人总承我这样好主顾，放债，放债，本利丝毫不曾见面，反又要我拿出银子来。我又不等屋住，要这所破落房子做甚么？若只是这六百两时，便认亏些准了；不然时，只将银子还我。"就叫伴当每随了原中去说。

众人一齐多到陈家来，细述了一遍，气得那陈秀才目睁口呆。即待要发话，实是自己做差了事，又没对付处银子，如何好与他争执？只得赔个笑面道："若是千金不值时，便找勾了八百金也罢。当初创造时，实费了一千二三百金之数，今也论不得了。再烦列位去通小生的鄙意则个。"众人道："难，难，难。方才我们只说百把银子，卫朝奉兀自变了脸道：'我又不等屋住！若要找时，只是还我银子。'这般口气，相公却说个'八百两'三字，一万世也不成！"陈秀才又道："财产重事，岂能一说便决？卫朝奉见头次索价太多，故作难色，今又减了二百之数，难道还有不愿之理？"众人吃央不过，只得又来对卫朝奉说了。卫朝奉也不答应，迸起了面皮，竟走进去，换了四五个伴当出来，对众人道："朝奉叫我每陈家去讨银子，庄房之事，不要说起了。"

众人觉得没趣，只得又同了伴当到陈家来。众人也不回话，那几个伴当一片声道："朝奉叫我们来坐在这里，等兑还了银子方去。"陈秀才听说，满面羞惭，敢怒而不敢言。只得对众人道："可为我婉款了他家伴当回去，容我再作道理。"众人做歉做好，劝了他们回去。

众人也各自散了。

陈秀才一肚皮的鸟气，没处出豁，走将进来，捶台拍凳，短叹长吁。马氏看了他这般光景，心下已自明白，故意道："官人何不去花街柳陌，楚馆秦楼，畅饮醑酒，通宵遣兴？却在此处咨嗟愁闷，也觉得少些风月了。"陈秀才道："娘子直恁地消遣小生。当初只为不听你的好言，忒看得钱财容易，致今日受那徽狗这般呕气。欲将那对湖庄房准与他，要他找我二百银子，叵耐他抵死不肯，只顾索债。又着数个伴当住在吾家坐守，亏得众人解劝了去，明早一定又来。难道我这所庄房止值得六百银子不成？如今却又没奈何了。"马氏道："你当初撒漫时节，只道家中是那无底之仓，长流之水，上千的费用了去，谁知到得今日，要别人找这一二百银子却如此烦难。既是他不肯时，只索准与他罢了，闷做甚的？若像三年前时，再有几个庄子也准去了，何在乎这一个！"陈秀才被马氏数落一顿，嘿嘿无言。当夜心中不快，吃了些晚饭，洗了脚手睡了。又道是欢娱嫌夜短，寂寞恨更长。陈秀才有这一件事在心上，翻来覆去，巴不到天明。及至五更鸡唱，身子困倦，朦胧思睡，只听得家僮三五次进来说道："卫家来讨银子一早起了。"陈秀才忍耐不住，一骨碌扒将起来，请拢了众原中，写了一纸卖契：将某处庄卖到某处银六百两。将出来交与众人。众人不比昨日，欣然接了去，回复卫朝奉。陈秀才虽然气愤不过，却免了门头不清净，也只索罢了。那卫朝奉也不是不要庄房，也不是真要银子，见陈秀才十分窘迫，只是逼债，不怕那庄子不上他的手。如今陈秀才果然吃逼不过，只得将庄房准了。卫朝奉称心满意，已无话说。

却说陈秀才自那准庄之后，心下好不懊恨，终日眉头不展，废寝忘餐。时常咬牙切齿道："我若得志，必当报之！"马氏见他如此，说道："不怨自己，反恨他人！别个有了银子，自然千方百计要寻出便益来，谁像你将了别人银子用得落得，不知曾干了一节什么正经事务，平白地将这样美产贱送了。难道是别人央及你的不成？"陈秀才道："事到如今，我岂不自悔？但作过在前，悔之无及耳。"马氏道："说得好听，怕口里不像心里，'自悔'两字，也是极难的。又道是：'败子若收心，犹如鬼变人。'这时节手头不足，只好缩了头坐在家里怨恨；有了一百二百银子，又好去风流撒漫起来。"陈秀才叹口气道："娘子兀自不知我的心事。人非草木，岂得无知！我当初实是不知稼穑，被人鼓舞，朝歌暮乐，耗了家私。今已历尽凄凉，受人冷淡，还想着'风月'两

字，真丧心之人了！"马氏道："恁地说来，也还有些志气。我道你不到乌江心不死，今已到了乌江，这心原也该死了。我且问你，假若有了银子，你却待做些甚么？"陈秀才道："若有银子，必先恢复了这庄居，羞辱那徽狗一番，出一口气。其外或开个铺子，或置些田地，随缘度日，以待成名，我之愿也。若得千金之资，也就勾了。却那里得这银子来？只好望梅止渴，画饼充饥。"说罢往桌上一拍，叹一口气。

马氏微微的笑道："若果然依得这一段话时，想这千金有甚难处之事？"陈秀才见说得有些来历，连忙问道："银子在那里？还是去与人挪借，还是去与朋友们结会？不然银子从何处来？"马氏又笑道："若挪借时，又是一个卫朝奉了。世情看冷暖，人面逐高低。见你这般时势，那个朋友肯出银子与你结会？还是求着自家屋里，或者有些活路，也不可知。"陈秀才道："自家屋里求着兀谁的是？莫非娘子有甚扶助小生之处？望乞娘子提掇指点小生一条路头，真莫大之恩情也！"马氏道："你平时那一班同欢同赏、知音识趣的朋友，怎没一个来瞅睬你一瞅睬？元来今日原只好对着我说什么提掇也不提掇。我女流之辈，也没甚提掇你处，只要与你说一说过。"陈秀才道："娘子怎还说这话？任凭措置。"马氏道："你如今当真收心务实了么？"陈秀才道："娘子怎还说这话？我陈珩若再向花柳丛中着脚时，永远前程不吉，死于非命！"马氏道："既恁地说时，我便赎这庄子还你。"

说罢，取了钥匙直开到厢房里一条暗弄中，指着一个皮匣，对陈秀才道："这些东西，你可将去赎庄，余下的，可原还我。"陈秀才喜自天来，却还有些半信不信，揭开看时，只见雪白的摆着银子，约有千余金之物。陈秀才看了，不觉掉下泪来。马氏道："官人为何悲伤？"陈秀才道："陈某不肖，将家私荡尽，赖我贤妻熬清守淡，积攒下偌多财物，使小生恢复故业，实是枉为男子，无地可自容矣！"马氏道："官人既能改过自新，便是家门有幸。明日可便去赎取庄房，不必迟延了。"陈秀才当日欢喜无限，过了一夜。次日，着人请过旧日这几个原中去对卫朝奉说，要兑还六百银子，赎了庄房。卫朝奉却是得了便宜的，如何肯便与他赎？推说道："当初准与我时，多是些败落房子，荒芜地基。我如今添造房屋，修理得锦锦簇簇；周回花木，栽植得整整齐齐。却便原是这六百银子赎了去，他倒安稳！若要赎时，如今当真要找足一千银子，便赎了去。"众人将此话回复了陈秀才。陈秀才道："既是恁地，必须等我亲看一看，果然添造修理，估值几何，然后量找便了。"便同众人到庄里来，问说："朝奉在么？"只见一个养娘说道："朝奉却才解铺里去了。我家内眷在里面，官人们没事不进去罢。"众人道："我们略在外边踏看一看不妨。"养娘放众人进去看了一遭，却见原只是这些旧屋，不过补得几处地板，筑得一两处漏点，修得三四根折栏杆，多是有数，看得见的，何曾添了甚么？

陈秀才回来，对众人道："庄居一无所增，如何却要我找银子？当初我将这庄子抵债，要他找得二百银子，他乘我手中窘迫，贪图产业，百般勒揸，上了他手，今日又要反找，将猫儿食拌猫儿饭，天理何在？我陈某当初软弱，今日不到得与他作弄。众位可将这六百银子交与他，教他出屋还我。只这等，他已得了三百两利钱了。"众人本自不敢去对卫朝奉说，却见陈秀才搬出好些银子，已自酥了半边，把那旧日的奉承腔子重整起来，都应道："相公说的是，待小人们去说。"众人将了银子去交与卫朝奉。卫朝奉只说少，不肯收；却是说众人不过，只得权且收了，却只不说出屋日期。众人道他收了银子，大头已定，取了一纸收票来，回复了陈秀才，俱各散讫。

过了几日，陈秀才又着人去催促出房。卫朝奉却道：“必要找勾了修理改造的银子便去，不然时，决不搬出。”催了几次，只是如此推托。陈秀才愤恨之极，道：“这厮恁般恃强！若与他经官动府，虽是理上说我不过，未必处得畅快。慢慢地寻个计较处置他，不怕你不搬出去。当初呕了他的气，未曾泄得，他今日又来欺负人，此恨如何消得！”那时正是十月中旬天气，月明如昼，陈秀才偶然走出湖房上来步月，闲行了半晌。又道是无巧不成话，只见秦淮湖里上流头，黑洞洞退将一物事来。陈秀才注目一看，吃了一惊，原来一个死尸，却是那扬子江中流入来的。那尸却好流近湖房边来，陈秀才正为着卫朝奉一事踌躇，默然自语道：“有计了！有计了！”便唤了家僮陈禄到来。

那陈禄是陈秀才极得用的人，为人忠直，陈秀才每事必与他商议。当时对他说道：“我受那卫家狗奴的气，无处出豁，他又不肯出屋还我，怎得个计较摆布他便好？”陈禄道：“便是官人也是富贵过来的人，又不是小家子，如何受这些狗蛮的气！我们看不过，常想与他性命相搏，替官人泄恨。”陈秀才道：“我而今有计在此，你须依着我，如此如此而行，自有重赏。”陈禄不胜之喜，道：“好计！好计！”唯唯从命，依计而行。当夜各散了。次日，陈禄穿了一身宽敞衣服，央了平日与主人家往来得好的陆三官做了媒人，引他望对湖去投靠卫朝奉。卫朝奉见他人物整齐，说话伶俐，收纳了，拨一间房与他歇落，叫他穿房入户使用，且是勤谨得用。过了月余，忽一日，卫朝奉早起寻陈禄叫他买柴，却见房门开着，看时不见在里面。到各处寻了一会，则不见他；又着人四处找寻，多回说不见。卫朝奉也不曾费了什么本钱在他身上，也不甚要紧。正要寻原媒来问他，只见陈秀才家三五个仆人到卫家说道："我家一月前，逃走了一个人，叫做陈禄，闻得陆三官领来投靠你家。快叫他出来随我们去，不要藏匿过了，我家主见告着状哩！"卫朝奉道："便是一月前一个人投靠我，也不晓得是你家的人。不知何故，前夜忽然逃去了，委实没这人在我家。"众人道："岂有又逃的理？分明是你藏匿过了，哄骗我们。既不在时，除非等我们搜一搜看。"卫朝奉托大道："便由你们搜，搜不出时，吃我几个面光。"众人一拥入来，除了老鼠穴中不搜过。卫朝奉正待发作，只见众人发声喊道："在这里了！"卫朝奉不知是甚事头，近前来看，元来在土松处翻出一条死人腿。卫朝奉惊得目睁口呆，众人一片声道："已定是卫朝奉将我家这人杀害了，埋这腿在这里。去请我家相公到来，商量去出首。"

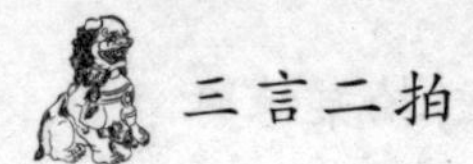

　　一个人慌忙去请了陈秀才到来。陈秀才大发雷霆，嚷道："人命关天，怎便将我家人杀害了？不去府里出首，更待何时！"叫众人提了人腿便走。卫朝奉扢搭搭地抖着，拦住了道："我的爷，委实我不曾谋害人命。"陈秀才道："放屁！这个人腿那来的？你只到官分辨去！"那富的人，怕的是见官，况是人命？只得求告道："且慢慢商量，如今凭陈相公怎地处分，饶我到官罢！怎吃得这个没头官司？"陈秀才道："当初图我产业，不肯找我银子的是你！今日占住房子，要我找价的也是你！恁般强横，今日又将我家人收留了，谋死了他！正好公报私仇，却饶不得！"卫朝奉道："我的爷，是我不是，情愿出屋还相公。"陈秀才道："你如何谎说添造房屋？你如今只将我这三百两利钱出来还我，修理庄居，写一纸伏辨与我，我们便净了口，将这只脚烧化了，此事便泯然无迹。不然时今日天清日白，在你家里搜出人腿来，众目昭彰，一传出去，不到得轻放过了你。"卫朝奉冤屈无伸，却只要没事，只得写了伏辨，递与陈秀才。又逼他兑还三百银子，催他出屋。卫朝奉没奈何，连夜搬往三山街解铺中去。这里自将腿藏过了。陈秀才那一口气，方才消得。你道卫家那人腿是那里来的？原来陈秀才十月半步月之夜，偶见这死尸退来，却叫家僮陈禄取下一条腿。次日只做陈禄去投靠卫家，却将那只腿悄地带入。乘他每不见，却将腿去埋在空处停当，依旧走了回家。这里只做去寻陈禄，将那人腿搜出，定要告官，他便慌张，没做理会处，只得出了屋去，又要他白送还这三百银子利钱。此陈秀才之妙计也。

陈秀才自此恢复了庄，便将余财十分作家，竟成富室。后亦举孝廉，不仕而终。陈禄走在外京多时，方才重到陈家来。卫朝奉有时撞着，情知中计，却是房契已还，当日一时急促中事，又没个把柄，无可申辨处。又毕竟不知人腿来历，到底怀着鬼胎，只得忍着罢了。这便是"陈秀才巧计赚原房"的话。有诗为证：

撒漫虽然会破家，欺贪克剥也难夸。

试看横事无端至，只为生平种毒赊。

**第十卷　张溜儿熟布迷魂局
陆蕙娘立决到头缘**

诗曰：

> 深机密械总徒然，诡计奸谋亦可怜。
>
> 赚得人亡家破日，还成捞月在空川。

话说世间最可恶的是拐子。世人但说是盗贼，便十分防备他；不知那拐子，便与他同行同止也识不出弄喧捣鬼，没形没影的，做将出来，神仙也猜他不到，倒在怀里信他。直到事后晓得，已此追之不及了。这却不是出跳的贼精，隐然的强盗？

今说国朝万历十六年，浙江杭州府北门外一个居民，姓扈，年已望六。妈妈新亡，有两个儿子，两个媳妇，在家过活。那两个媳妇，俱生得有些颜色，且是孝

敬公公。一日，爷儿三个多出去了，只留两个媳妇在家，闭上了门，自在里面做生活。那一日大雨淋漓，路上无人行走。日中时分，只听得外面有低低哭泣之声，十分凄惨悲咽，却是妇人声音。从日中哭起，直到日没，哭个不住。两个媳妇听了半日，忍耐不住，只得开门同去外边一看。正是：闭门家里坐，祸从天上来。若是说话的与他同时生，并肩长，便劈手扯住，不放他两个出去，纵有天大的事，也惹他不着。元来大凡妇人家，那闲事切不可管，动止最宜谨慎。丈夫在家时还好，若是不在时，只宜深闺静处，便自高枕无忧；若是轻易揽着个事头，必要缠出些不妙来。

那两个媳妇，当日不合开门出来，却见是一个中年婆娘，人物也到生得干净。两个见是个妇人，无甚妨碍，便动问道："妈妈何来？为甚这般苦楚？可对我们说知则个。"那婆娘掩着眼泪道："两位娘子听着：老妾在这城外乡间居住，老儿死了，止有一个儿子和媳妇。媳妇是个病块，儿子又十分不孝，动不动将老身骂詈，养赡又不周全，有一顿，没一顿的。今日别口气，与我的兄弟相约了去县里告他忤逆，他叫我前头先走，随后就来。谁想等了一日，竟不见到。雨又落得大，家里又不好回去，枉被儿子媳妇耻笑，左右两难。为此想起这般命苦，忍不住伤悲，不想惊动了两位娘子。多承两位娘子动问，不敢隐瞒，只得把家丑实告。"他两个见那婆娘说得苦恼，又说话小心，便道："如此，且在我们家里坐一坐，等他来便了。"两个便扯了那婆子进去，说道："妈妈宽坐一坐，等雨住了回去。自亲骨肉，虽是一时有些不是处，只宜好好宽解，不可便经官动府，坏了和气，失了体面。"那婆娘道："多谢两位相劝，老身且再耐他几时。"一递一句，说了一回，天色早黑将下来。婆娘又道："天黑了，只不见来，独自回去不得，如何好？"两个又道："妈妈，便在我家歇一夜，何妨？粗茶淡饭，便吃了餐把，那里便费了多少？"那婆娘道："只是打搅不当。"那婆娘当时就裸起双袖，到灶下去烧火，又与他两人量了些米煮夜饭。揩台抹凳，担汤担水，一揽包收，多是他上前替力。两个道："等媳妇们伏侍，甚么道理要妈妈费气力？"妈妈道："在家里惯了，是做时便倒安乐，不做时便要困倦。娘子们但有事，任凭老身去做不妨。"当夜洗了手脚，就安排他两个睡了，那婆娘方自去睡。次日清早，又是那婆娘先起身来，烧热了汤，将昨夜剩下米煮了早饭，拂拭净了椅桌。力力碌碌，做了一朝，七了八当。两个媳妇起身，要东有东，要西有西，不费一毫手脚，便有七八分得意了。便两个

商议道：“那妈妈且是熟分肯做，他在家里不像意，我们这里正少个相帮。公公常说要娶个晚婆婆，我每劝公公纳了他，岂不两便？只是未好与那妈妈启得齿。但只留着他，等公公来再处。”

不一日，爷儿三个回来了，见家里有这个妈妈，便问媳妇缘故。两个就把那婆娘家里的事，依他说了一遍。又道：“这妈妈且是和气，又十分勤谨。他已无了老儿，儿子又不孝，无所归了。可怜！可怜！”就把妯娌商量的见识，叫两个丈夫说与公公知道。扈老道：“知他是甚样人家？便好如此草草！且留他住几时看。”口里一时不好应承，见这婆娘干净，心里也欲得的。又过两日，那老儿没搭煞，黑暗里已自和那婆娘摸上了。媳妇们看见了些动静，对丈夫道：“公公常是要娶婆婆，何不就与这妈妈成了这事？省得又去别寻头脑，费了银子。”儿子每也道：“说得是。”多去劝着父亲。媳妇们已自与那婆娘说通了，一让一个肯。摆个家筵儿，欢欢喜喜，大家吃了几杯，两口儿成合了。

过得两日，只见两个人问将来，一个说是妈妈的兄弟，一个说是妈妈的儿子，说道：“寻了好几日，方问得着是这里。”妈妈听见走出来，那儿子拜跪讨饶，兄弟也替他请罪。那妈妈怒色不解，千咒万骂。扈老从中好言劝开。兄弟与儿子又劝他回去。妈妈又骂儿子道:"我在这里吃口汤水,也是安乐的,倒回家里在你手中讨死吃?你看这家媳妇,待我如何孝顺?"儿子见说这话,已此晓得娘嫁了这老儿了。扈老便整酒留他两人吃。那儿子便拜扈老道:"你便是我继父了。我娘喜得终身有托,万千之幸。"别了自去。似此两三个月中,往来了几次。

忽一日,那儿子来说:"孙子明日行聘,请爹娘与哥嫂一门同去吃喜酒。"那妈妈回言道:"两位娘子怎好轻易就到我家去?我与你爷、两位哥哥同来便了。"次日,妈妈同他父子去吃了一日喜酒,欢欢喜喜,醉饱回家。又过了一个多月,只见这个孙子又来登门,说道:"明日毕姻,来请阖家尊长同观花烛。"又道:"是必求两位大娘同来光辉一光辉。"两个媳妇巴不得要认妈妈家里,还悔道前日不去得,赔下笑来应承。

次日盛妆了,随着翁妈丈夫一同到彼。那妈妈的媳妇出来接着,是一个黄瘦有病的。日将下午,那儿子请妈妈同媳妇迎亲,又要请两位嫂子同去,说道:"我们乡间风俗,是女眷都要去的。不然,只道我们不敬重新亲。"妈妈对儿子道:"汝妻虽病,今日已做了婆婆了,只消自去,何必烦劳二位嫂子?"儿子道:"妻子病中,规模不雅，礼数不周，恐被来亲轻薄。两位嫂子既到此了，何惜往迎这片时？使我们好看许多。"妈妈道："这也是。"那两个媳妇，也是巴不得去看看耍子的。妈妈就同他自己媳妇，四人作队儿，一伙下船去了。更余不见来，儿子道："却又作怪！待我去看一看来。"又去一回，那孙子穿了新郎衣服，也说道："公公宽坐，孙儿也出门望望去。"摇摇摆摆，踱了出来，只剩得爷儿三个在堂前灯下坐着。等候多时，再不见一个来了。肚里又饥，心下疑惑，两个儿子走进灶下看时，清灰冷火，全不像个做亲的人家。出来对父亲说了，拿了堂前之灯，到里面一照，房里空荡荡，并无一些箱笼衣衾之类，止有几张椅桌，空着在那里。心里大惊道："如何这等？"要问邻舍时，夜深了，各家都关门闭户了。三人却像热地上蝼蚁，钻出钻入。乱到天明，才问得个邻舍道："他每一班何处去了？"邻人多说不知。又问："这房子可是他家的？"邻人道："是城中杨衙里的，五六月前，有这一家子来租他的住，不知做些甚么。你们是亲眷，来往了多番，怎么倒不晓得细底，却来问我们？"问了几家，一般说话。有个把有见识的道："定是一伙大拐子，你们着了他道儿，把媳妇骗的去了。"父子三人见说，忙忙若丧家之狗，踉踉跄跄跑回家去，分头去寻，那里有个

去向？只得告了一纸状子，出个广捕，却是渺渺茫茫的
事了。那扈老儿要讨晚婆，他道是白得的，十分便宜。
谁知到为这婆子白白里送了两个后生媳妇！这叫做"贪
小失大"，所以为人切不可做那讨便宜苟且之事。正是：

　　　　莫信直中直，须防仁不仁。

　　　　贪看天上月，失却世间珍。

　　这话丢过一边。如今且说一个拐儿，拐了一世的
人，倒后边反着了一个道儿。这本话，却是在浙江嘉兴
府桐乡县内，有一秀才，姓沈名灿若，年可二十岁，是
嘉兴有名才子。容貌魁峨，胸襟旷达。娶妻王氏，姿色
非凡，颇称当对。家私富裕，多亏那王氏守把。两个自
道佳人才子，一双两好，端的是如鱼似水，如胶似漆价
相得。只是王氏生来娇怯，厌厌弱病尝不离身的。灿若
十二岁上进学，十五岁超增补廪，少年英锐，自恃才高
一世，视一第何啻拾芥！平时与一班好朋友，或以诗酒
娱心，或以山水纵目，放荡不羁。其中独有四个秀才，
情好更笃。自古道：惺惺惜惺惺，才子惜才子。却是嘉
善黄平之，秀水何澄，海盐乐尔嘉，同邑方昌，都一般
儿你羡我爱，这多是同郡朋友。那他州外府与灿若往来
的，不计其数，大约不过是并时的才人。那本县知县姓
嵇，单讳一个清字，常州江阴县人。平日敬重斯文，喜

欢才士，也道灿若是个青云决科之器，与他认了师生，往来相好。是年正是大比之年，有了科举。灿若归来打叠衣装，上杭应试，与王氏话别。王氏挨着病躯，整顿了行李，眼中流泪道："官人前程远大，早去早回。奴未知有福分能勾与你同享富贵与否？"灿若道："娘子说那里话？你有病在身，我去后须十分保重！"也不觉掉下泪来。二人执手分别，王氏送出门，望灿若不见，掩泪自进去了。

灿若一路行程，心下觉得不快。不一日，到了杭州，寻客店安下。匆匆的进过了三场，颇称得意。一日，灿若与好朋友游了一日湖，大醉回来。睡了半夜，忽听得有人扣门，披衣而起。只见一人高冠敞袖，似是道家妆扮。灿若道："先生夤夜至此，何以教我？"那人道："贫道颇能望气，亦能断人阴阳祸福。偶从东南来此，暮夜无处投宿，因扣尊扃，多有惊动！"灿若道："既先生投宿，便同榻何妨。先生既精推算，目下榜期在迩，幸将贱造推算，未知功名有分与否，愿决一言。"那人道："不必推命，只须望气。观君丰格，功名不患无缘，但必须待尊阃天年之后，便得如意。我有二句诗，是君终身遭际，君切记之：鹏翼抟时歌六忆，鸾胶续处舞双凫。"灿若不解其意，方欲再问，外面猫儿捕鼠，扑地一响，灿若吃了一跳，却是南柯一梦。灿若道："此梦甚是诧异！那道人分明说，待我荆妻亡故，功名方始称心。我情愿青衿没世也罢，割恩爱而博功名，非吾愿也。"两句诗又明明记得，翻来覆去睡不安稳，又道："梦中言语，信他则甚！明日倘若榜上无名，作速回去了便是。"正想之际，只听得外面叫喊连天，锣声不绝，扯住讨赏，报灿若中了第三名经魁。灿若写了票，众人散讫。慌忙梳洗上轿，见座主、会同年去了。那座师却正是本县嵇清知县，那时解元何澄，又是极相知的朋友。黄平之、乐尔嘉、方昌多已高录，俱各欢喜。灿若理了正事，天色傍晚，乘轿回寓。只见那店主赶着轿，慌慌的叫道："沈相公，宅上有人到来，有紧急家信报知，候相公半日了。"灿若听了"紧急家信"四字，一个冲心，忽思量着梦中言语，却似十五个吊桶打水，七上八落。正是：

青龙白虎同行，吉凶全然未保。

到得店中下轿，见了家人沈文，穿一身素净衣服，便问道："娘子在家安否？谁着你来寄信？"沈文道："不好说得，是管家李公着寄信来。官人看书便是。"灿若接过书来，见书封筒逆封，心里有如刀割。拆开看罢，方知是王氏于二十六日身故。灿若惊得呆了，却似：

分开八片顶阳骨，倾下半桶雪水来。

半晌做声不得，蓦然倒地。众人唤醒，扶将起来。灿若咽住喉咙，千妻万妻的哭，哭得一店人无不流泪。道："早知如此，就不来应试也罢，谁知便如此永诀了！"问沈文道："娘子病重，缘何不早来对我说？"沈文道："官人来后，娘子只是旧病恹恹，不为甚重。不想二十六日，忽然晕倒不醒，为此星夜赶来报知。"灿若又哽咽了一回，疾忙叫沈文雇船回家去，也顾不得他事了。暗思一梦之奇，二十七日放榜，王氏却于二十六日间亡故，正应着那"鹏翼抟时歌六忆"这句诗了。

当时整备离店，行不多路，却遇着黄平之抬将来。二人又是同门，相见罢，黄平之道："观兄容貌，十分悲惨，未知何故？"灿若噙着眼泪，将那得梦情由，与那放榜报丧，今赶回家之事，说了一遍。平之嗟叹不已，道："尊兄且自宁耐，毋得过伤。待小弟见座师与众同袍为兄代言其事，兄自回去不妨。"两人别了。

灿若急急回来，进到里面，抚尸恸哭，几次哭得发昏。择时入殓已毕，停柩在堂。夜间灿若只在灵前相伴。不多时，过了三、四七。众朋友多来吊唁，就中便有说着会试一事的，灿若漠然不顾，道："我多因这蜗角虚名，赚得我连理枝分，同心结解。如今就把一个会元撇在地下，我也无心去拾他了。"这是王氏初丧时的说话。转眼间，又过断七。众亲友又相劝道："尊阃既已夭逝，料无起死回生之理。兄枉自灰其志，竟亦何益？况在家无聊，未免有孤栖之叹，同到京师，一则可以观景舒怀，二则众同袍剧谈竟日，可以解愠。岂可为无益之悲，误了终身大事？"灿若吃劝不过，道："既承列位佳意，只得同走一遭。"那时就别了王氏之灵，嘱付李主管照管羹饭、香火，同了黄、何、方、乐四友登程，正是那十一月中旬光景。

五人夜住晓行，不则一日来到京师。终日成群挈队，诗歌笑傲，不时往花街柳陌，闲行遣兴。只有灿若，没一人看得在眼里。韶华迅速，不觉的换了一个年头，又早上元节过，渐渐的桃香浪暖。那时黄榜动，选场开，五人进过了三场，人人得意，个个夸强。沈灿若始终心下不快，草草完事。过不多时揭晓，单单奚落了灿若，他也不在心上。黄、何、方、乐四人自去传胪，何澄是二甲，选了兵部主事，带了家眷在京。黄平之到是庶吉士，乐尔嘉选了太常博士，方昌选了行人。嵇清知县也行取做刑科给事中。各守其职不题。

灿若又游乐了多时回家，到了桐乡。灿若进得门来，在王氏灵前拜了两拜，哭了一场，备羹饭浇奠了。

又隔了两月，请个地理先生，择地殡葬了王氏已讫，那时便渐渐有人来议亲。灿若自道是第一流人品，王氏恁地一个娇妻，兀自无缘消受，再那里寻得一个厮对的出来？必须是我目中亲见，果然像意，方才可议此事。以此多不着紧。

光阴似箭，日月如梭。有话即长，无话即短。却又过了三个年头，灿若又要上京应试，只恨着家里无人照顾。又道是家无主，屋倒竖。灿若自王氏亡后，日间用度，箸长碗短，十分不像意。也思量道："须是续弦一个掌家娘子方好。只恨无其配偶。"心中闷闷不已。仍把家事且付与李主管照顾，收拾起程。那时正是八月间天道，金风乍转，时气新凉，正好行路。夜来皓魄当空，澄波万里，上下一碧。灿若独酌无聊，触景伤怀，遂尔口占一曲：

露滴野塘秋，下帘笼不上钩，徒劳明月穿窗牖。鸳衾远丢，孤身远游，浮槎怎得到阳台右？漫凝眸，空临皓魄，人不在月中留。（词寄《黄莺儿》）吟罢，痛饮一醉，舟中独寝。

话休絮烦。灿若行了二十余日，来到京中，在举厂东边，租了一个下处，安顿行李已好。一日同几个朋友到齐化门外饮酒，只见一个妇人，穿一身缟素衣服，乘着蹇驴，一个闲的，挑了食櫑随着，恰像那里去上坟回来的。灿若看那妇人，生得：

> 敷粉太白，施朱太赤，加一分太长，减一分太短。十相具足，是风流占尽无余；一味温柔，差丝毫便不厮称！巧笑倩兮，笑得人魂灵颠倒；美目盼兮，盼得你心意痴迷。假使当时逢妒妇，也言"我见且犹怜"。

灿若见了此妇，却似顶门上丧了三魂，脚底下荡了七魄。他就撇了这些朋友，也雇了一个驴，一步步赶将去，呆呆的尾着那妇人只顾看。那妇人在驴背上，又只顾转一对秋波过来看那灿若。走上了里把路，到一个僻静去处，那妇人走进一家人家去了。灿若也下了驴，心下不舍，钉住脚在门首呆看。看了一晌，不见那妇人出来。正没理会处，只见内里走出一个人来道："相公只望门内观看，却是为何？"灿若道："适才同路来，见个白衣小娘子走进此门去，不知这家是甚等人家？那娘子是何人？无个人来问问。"那人道："此妇非别，乃舍表妹陆蕙娘，新近寡居在此，方才出去辞了夫墓，要来嫁人，小人正来与他作伐。"灿若道："足下高姓大名？"那人道："小人姓张，因为做事是件顺溜，为此人起一个混名，只叫小人张溜儿。"灿若道："令表妹要嫁何等样人？肯嫁在外方去否？"溜儿道："只要读书人后生些的便好了，地方不论远近。"灿若道："实不相瞒，小生是前科举人，来此会试。适见令表妹丰姿绝世，实切想慕，足下肯与作媒，必当重谢。"溜儿道："这事不难，料我表妹见官人这一表人才，也决不推辞的。包办在小人身上，完成此举。"灿若大喜道："既如此，就烦足下往彼一通此情。"在袖中摸出一锭银子，递与溜儿道："些小薄物，聊表寸心。事成之后，再容重谢。"溜儿推逊一回，随即接了。见他出钱爽快，料他囊底充饶，道："相公，明日来讨回话。"灿若欢天喜地回下处去了。

次日，又到郊外那家门首来探消息。只见溜儿笑嘻嘻的走将来道："相公喜事上头，恁地出门的早哩！昨日承相公分付，即便对表妹说知。俺妹子已自看上了相公，不须三回五次，只说着便成了。相公只去打点纳聘做亲便了。表妹是自家做主的，礼金不计论，但凭相公出得手罢了。"灿若依言，取三十两银子，折了衣饰送将过去。那家也不争多争少，就许定来日过门。

灿若看见事体容易，心里到有些疑惑起来。又想是北方再婚，说是鬼妻，所以如此相应。至日鼓吹打轿，到门迎接陆蕙娘。蕙娘上轿，到灿若下处来做亲。灿若灯下一看，正是前日相逢之人，不觉大喜过望，方才放下了心。拜了天地，吃了喜酒，众人俱各散讫。两人进房，蕙娘只去椅上坐着。约莫一更时分，夜阑人静，灿若久旷之后，欲火燔灼，便开言道："娘子请睡了罢。"蕙娘啭莺声吐燕语道："你自先睡。"灿若只道蕙娘害羞，不去强他，且自先上了床，那里睡得着？又歇了半个更次，蕙娘兀自坐着。灿若只得又央及道："娘子日来困倦，何不将息将息？只管独坐，是甚意思？"蕙娘又道："你自睡。"口里一头说，眼睛却不转的看那灿若。灿若怕新来的，逆了他意，依言又自睡了一会。又起来款款问道："娘子为何不睡？"蕙娘又将灿若上上下下仔细看了一会，开口问道："你京中有甚势要相识否？"灿若道："小生交游最广，同袍、同年，无数在京，何论相识？"蕙娘道："既如此，我而今当真嫁了你罢。"灿若道："娘子又说得好笑，小生千里相遇，央媒纳聘，得与娘子成亲，如何到此际还说个当真当假？"蕙娘道："官人有所不知，你却不晓得此处张溜儿是有名的拐子。妾身岂是他表妹？便是他浑家。为是妾身有几分姿色，故意叫妾赚人到门，他却只说是表妹寡居，要嫁人，就是他做媒。多有那慕色的，情愿聘娶妾身，他却不受重礼，只要哄得成交，就便送你做亲。叫妾身只做害羞，不肯与人同睡，因不受人点污。到了次日，却合了一伙棍徒，图赖你奸骗良家女子，连人和箱笼尽抢将去。那些被赚之人，客中怕吃官司，只得忍气吞声，明受火囤，如此也不止一个了。前日妾身哭母墓而归，原非新寡。天杀的撞见官人，又把此计来使。妾每每自思，此岂终身道理？有朝一日惹出事来，并妾此身付之乌有。况以清白之身，暗地迎新送旧，虽无所染，情何以堪？几次劝取丈夫，他只不听。以此妾之私意，只要将计就计，倘然遇着知音，愿将此身许他，随他私奔了罢。今见官人态度非凡，抑且志诚软款，心实欣羡；但恐相从奔走，或被他找着，无人护卫，反受其累。今君既交游满京邸，愿以微躯托之官人。官人只可连夜便搬往别处好朋友家谨密所在去了，方才娶得妾安稳。此是妾身自媒以从官人，官人异日弗忘此情！"

灿若听罢，呆了半晌，道："多亏娘子不弃，见教小生。不然，几受其祸。"连忙开出门来，叫起家人打叠行李，把自己喂养的一个蹇驴，驮了蕙娘，家人挑箱笼，自己步行。临出门，叫应主人道："我们有急事回去了。"晓得何澄带家眷在京，连夜敲开他门，细将此事说与，把蕙娘与行李都寄在何澄寓所。那何澄房尽空阔，灿若也就一宅两院做了下处，不题。

却说张溜儿次日果然纠合了一伙破落户，前来抢人。只见空房开着，人影也无。忙问下处主人道："昨日成亲的举人那里去了？"主人道："相公连夜回去了。"众人各各呆了一回，大家嚷道："我们随路追去。"一哄的望张家湾乱奔去了。却是偌大所在，何处找寻？元来北京房子，惯是见租与人住，来来往往，主人不来管他东西去向，所以但是搬过了，再无处跟寻的。灿若在何澄处看了两月书，又早是春榜动，选场开。灿若三场满志，正是专听春雷第一声。果然金榜题名，传胪三甲。灿若选了江阴知县，却是嵇清的父母。不一日领了凭，带了陆蕙娘起程赴任。却值方昌出差苏州，竟坐了他一只官船到任。陆蕙娘平白地做了知县夫人，这正是"鸾胶续处舞双凫"之验也。灿若后来做到开府而止，蕙娘生下一子，后亦登第。至今其族繁盛，有诗为证：

> 女侠堪夸陆蕙娘，能从萍水识檀郎。
>
> 巧机反借机来用，毕竟强中手更强。

<h1>第十一卷　丹客半黍九还
富翁千金一笑</h1>

诗云：

> 破布衫巾破布裙，逢人惯说会烧银。

> 自家何不烧些用？担水河头卖与人。

这四句诗，乃是国朝唐伯虎解元所作。世上有这一伙烧丹炼汞之人，专一设立圈套，神出鬼没，哄那贪夫痴客，道能以药草炼成丹药，铅铁为金，死汞为银。名为"黄白之术"，又叫得"炉火之事"。只要先将银子为母，后来觑个空儿，偷了银子便走，叫做"提罐"。曾有一个道人将此术来寻唐解元，说道："解元仙风道骨，可以做得这件事。"解元贬驳他道："我看你身上蓝缕，你既有这仙术，何不烧些来自己用度，却要作成别人？"</p>

道人道："贫道有的是术法，乃造化所忌；却要寻个大福气的，承受得起，方好与他作为。贫道自家却没这些福气，所以难做。看见解元正是个大福气的人，来投合伙，我们术家，叫做'访外护'。"唐解元道："这等与你说过：你的法术施为，我一些都不管，我只管出着一味福气帮你；等丹成了，我与你平分便是。"道人见解元说得蹊跷，晓得是奚落他，不是主顾，飘然而去了。所以唐解元有这首诗，也是点明世人的意思。

却是这伙里的人，更有花言巧语，如此说话说他不倒的。却是为何？他们道："神仙必须度世，妙法不可自私。毕竟有一种具得仙骨，结得仙缘的，方可共炼共修，内丹成，外丹亦成。"有这许多好说话。这些说话，何曾不是正理？就是炼丹，何曾不是仙法？却是当初仙人留此一种丹砂化黄金之法，只为要广济世间的人，尚且纯阳吕祖虑他五百年后复还原质，误了后人，原不曾说道与你置田买产，畜妻养子，帮做人家的。只如杜子春遇仙，在云台观炼药将成，寻他去做"外护"，只为一点爱根不断，累他丹鼎飞败。如今这些贪人，拥着娇妻美妾，求田问舍，损人肥己，掂斤播两，何等肚肠！寻着一伙酒肉道人，指望炼成了丹，要受用一世，遗之子孙，岂不痴了？只叫他把"内丹成，外丹亦成"这两句想一想，难道是掉起内养工夫，单单弄那银子的？只这点念头，也就万万无有炼得丹成的事了。

看官，你道小子说到此际，随你愚人，也该醒悟这件事没影响，做不得的。却是这件事，偏是天下一等聪明的，要落在圈套里，不知何故。

今小子说一个松江富翁，姓潘，是个国子监监生。胸中广博，极有口才，也是一个有意思的人。却有一件癖性，酷信丹术。俗语道："物聚于所好。"果然有了此好，方士源源而来，零零星星，也弄掉了好些银子，受过了好些丹客的骗。他只是一心不悔，只说："无缘遇不着好的，从古有这家法术，岂有做不来的事？毕竟有一日弄成了，前边些小所失，何足为念？"把这事越好得紧了。这些丹客，我传与你，你传与我，远近尽闻其名，左右是一伙的人，推班出色，没一个不思量骗他的。

一日秋间，来到杭州西湖上游赏，赁一个下处住着。只见隔壁园亭上歇着一个远来客人，带着家眷，也来游湖。行李甚多，仆从齐整。那女眷且是生得美貌，打听来是这客人的爱妾。日日雇了天字一号的大湖船，摆了盛酒，吹弹歌唱俱备，携了此妾下湖，浅斟低唱，觥筹交举。满桌摆设酒器，多是些金银异巧式样，层见

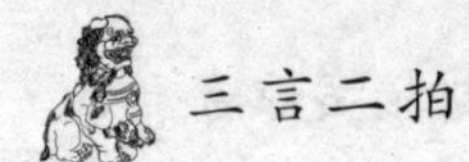

迭出。晚上归寓，灯火辉煌，赏赐无算。潘富翁在隔壁寓所，看得呆了，想道："我家里也算是富的，怎能勾到得他这等挥霍受用？此必是个陶朱、猗顿之流，第一等富家了。"心里艳慕，渐渐教人通问，与他往来相拜，通了姓名，各道相慕之意。

富翁乘间问道："吾丈如此富厚，非人所及。"那客人谦让道："何足挂齿！"富翁道："日日如此用度，除非家中有金银高北斗，才能像意；不然，也有尽时。"客人道："金银高北斗，若只是用去，要尽也不难。须有个用不尽的法儿。"富翁见说，就有些着意了，问道："如何是用不尽的法？"客人道："造次之间，不好就说得。"富翁道："毕竟要请教。"客人道："说来吾丈未必解，也未必信。"富翁见说得蹊跷，一发殷勤求恳，必要见教。客人屏去左右从人，附耳道："吾有'九还丹'，可以点铅汞为黄金。只要炼得丹成，黄金与瓦砾同耳，何足贵哉？"富翁见说是丹术，一发投其所好，欣然道："原来吾丈精于丹道。学生于此道最为心契，求之不得。若吾丈果有此术，学生情愿倾家受教。"客人道："岂可轻易传得？小小试看，以取一笑则可。"便教小童炽起炉炭，将几两铅汞熔化起来。身边腰袋里摸出一个纸包，打开来都是些药末，就把小指甲挑起一些些来，弹在罐里，倾将出来，连那铅汞不见了，都是雪花也似的好银。

看官，你道药末可以变化得铜铅做银，却不是真法了？原来这叫得"缩银之法"。他先将银子用药炼过，专取其精，每一两直缩做一分少些。今和铅汞在火中一烧，铅汞化为青气去了，遗下糟粕之质，见了银精，尽化为银，不知原是银子的原分量，不曾多了一些。丹客专以此术哄人，人便死心塌地信他，道是真了。

富翁见了，喜之不胜，道："怪道他如此富贵受用！元来银子如此容易。我炼了许多时，只有折了的；今番有幸遇着真本事的人，是必要求他去替我炼一炼则个。"遂问客人道："这药是如何炼成的？"客人道："这叫做母银生子。先将银子为母，不拘多少，用药锻炼，养在鼎中。须要九转，火候足了，先生了黄芽，又结成白雪。启炉时，就扫下这些丹头来，只消一黍米大，便点成黄金白银。那母银仍旧分毫不亏的。"富翁道："须得多少母银？"客人道："母银越多，丹头越精。若炼得有半合许丹头，富可敌国矣。"富翁道："学生家事虽寒，数千之物还尽可办。若肯不吝大教，拜迎到家下，点化一点化，便是生平愿足。"客人道："我术不易传人，亦不轻与人烧炼。今观吾丈虔心，又且骨格有些道气，难得在此联寓，也是前缘，不妨为吾丈做一做。但见教高居何处？异日好来相访。"富翁道："学生家居松江，离此处只有两三日路程。老丈若肯光临，即此收拾，同到寒家便是。若此间别去，万一后会不偶，岂不当面错过了？"客人道："在下是中州人，家有老母在堂，因慕武林山水佳胜，携小妾到此一游。空身出来，游赏所需，只在炉火，所以乐而忘返。今遇吾丈知音，不敢自秘，但直须带了小妾回家安顿，兼就看看老母，再赴吾丈之期，未为迟也。"富翁道："寒舍有别馆园亭，可贮尊眷。何不就同携到彼住下，一边做事，岂不两便？家下虽是看待不周，决不至有慢尊客，使尊眷有不安之理。只求慨然俯临，深感厚情。"客人方才点头道："既承吾丈如此真切，容与小妾说过，商量收拾起行。"

富翁不胜之喜，当日就写了请帖，请他次日下湖饮酒。到了明日，殷殷勤勤，接到船上，备将胸中学问，你夸我逞，谈得津津不倦，只恨相见之晚，宾主尽欢而散。又送着一桌精洁酒肴，到隔壁园亭上去，请那小娘子。来日客人答席，分外丰盛，酒器家伙都是金银，自不必说。

两人说得好着，游兴既阑，约定同到松江。在关前雇了两个大船，尽数搬了行李下去，一路相傍同行。那小娘子在对船舱中，隔帘时露半面。富翁偷眼看去，果然生得丰姿美艳，体态轻盈。只是：

> 盈盈一水间，脉脉不得语。

又裴航赠同舟樊夫人诗云：

> 同舟吴越犹怀想，况遇天仙隔锦屏。

> 但得玉京相会去，愿随鸾鹤入青冥。

此时富翁在隔船，望着美人，正同此景，所恨无一人通音问耳。

话休絮烦，两只船不一日至松江。富翁已到家门首，便请丹客上岸。登堂献茶已毕，便道："此是学生家中，往来人杂不便。离此一望之地，便是学生庄舍，就请尊眷同老丈至彼安顿，学生也到彼外厢书房中宿歇。一则清净，可以省烦杂；二则谨密，可以动炉火。尊意如何？"丹客道："炉火之事，最忌俗器，又怕外人触犯。况又小妾在身伴，一发宜远外人。若得在贵庄住止，行事最便了。"富翁便指点移船到庄边来，自家同丹客携手步行。

来到庄门口，门上一匾，上写"涉趣园"三字。进得园来，但见：

> 古木干霄，新篁夹径。椽题虚敞，无非是月榭风亭；栋宇幽深，饶有那曲房邃室。叠叠假山数仞，可藏太史之书；层层岩洞几重，疑有仙人之

篆。若还奏曲能招凤，在此观棋必烂柯。

丹客观玩园中景致，欣然道："好个幽雅去处，正堪为修炼之所，又好安顿小妾，在下便可安心与吾丈做事了。看来吾丈果是有福有缘的。"富翁就叫人接了那小娘子起来，那小娘子乔妆了，带着两个丫头，一个唤名春云，一个唤名秋月，摇摇摆摆，走到园亭上来。富翁欠身回避，丹客道："而今是通家了，就等小妾拜见不妨。"就叫那小娘子与富翁相见了。富翁对面一看，真个是沉鱼落雁之容，闭月羞花之貌。天下凡是有钱的人，再没一个不贪财好色的。富翁此时好像雪狮子向火，不觉软瘫了半边，炼丹的事又是第二着了。便对丹客道："园中内室尽宽，凭尊嫂拣个像意的房子住下了。人少时，学生还再去唤几个妇女来伏侍。"丹客就同那小娘子去看内房了。

富翁急急走到家中，取了一对金钗，一双金手镯，到园中奉与丹客道："些小薄物，奉为尊嫂拜见之仪。望勿嫌轻鲜。"丹客一眼估去，见是金的，反推辞："过承厚意，只是黄金之物，在下颇为易得，老丈实为重费，于心不安，决不敢领。"富翁见他推辞，一发不过意道："也知吾丈不稀罕此些微之物，只是尊嫂面上，略表芹意，望吾丈鉴其诚心，乞赐笑留。"丹客道："既然这等美情，在下若再推托，反是自外了。只得权且收下，容在下竭力炼成丹药，奉报厚惠。"笑嘻嘻走入内房，叫个丫头捧了进去，又叫小娘子出来，再三拜谢。富翁多见得一番，又破费这些东西，也是心安意肯的。口里不说，心中想道："这个人有此丹法，又有此美姬，人生至此，可谓极乐。且喜他肯与我修炼，丹成料已有日。只是见放着这等美色在自家庄上，不知可有些缘法否？若一发钩搭得上手，方是心满意足的事。而今挤得献些殷勤，做工夫不着，磨他去，不要性急。且一面打点烧炼的事。"便对丹客道："既承吾丈不弃，我们几时起手？"丹客道："只要有银为母，不论早晚，可以起手。"富翁道："先得多少母银？"丹客道："多多益善，母多丹多，省得再费手脚。"富翁道："这等，打点将二千金下炉便了。今日且偏陪，在家下料理。明日学生搬过来，一同做事。"是晚就具酌在园亭上款待过，尽欢而散。又送酒肴内房中去，殷殷勤勤，自不必说。

次日，富翁准准兑了二千金，将过园子里来，一应炉器家伙之类，家里一向自有，只要搬将来。富翁是久惯这事的，颇称在行，铅汞药物，一应俱备，来见丹客。丹客道："足见主翁留心，但在下尚有秘妙之诀，与人不同，炼起来便见。"富翁道："正是秘妙之诀，要求相传。”丹客道：“在下此丹，名为九转还丹，每九日火候一还，到九九八十一日开炉，丹物已成。那时节主翁大福到了。”富翁道：“全仗提携则个。”丹客就叫跟来一个家僮，依法动手，炽起炉火，将银子渐渐放将下去，取出丹方与富翁看了，将几件希奇药料放将下去，烧得五色烟起，就同富翁封住炉。又唤这跟来几个家人分付道：“我在此将有三个月日耽搁，你们且回去回复老奶奶一声再来。”这些人只留一二个惯烧炉的在此，其余都依话散去了。从此家人日夜烧炼，丹客频频到炉边看火色，却不开炉。闲了却与富翁清谈，饮酒下棋，宾主相得，自不必说。又时时送长送短到小娘子处讨好，小娘子也有时回敬几件知趣的东西，彼此致意。

如此二十余日，忽然一个人，穿了一身麻衣，浑身是汗，闯进园中来。众人看时，却是前日打发去内中的人。见了丹客，叩头大哭道：“家里老奶奶没有了，快请回去治丧！”丹客大惊失色，哭倒在地。富翁也一时惊惶，只得从旁劝解道：“令堂天年有限，过伤无益，且自节哀。”家人催促道：“家中无主，作速起身！”丹客住了哭，对富翁道：“本待与主翁完成美事，少尽报效之心，谁知遭此大变，抱恨终天！今势既难留，此事又未终，况是间断不得的，实出两难。小妾虽是女流，随侍

在下已久，炉火之候，尽已知些底里，留他在此看守丹炉才好。只是年幼，无人管束，须有好些不便处。"富翁道："学生与老丈通家至交，有何妨碍？只须留下尊嫂在此，此炼丹之所，又无闲杂人来往，学生当唤几个老成妇女前来陪伴，晚间或是接到拙荆处一同寝处。学生自在园中安歇看守，以待吾丈到来。有何不便？至于茶饭之类，自然不敢有缺。"丹客又踌躇了半晌，说道："今老母已死，方寸乱矣！想古人多有托妻寄子的，既承高谊，只得敬从。留他在此看看火候，在下回去料理一番，不日自来启炉。如此方得两全其事。"

富翁见说肯留妾，心中恨不得许下了半边的天，满面笑容应承道："若得如此，足见有始有终。"丹客又进去与小娘子说了来因，并要留他在此看炉的话，一一分付了，就叫小娘子出来再见了主翁，嘱托与他了。叮咛道："只好守炉，万万不可私启。倘有所误，悔之无及！"富翁道："万一尊驾来迟，误了八十一日之期，如何是好？"丹客道："九还火候已足，放在炉中多养得几日，丹头愈生得多，就迟些开也不妨的。"丹客又与小娘子说了些衷肠密语，忙忙而去了。

这里富翁见丹客留下了美妾，料他不久必来，丹事自然有成，不在心上；却是趁他不在，亦且同住园中，正好勾搭，机会不可错过，时时亡魂失魄，只思量下手。方在游思妄想，可可的那小娘子叫小丫头春云来道："俺家娘请主翁到丹房看炉。"富翁听得，急整衣巾，忙趋到房前来请道："适才尊婢传命，小子在此伺候尊步同往。"那小娘子转莺声、吐燕语道："主翁先行，贱妾随后。"只见袅袅娜娜走出房来，道了万福。富翁道："娘子是客，小子岂敢先行？"小娘子道："贱妾女流，怎好僭妄？"推逊了一回，单不扯手扯脚的相让，已自觌面谈唾相接了一回，有好些光景。毕竟富翁让他先走了，两个丫头随着。富翁在后面看去，真是步步生莲花，不由人不动火。来到丹房边，转身对两个丫头道："丹房忌生人，你们只在外住着，单请主翁进来。"主翁听得，三脚两步跑上前去。同进了丹房，把所封之炉，前后看了一回。富翁一眼估定这小娘子，恨不得寻口水来吞他下肚去，那里还管炉火的青红皂白？可惜有这个烧火的家僮在房，只好调调眼色，连风话也不便说得一句。直到门边，富翁才老着脸皮道："有劳娘子尊步。尊夫不在，娘子回房须是寂寞。"那小娘子口不答应，微微含笑，此番却不推逊，竟自冉冉回去。

富翁愈加狂荡，心里想道："今日丹房中若是无人，尽可撩拨他的，只可惜有这个家僮在内。明日须用计遣开了他，然后约那人同出看炉，此时便可用手脚了。"
是夜即分付从人："明日早上备一桌酒饭，请那烧炉的家僮，说道一向累他辛苦了，主翁特地与他浇手。要灌得烂醉方住。"分付已毕，是夜独酌无聊，思量美人只在内室，又念着日间之事，心中痒痒，彷徨不已，乃吟诗一首道：

> 名园富贵花，移种在山家。
>
> 不道栏杆外，春风正自赊。

走至堂中，朗吟数遍，故意要内房里听得。只见内房走出一个丫头秋月来，手捧一盏茶来送道："俺家娘听得主翁吟诗，恐怕口渴，特奉清茶。"富翁笑逐颜开，再三称谢。秋月进得去，只听得里边也朗诵：

> 名花谁是主？飘泊任春风。
>
> 但得东君惜，芳心亦自同。

富翁听罢，知是有意，却不敢造次闯进去。又只听里边关门响，只得自到书房睡了，以待天明。

次日早上，从人依了昨日之言，把个烧火的家僮请了去。他日逐守着炉灶边，原不耐烦，见了酒杯，那里肯放？吃得烂醉，就在外边睡着了。富翁已知他不在丹房了，即走到内房前，自去请看丹炉。那小娘子听得，即便移步出来，一如昨日在前先走。走到丹房门，丫头仍留在外，止是富翁紧随入门去了。到得炉边看时，不见了烧火的家僮。小娘子假意失惊道："如何没人在此，却歇了火？"富翁笑道："只为小子自家要动火，故叫他暂歇了火。"小娘子只做不解道："这火须是断不得的。"富翁道："等小子与娘子坎离交媾，以真火续将起来。"小娘子正色道："炼丹学道之人，如何兴此邪念，说此邪话？"富翁道："尊夫在这里，与小娘子同眠同起，少不得也要炼丹，难道一事不做，只是干夫妻不成？"小娘子无言可答，道："一场正事，如此歪缠！"富翁道："小子与娘子夙世姻缘，也是正事。"一把抱住，双膝跪将下去。小娘子扶起道："拙夫家训颇严，本不该乱做的，承主翁如此殷勤，贱妾不敢自爱，容晚间约着相会一话罢。"富翁道："就此恳赐一欢，方见娘子厚情，如何等得到晚？"小娘子道："这里有人来，使不得。"富翁道："小子专为留心要求小娘子，已着人款住烧火的了。别的也不敢进来。况且丹房邃密，无人知觉。"小娘子道："此间须是丹炉，怕有触犯，悔之无及，决使不得！"富翁此时兴已勃发，那里还要什么丹炉不丹炉！只是紧紧抱住道："就是要了小子的性命，也说不得了。只求小娘子救一救！"不由他肯不肯，挤到一只醉翁椅上，扯脱裤儿，就舞将进去。此时快乐何异登仙！但见：独弦琴

一翁一张，无孔萧统上统下。红炉中拨开邪火，玄关内走动真铅。舌搅华池，满口馨香尝玉液；精穿牝屋，浑身酥快吸琼浆。何必丹成入九天？即此魂销归极乐。

两下云雨已毕，整了衣服。富翁谢道："感谢娘子不弃，只是片时欢娱，晚间愿赐通宵之乐。"扑的又跪下去。小娘子急抱起来道："我原许下你晚间的，你自喉急等不得，那里有丹鼎旁边就弄这事起来？"富翁道："错过一时，只恐后悔无及。还只是早得到手一刻，也是见成的了。"小娘子道："晚间还是我到你书房来，你到我卧房来？"富翁道："但凭娘子主见。"小娘子道："我处须有两个丫头同睡，你来不便，我今夜且瞒着他们自出来罢。待我明日叮嘱丫头过了，然后接你进来。"

是夜，果然人静后，小娘子走出堂中来，富翁也在那里伺候，接至书房，极尽衾枕之乐。以后或在内，或在外，总是无拘无管。富翁以为天下奇遇，只愿得其夫一世不来，丹炼不成也罢了。绸缪了十数宵，忽然一日，门上报说："丹客到了。"富翁吃了一惊。接进寒温毕，他就进内房来见了小娘子，说了好些说话。出外来对富翁道："小妾说丹炉不动。而今九还之期已过，丹已成了，正好开看。今日匆匆，明日献过了神启炉罢。"富翁是夜虽不得再望欢娱，却见丹客来了，明日启炉，丹成可望，还赖有此，心下自解自乐。

到得明日，请了些纸马福物，祭献了毕。丹客同富翁刚走进丹房，就变色沉吟道："如何丹房中气色怎等的有些诧异？"便就亲手启开鼎炉一看，跌足大惊道："败了，败了！真丹走失，连银母多是糟粕了！此必有做交感污秽之事，触犯了的。"富翁惊得面如土色，不好开言，又见道着真相，一发慌了。丹客懊怒，咬得牙齿格格的响，问烧火的道僮道："此房中别有何人进来？"家僮道："只有主翁与小娘子，日日来看一次，别无人敢进来。"丹客道："这等，如何得丹败了？快去叫小娘子来问。"家僮走去，请了出来。丹客厉声道："你在此看炉，做了甚事？丹俱败了！"小娘子道："日日与主翁来看，炉是原封不动的，不知何故。"丹客道："谁说炉动了封？你却动了封了！"又问家僮道："主翁与娘子来时，你也有时节不在此么？"家僮道："止有一日，是主翁怜我辛苦，请去吃饭，多饮了几杯，睡着在外边了。只这一日，是主翁与小娘子自家来的。"丹客冷笑道："是了！是了！"忙走去行囊里抽出一根皮鞭来，对小娘子道："分明是你这贱婢做出事来了！"一鞭打去。小娘子闪过了，哭道："我原说做不得的，主人翁害了奴也！"富翁直着双眼，无言可答，恨没个地洞钻了进去。丹客

怒目直视富翁道："你前日受托之时，如何说的？我去不久，就干出这样昧心的事来，元来是狗彘不直的！如此无行的人，如何妄想烧丹炼药？是我眼里不识人。我只是打死这贱婢罢，羞辱门庭，要你怎的！"拿着鞭一赶赶来，小娘子慌忙走进内房。亏得两个丫头拦住，劝道："官人耐性。"每人接了一皮鞭，却把皮鞭摔断了。

富翁见他性发，没收场，只得跪下去道："是小子不才，一时干差了事。而今情愿弃了前日之物，只求宽恕罢！"丹客道："你自作自受，你干坏了事，走失了丹，是应得的，没处怨怅。我的爱妾可是与你解馋的？受了你点污，却如何处？我只是杀却了，不怕你不偿命！"富翁道："小子情愿赎罪罢。"即忙叫家人到家中拿了两个元宝，跪着讨饶。丹客只是佯着眼不瞧，道："我银甚易，岂在于此！"富翁只是磕头，又加了二百两道："如今以此数，再娶了一位如夫人也勾了。实是小子不才，望乞看平日之面，宽恕尊嫂罢。"丹客道："我本不希罕你银子，只是你这样人，不等你损些己财，后来不改前非。我偏要拿了你的，将去济人也好。"就把三百金拿去，装在箱里了。叫齐了小娘子与家僮、丫头等，急把衣装行李尽数搬出，下在昨日原来的船里，一径出门，口里喃喃的骂道："受这样的耻辱！可恨！可恨！"骂詈不止，开船去了。

富翁被他吓得魂不附体，恐怕弄出事来。虽是折了些银子，得他肯去，还自道侥幸。至于炉中之银，真个认做触犯了他，丹鼎走败。但自悔道："忒性急了些！便等丹成了，多留他住几时，再图成此事，岂不两美？再不然，不要在丹房里头弄这事，或者不妨也不见得。多是自己莽撞了，枉自破了财物也罢，只是遇着真法，不得成丹，可惜！可惜！"又自解自乐道："只这一个绝色佳人受用了几时，也是风流话柄，赏心乐事，不必追悔了。"却不知多是丹客做成圈套。当在西湖时，原是打听得潘富翁上杭，先装成这些行径来炫惑他的。及至请他到家，故意要延缓，却像没甚要紧。后边那个人来报丧之时，忙忙归去，已自先把这二千金提了罐去了。留着家小，使你不疑。后来勾搭上场，也都是他教成的计较，把这堆狗屎堆在你鼻头上，等你开不得口，只好自认不是，没工夫与他算帐了。那富翁是破财星照，堕其计中。先认他是巨富之人，必有真丹点化，不知那金银器皿都是些铅锡为质，金银汁粘裹成的。酒后灯下，谁把试金石来试？一时不辨，都误认了。此皆神奸诡计也。

富翁遭此一骗，还不醒悟，只说是自家不是，当

面错了，越好那丹术不已。一日，又有个丹士到来，与他谈着炉火，甚是投机，延接在家。告诉他道："前日有一位客人，真能点铁为金，当面试过，他已此替我烧炼了。后来自家有些得罪于他，不成而去，真是可惜。"这丹士道："吾术岂独不能？"便叫把炉火来试，果然与前丹客无二：些少药末，投在铅汞里头，尽化为银。富翁道："好了，好了。前番不着，这番着了。"又凑千金与他烧炼。丹士呼朋引类，又去约了两三个帮手来做。富翁见他银子来得容易，放胆大了，一些也不防他，岂知一个晚间，提了罐走了。次日又捞了个空。

富翁此时连被拐去，手内已窘，且怒且羞道："我为这事费了多少心机，弄了多少年月，前日自家错过，指望今番是了，谁知又遭此一闪。我不问那里寻将去，他不过又往别家烧炼，或者撞得着也不可知。纵不然，或者另遇着真正法术，再炼成真丹，也不见得。"自此收拾了些行李，东游西走。

忽然一日，在苏州阊门人丛里劈面撞着这一伙人。正待开口发作，这伙人不慌不忙，满面生春，却像他乡遇故知一般，一把邀了那富翁，邀到一个大酒肆中，一副洁净座头上坐了，叫酒保烫酒取嗄饭来，殷勤谢道："前日有负厚德，实切不安。但我辈道路如此，足下勿以为怪！今有一法与足下计较，可以偿足下前物，不必别生异说。"富翁道："何法？"丹士道："足下前日之银，吾辈得来随手费尽，无可奉偿。今山东有一大姓，也请吾辈烧炼，已有成约，只待吾师到来，才交银举事。奈吾师远游，急切未来。足下若权认作吾师，等他交银出来，便取来先还了足下前物，直如反掌之易！不然，空寻我辈也无干。足下以为何如？"富翁道："尊师是何人物？"丹士道："是个头陀。今请足下略剪去了些头发，我辈以师礼事奉，径到彼处便了。"

富翁急于得银，便依他剪发做一齐了。彼辈殷殷勤勤，直侍奉到山东，引进见了大姓，说道是他师父来了。大姓致敬，迎接到堂中，略谈炉火之事。富翁是做惯了的，亦且胸中原博，高谈阔论，尽中机宜。大姓深相敬服，是夜即兑银二千两，约在明日起火。只管把酒相劝，吃得酩酊，扶去另在一间内书房睡着。到得天明，商量安炉。富翁见这伙人科派，自家晓得些，也在里头指点。当日把银子下炉烧炼，这伙人认做徒弟守炉。大姓只管来寻师父去请教，攀话饮酒，不好却得。这些人看个空儿，又提了罐，各各走了，单撇下了师父。

大姓只道师父在家不妨，岂知早晨一伙都不见了，就拿住了师父，要去送在当官，捉拿余党。富翁只得哭诉道：“我是松江潘某，原非此辈同党。只因性好烧丹，前日被这伙人拐了。路上遇见他，说道在此间烧炼，得来可以赔偿。又替我剪发，叫我装做他师父来的。指望取还前银，岂知连宅上多骗了，又撇我在此？”说罢大哭。大姓问其来历详细，说得对科，果是松江富家，与大姓家有好些年谊的。知被骗是实，不好难为得他，只得放了。一路无了盘缠，倚着头陀模样，沿途乞化回家。

到得临清码头上，只见一只大船内，帘下一美人，揭着帘儿，露面看着街上。富翁看见，好些面染，仔细一认，却是前日丹客所带来的妾与他偷情的。疑道：“这人缘何在这船上？”走到船边，细细访问，方知是河南举人某公子包了名娼，到京会试的。富翁心里想道：“难道当日这家的妾毕竟卖了？”又疑道：“敢是面庞相像的？”不离船边，走来走去只管看。忽见船舱里叫个人出来，问他道：“官舱里大娘问你可是松江人？”富翁道：“正是松江。”又问道：“可姓潘否？”富翁吃了一惊道：“怎晓得我的姓？”只见舱里人说：“叫他到船边来。”富翁走上前去。帘内道：“妾非别人，即前日丹客所认为妾的便是。实是河南妓家，前日受人之托，不得不依他嘱咐的话，替他捣鬼，有负于君。君何以流落至此？"富翁大恸，把连次被拐，今在山东回来之由，诉说一遍。帘内人道："妾与君不能无情，当赠君盘费，作急回家。此后遇见丹客，万万勿可听信。妾亦是骗局中人，深知其诈。君能听妾之言，是即妾报君数宵之爱也。"言毕，着人拿出三两一封银子来递与他。富翁感谢不尽，只得收了。自此晓得前日丹客美人之局，包了娼妓做的，今日却亏他盘缠。

到得家来，感念其言，终身不信炉火之事。却是头发纷披，亲友知其事者，无不以为笑谈。奉劝世人好丹术者，请以此为鉴。

丹术须先断情欲，尘缘岂许相驰逐？

贪淫若是望丹成，阴沟洞里天鹅肉。

第十二卷　李公佐巧解梦中言
谢小娥智擒船上盗

赞云：

> 士或巾帼，女或弁冕。
>
> 行不逾阈，谋能致远。
>
> 睹彼英英，惭斯谢谢。

这几句赞，是赞那有智妇人，赛过男子。假如有一种能文的女子，如班婕妤、曹大家、鱼玄机、薛校书、李季兰、李易安、朱淑真之辈，上可以并驾班、扬，下可以齐驱卢、骆。有一种能武的女子，如夫人城、娘子军、高凉洗氏、东海吕母之辈，智略可方韩、白，雄名可赛关、张。有一种善能识人的女子，如卓文君、红拂妓、王浑妻钟氏、韦皋妻母苗氏之辈，俱另具法眼，物色尘埃。有一种报仇雪耻女子，如孙翊妻徐氏、董昌妻申屠氏、庞娥亲、邹仆妇之辈，俱中怀胆智，力歼强梁。又有一种希奇作怪、女扮为男的女子，如秦木兰、南齐东阳娄逞、唐贞元孟妪、五代临邛黄崇嘏，俱以权济变，善藏其用，审身仕宦，既不被人识破，又能自保其身，多是男子汉未必做得来的，算得是极巧极难的了。而今更说一个遭遇大难，女扮男身，用尽心机，受尽苦楚，又能报仇，又能守志，一个绝奇的女人，真个是千古罕闻。有诗为证：

> 侠概惟推古剑仙，除凶雪恨只香烟。
>
> 谁知估客生奇女，只手能翻两姓冤。

这段话文，乃是唐元和年间，豫章郡有个富人姓谢，家有巨产，隐名在商贾间。他生有一女，名唤小娥。生八岁，母亲早丧。小娥虽小，身体壮硕如男子形。父亲把他许了历阳一个侠士，姓段名居贞。那人负气仗义，交游豪俊，却也在江湖上做大贾。谢翁慕其声名，虽是女儿尚小，却把来许下了他。两姓合为一家，同舟载货，往来吴楚之间。两家弟兄、子侄、僮仆等众，约有数十余人，尽在船内。贸易顺济，辎重充盈，如是几年，江湖上多晓得是谢家船，昭耀耳目。

此时小娥年已十四岁，方才与段居贞成婚。未及一月，忽然一日，舟行至鄱阳湖口，遇着几只江洋大盗的船，各执器械，团团围住。为头的两人，当先跳过船来，先把谢翁与段居贞一刀一个，结果了性命。以后众人一齐动手，排头杀去。总是一个船，躲得在那里？间有个把慌忙奔出舱外，又被盗船上人拿去杀了；或有得跳在水中，只好图得个全尸，湖水溜急，总无生理。谢小娥还亏得溜撒，乘众盗杀人之时，忙自去撺在舵上，一个失脚，跌下水去。众盗席卷舟中财宝金帛一空，将死尸尽抛在湖中，弃船而去。

小娥在水中漂流，恍惚之间，似有神明护持，流到一只渔船边。渔人夫妻两个，捞救起来，见是一个女人，心头尚暖，知是未死，拿几件破衣破袄替他换下湿衣，放在舱中眠着。小娥口中泛出无数清水，不多几时，醒将转来，见身在渔船中，想着父与夫被杀光景，放声大哭。渔翁夫妇问其缘故，小娥把湖中遇盗，父夫两家人口尽被杀害情由，说了一遍。原来谢翁与段侠士之名著闻江湖上，渔翁也多曾受他小惠过的，听说罢，不胜惊异，就权留他在船中。调理了几日，小娥觉得身子好了，他是个点头会意的人，晓得渔船上生意淡薄，便想道："我怎好搅扰得他？不免辞谢了他，我自上岸，一路乞食，再图安身立命之处。"

　　小娥从此别了渔翁夫妇，沿途抄化。到建业上元县，有个妙果寺，内是尼僧。有个住持尼净悟，见小娥言语伶俐，说着遭难因由，好生哀怜，就留他在寺中，心里要留他做个徒弟。小娥也情愿出家，道："一身无归，毕竟是皈依佛门，可了终身。但父夫被杀之仇未复，不敢便自落发，且随缘度日，以待他年再处。"小娥自此日间在外乞化，晚间便归寺中安宿，晨昏随着净悟做功果，稽首佛前，心里就默祷，祈求报应。

　　只见一个夜间，梦见父亲谢翁来对他道："你要晓得杀我的人姓名，有两句谜语，你牢牢记着：'車中猴，門東草。'"说罢，正要再问，父亲撒手而去，大哭一声，飒然惊觉。梦中之语，明明记得，只是不解。隔得几日，又梦见丈夫段居贞来对他说："杀我的人姓名，也是两句谜语：'禾中走，一日夫。'"小娥连得了两梦，便道："此是亡灵未泯，故来显应。只是如何不竟把真姓名说了，却用谜语？想是冥冥之中，天机不可轻泄，所以如此。如今既有这十二字谜语，必有一个解说。虽然我自家不省得，天下岂少聪明的人？不问好歹，求他解说出来。"

　　遂走到净悟房中，说了梦中之言。就将一张纸，写着十二字，藏在身边了，对净悟道："我出外乞食，逢

人便拜求去。"净悟道："此间瓦官寺有个高僧，法名齐物，极好学问，多与官员士大夫往来。你将此十二字到彼求他一辨，他必能参透。"小娥依言，径到瓦官寺求见齐公。稽首毕，便道："弟子有冤在身，梦中得十二字谜语，暗藏人姓名，自家愚懵，参解不出，拜求老师父解一解。"就将袖中所书一纸，双手递与齐公。齐公看了，想着一会，摇首道："解不得，解不得。但老僧此处来往人多，当记着在此，逢人问去。倘遇有高明之人解得，当以相告。"小娥又稽首道："若得老师父如此留心，感谢不尽。"自此谢小娥沿街乞化，逢人便把这几句请问。齐公有客来到，便举此谜相商，小娥也时时到寺中问齐公消耗。如此多年，再没一个人解得出。说话的，若只是这样解不出，那两个梦不是枉做了？看官，不必性急，凡事自有个机缘。此时谢小娥机缘未到，所以如此；机缘到来，自然遇着巧的。

却说元和八年春，有个洪州判官李公佐，在江西解任，扁舟东下，停泊建业，到瓦官寺游耍。僧齐公一向与他相厚，出来接陪了，登阁眺远，谈说古今。语话之次，齐公道："檀越博闻闳览，今有一谜语，请檀越一猜！"李公佐笑道："吾师好学，何至及此稚子戏？"齐公道："非是作戏，有个缘故。此间孀妇谢小娥示我十二字谜语，每来寺中求解，说道中间藏着仇人名姓。老僧不能辨，遍示来往游客，也多懵然，已多年矣。故此求明公一商之。”李公佐道：“是何十二字？且写出来。我试猜看。”齐公就取笔把十二字写出来。李公佐看了一遍道：“此定可解，何至无人识得？”遂将十二字念了又念，把头点了又点，靠在窗槛上，把手在空中画了又画。默然凝想了一会，拍手道：“是了，是了！万无一差。”齐公速要请教，李公佐道：“且未可说破，快去召那个孀妇来，我解与他。”齐公即叫行童到妙果寺寻将谢小娥来。齐公对他道：“可拜见了此间官人，此官人能解谜语。”小娥依言，上前拜见了毕。公佐开口问道：“你且说你的根由来。”小娥呜呜咽咽哭将起来，好一会说话不出。良久，才说道：“小妇人父及夫，俱为江洋大盗所杀。以后梦见父亲来说道：‘杀我者，車中猴，門東草。’又梦见夫来说道：‘杀我者，禾中走，一日夫。’自家愚昧，解说不出。遍问旁人，再无人省悟。历年已久，不识姓名，报冤无路，衔恨无穷！”说罢又哭。李公佐笑道：“不须烦恼。依你所言，下官俱已审详在此了。”小娥住了哭，求明示。李公佐道：“杀汝父者是申蘭，杀汝夫者是申春。”小娥道：“尊官何以解之？”李公佐道：“‘車中猴’，‘車’中去上下各一画，是‘申’

字；申属猴，故曰'車中猴'。'草'下有'門'，'門'中有'東'，乃'蘭'字也。又'禾中走'是穿田过，'田'出两头，亦是'申'字也。'一日夫'者，'夫'上更一画，下一'日'，是'春'字也。杀汝父，是申蘭；杀汝夫，是申春，足可明矣，何必更疑？"

齐公在旁听解罢，抚掌称快道："数年之疑，一旦豁然，非明公聪鉴盖世，何能及此？"小娥愈加恸哭道："若非尊官，到底不晓仇人名姓，冥冥之中，负了父夫。"再拜叩谢。就向齐公借笔来，将申蘭、申春四字写在内襟一条带子上了，拆开里面，反将转来，仍旧缝好。李公佐道："写此做甚？"小娥道："既有了主名，身虽女子，不问那里，誓将访杀此二贼，以复其冤！"李公佐向齐公叹道："壮哉！壮哉！然此事却非容易。"齐公道："天下无难事，只怕有心人。此妇坚忍之性，数年以来，老僧颇识之，彼是不肯作浪语的。"小娥因问齐公道："此间尊官姓氏宦族，愿乞示知，以识不忘。"齐公道："此官人是江西洪州判官李二十三郎也。"小娥再三顶礼念诵，流涕而去。李公佐阁上饮罢了酒，别了齐公，下船解缆，自往家里。

话分两头。却说小娥自得李判官解辨二盗姓名，便立心寻访。自念身是女子，出外不便，心生一计，将累年乞施所得，买了衣服，打扮作男子模样，改名谢保。又买了利刃一把，藏在衣襟底下。想道："在湖里遇的盗，必是原在江湖上走，方可探听消息。"日逐在埠头伺候，看见船上有雇人的，就随了去，佣工度日。在船上时，操作勤谨，并不懈怠，人都喜欢雇他。他也不拘一个船上，是雇着的便去。商船上下往来之人，看看多熟了。水火之事，小心谨秘，并不露一毫破绽出来。但是船到之处，不论那里，上岸挨身察听体访。如此年余，竟无消耗。

一日，随着一个商船到浔阳郡，上岸行走，见一家人家竹户上有纸榜一张，上写道："雇人使用，愿者来投。"小娥问邻居之人："此是谁家要雇用人？"邻人答道："此是申家，家主叫做申蘭，是申大官人，时常要到江湖上做生意，家里止是些女人，无个得力男子看守，所以雇唤。"小娥听得"申蘭"二字，触动其心，心里便道："果然有这个姓名！莫非正是此贼？"随对邻人说道："小人情愿投赁佣工，烦劳引进则个。"邻人道："申家急缺人用，一说便成的；只是要做个东道谢我。"小娥道："这个自然。"

邻人问了小娥姓名地方，就引了他，一径走进申家。只见里边踱出一个人来，你道生得如何？但见：

  伛兜怪脸，尖下颏，生几茎黄须；突兀高颧，浓眉毛，压一双赤眼。出言如虎啸，声撼半天风雨寒；行步似狼奔，影摇千尺龙蛇动。远观是丧船上方相，近觑乃山门外金刚。

  小娥见了吃了一惊，心里道："这个人岂不是杀人强盗么？"便自十分上心。只见邻人道："大官人要雇人，这个人姓谢名保，也是我们江西人，他情愿投在大官人门下使唤。"申兰道："平日作何生理的？"小娥答应道："平日专在船上趁工度日，埠头船上多有认得小人的。大官人去问问看就是。"申兰家离埠头不多远，三人一同走到埠头来。问问各船上，多说着谢保勤紧小心、志诚老实许多好处。申兰大喜。小娥就在埠头一个认得的经纪家里，借着纸墨笔砚，自写了佣工文契，写邻人做了媒人，交与申兰收着。申兰就领了他，同邻人到家里来，取酒出来请媒，就叫他陪待。小娥就走到厨下，掇长掇短，送酒送肴，且是熟分。申兰取出二两工银，先交与他了。又取二钱银子，做了媒钱。小娥也自己秤出二钱来，送那邻人。邻人千欢万喜，作谢自去了。申兰又领小娥去见了妻子蔺氏。自此小娥只在申兰家里佣工。

  小娥心里看见申兰动静，明知是不良之人，想着梦中姓名，必然有据，大分是仇人。然要哄得他喜欢亲近，方好探其真确，乘机取事。故此千唤千应，万使万当，毫不逆着他一些事故。也是申蘭冤业所在，自见小娥，便自分外喜欢。又见他得用，日加亲爱，时刻不离左右，没一句说话不与谢保商量，没一件事体不叫谢保营干，没一件东西不托谢保收拾，已做了申蘭贴心贴腹之人。因此，金帛财宝之类，尽在小娥手中出入，看见旧时船中掠去锦绣衣服、宝玩器具等物，都在申蘭家里。正是：见鞍思马，睹物思人。每遇一件，常自暗中哭泣多时。方才晓得梦中之言有准，时刻不忘仇恨。却又怕他看出，愈加小心。

又听得他说有个堂兄弟叫做二官人，在隔江独树浦居住。小娥心里想道："这个不知可是申春否？父梦既应，夫梦也必不差。只是不好问得姓名，怕惹疑心。如何得他到来，便好探听。"却是小娥自到申蘭家里，只见申蘭口说要到二官人家去，便去了经月方回，回来必然带好些财帛归家，便分付交与谢保收拾，却不曾见二官人到这里来。也有时口说要带谢保同去走走，小娥晓得是做私商勾当，只推家里脱不得身；申蘭也放家里不下，要留谢保看家，再不提起了。但是出外去，只留小娥与妻蘭氏，与同一两个丫鬟看守，小娥自在外厢歇宿

照管。若是蔺氏有甚差遣，无不遵依停当。合家都欢喜他，是个万全可托得力的人了。说话的，你差了。小娥既是男扮了，申兰如何肯留他一个寡汉伴妻子在家？岂不疑他生出不伶俐事来？看官，又有一说，申兰是个强盗中人，财物为重，他们心上有甚么闺门礼法？况且小娥有心机，申兰平日毕竟试得他老实头，小心不过的，不消虑得到此。所以放心出去，再无别说。

且说小娥在家多闲，乘空便去交结那邻近左右之人，时时买酒买肉，破费钱钞在他们身上。这些人见了小娥，无不喜欢契厚的。若看见有个把豪气的，能事了得的，更自十分倾心结纳，或周济他贫乏，或结拜弟兄，总是做申兰这些不义之财不着。申兰财物来得容易，又且信托他的，那里来查他细帐？落得做人情。小娥又报仇心重，故此先下工夫，结识这些党羽在那里。只为未得申春消耗，恐怕走了风，脱了仇人，故此申兰在家时，几番好下得手，小娥忍住不动，且待时至而行。

如此过了两年有多。忽然一日，有人来说："江北二官人来了。"只见一个大汉同了一伙拳长臂大之人，走将进来，问道："大哥何在？"小娥应道："大官人在里面，等谢保去请出来。"小娥便去对申兰说了。申兰走出堂前来道："二弟多时不来了，甚风吹得到此？况且又同众兄弟来到，有何话说？"二官人道："小弟申春，今日江上获得两个二十斤来重的大鲤鱼，不敢自吃，买了一坛酒来，与大哥同享。"申蘭道："多承二弟厚意。如此大鱼，也是罕物。我辈托神道福佑多年，我意欲将此鱼此酒再加些鸡肉果品之类，赛一赛神，以谢覆庇，然后我们同散福受用方是；不然只一味也不好下酒。况列位在此，无有我不破钞，反吃白食的。二弟意下如何？"众人都拍手道："有理，有理。"申蘭就叫谢保过来见了二官人，道："这是我家雇工，极是老实勤紧可托的。"就分付他，叫去买办食物。小娥领命走出，一霎时就办得齐齐整整，摆列起来。申春道："此人果是能事，怪道大哥出外，放得家里下，元来有这样得力人在这里。"众人都赞叹一番。申蘭叫谢保把福物摆在一个养家神道前了。申春道："须得写众人姓名，通诚一番。我们几个都识字不透，这事却来不得。"申蘭道："谢保写得好字。"申春道："又会写字，难得，难得。"小娥就走去，将纸笔，排头写来，少不得申蘭、申春为首，其余各报将名来，一个个写。小娥一头写着，一头记着，方晓得果然这个叫做申春。

　　献神已毕，就将福物收去，整理一整理，重新摆出来。大家欢哄饮唉，却不提防小娥是有心的，急把其余名字一个个都记将出来，写在纸上，藏好了。私自叹道："好个李判官！精悟玄鉴，与梦语符合如此！此乃我父夫精灵不泯，天启其心。今日仇人都在，我志将就了。"急急走来伏侍，只拣大碗频频斟与蘭、春二人。二人都是酒徒，见他如此殷勤，一发喜欢，大碗价只顾吃了，那里猜他有甚别意？天色将晚，众贼俱已酣醉，各自散去。只有申春留在这里过夜，未散。小娥又满满斟了热酒，奉与申春道："小人谢保，到此两年，不曾伏侍二官人，今日小人借花献佛，多敬一杯。"又斟一杯与申蘭道："大官人请陪一陪。"申春道："好个谢保，会说会劝！"申蘭道："我们不要辜负他孝敬之意，尽量多饮一杯才是。"又与申春说谢保许多好处。小娥谦称一句，就献一杯，不干不住，两个被他灌得十分酩酊。元来江边苦无好酒，群盗只吃的是烧刀子；这一坛是他们因要尽兴，买那真正滴花烧酒，是极狠的。况吃多了，岂有不醉之理？

申蘭醉极苦热，又走不动了，就在庭中袒了衣服眠倒了。申春也要睡，还走得动，小娥就扶他到一个房里，床上眠好了。走到里面看时，原来蘭氏在厨下整酒时，闻得酒香扑鼻，因吃夜饭，也自吃了碗把，两个丫鬟递酒出来，各各偷些尝尝，女人家经得多少浓味？一个个伸腰打盹，却像着了孙行者瞌睡虫的。小娥见如此光景，想道：“此时不下手，更待何时？”又想道：“女人不打紧，只怕申春这厮未睡得稳，却是利害。”就拿把锁把申春睡的房门锁好了。走到庭中，衣襟内拔出佩刀，把申蘭一刀断了他头。欲待再杀申春，终究是女人家，见申春起初走得动，只怕还未甚醉，不敢轻惹他，忙走出来邻里间，叫道：“有烦诸位与我出力，拿贼则个！”邻人多是平日与他相好的，听得他的声音，多走将拢来，问道：“贼在那里？我们帮你去拿。”小娥道：“非是小可的贼，乃是江洋杀人的大强盗，赃证都在。今被我灌醉，锁住在房中，须赖众力擒他。”小娥平日结识的好些好事的人在内，见说是强盗，都摩拳擦掌道：“是甚么人？”小娥道：“就是小人的主人与他兄弟，惯做强盗。家中货财千万，都是赃物。”内中也有的道：“你在他家中，自然知他备细不差；只是没有被害失主，不好卤莽得。”小娥道：“小人就是被害失主。小人父亲与一个亲眷，两家数十口，都被这伙人杀了。而今家中金银器皿上还有我家名字记号，须认得出。”一个老成的道：“此话是真。那申家踪迹可疑，身子常不在家，又不做生理，却如此暴富。我们只是不查得他的实迹，又怕他凶暴，所以不敢发觉。今既有谢小哥做证，我们助

他一臂，擒他兄弟两个送官，等他当官追究为是。"小娥道："我已手杀一人，只须列位助擒得一个。"

众人见说已杀了一人，晓得事体必要经官，又且与小娥相好的多，恨申蘭的也不少，一齐点了火把，望申家门里进来，只见申蘭已挺尸在血泊里。开了房门，申春鼾声如雷，还在睡梦。众人把索子捆住，申春还挣扎道："大哥不要取笑。"众人骂他："强盗！"他兀自未醒。众人捆好了，一齐闯进内房来。那蘭氏饮酒不多，醒得快，惊起身来，见了众人火把，只道是强盗上了，口里道："终日去打劫人，今日却有人来打劫了。"众人听得，一发道是谢保之言为实，喝道："胡说！谁来打劫你家？你家强盗事发了。"也把蘭氏与两个丫鬟拴将起来。蘭氏道："多是丈夫与叔叔做的事，须与奴家无干。"众人道："说不得，自到当官去对。"此时小娥恐人多抢散了赃物，先已把平日收贮之处安顿好了，锁闭着，明请地方加封，告官起发。

闹了一夜，明日押进浔阳郡来。浔阳太守张公升堂，地方人等解到一干人犯，小娥手执首词，首告人命强盗重情。此时申春宿酒已醒，明知事发，见对理的却是谢保，晓得哥哥平日有海底眼在他手里，却不知其中就里，乱喊道："此是雇工背主，假捏出来的事。"小娥对张太守指着申春道：“他兄弟两个为首，十年前杀了豫章客谢、段二家数十人，如何还要抵赖？”太守道：“你敢在他家佣工，同做此事，而今待你有些不是处，你先出首了么？”小娥道：“小人在他家佣工，止得二年。此是他十年前事。”太守道：“这等，你如何晓得？有甚凭据。”小娥道：“他家中所有物件，还有好些是谢、段二家之物，即此便是凭据。”太守道：“你是谢家何人？却认得是？”小娥道：“谢是小人父家，段是小人夫家。”太守道：“你是男子，如何说是夫家？”小娥道：“爷爷听禀：小妇人实是女人，不是男子。只因两家都被二盗所杀，小妇人撺入水中，遇救得活。后来父、夫托梦，说杀人姓名乃是十二个字谜，解说不出，遍问识者，无人参破。幸有洪州李判官，解得是申兰、申春。小妇人就改妆作男子，遍历江湖，寻访此二人。到得此郡，有出榜雇工者，问是申兰，小妇人有心，就投了他家。看见他出没踪迹，又认识旧物，明知他是大盗，杀父的仇人。未见申春，不敢动手。昨日方才同来饮酒，故此小妇人手刃了申兰，叫破地方同擒了申春。只此是实。”

太守见说得希奇，就问道：“那十二字谜语如何的？”小娥把十二字念了一遍。太守连连点头道：“是，是，是。快哉李君，明悟若此！他也与我有交，这事是真无疑。

但你既是女人扮作男子，非止一日，如何得不被人看破？"小娥道："小妇人冤仇在身，日夜提心吊胆，岂有破绽露出在人眼里？若稍有泄漏，冤仇怎报得成？"太守心中叹道："有志哉，此妇人也！"

又唤地方人等起来，问着事由。地方把申家向来踪迹可疑，及谢保两年前雇工，昨夜杀了申蘭，协同擒了申春并他家属，今日解府的话，备细述了一遍。太守道："赃物何在？"小娥道："赃物向托小妇人掌管，昨夜跟同地方，封好在那里。"太守即命公人押了小娥，与同地方到申蘭家起赃。金银财货，何止千万！小娥俱一一登有簿籍，分毫不爽，即时送到府堂。太守见金帛满庭，知盗情是实，把申春严刑拷打，蘭氏亦加拶指：都抵赖不得，一一招了。太守又究余党，申春还不肯说，只见小娥袖中取出所抄的名姓，呈上太守道："这便是群盗的名了。"太守道："你如何知得恁细？"小娥道："是昨日叫小妇人写了连名赛神的。小妇人默自抄记，一人也不差。"太守一发叹赏他能事。便唤申春研问着这些人住址，逐名注明了。先把申春下在牢里，蘭氏、丫鬟讨保官卖。然后点起兵快，登时往各处擒拿。正似瓮中捉鳖，没有一个走得脱的，齐齐擒到，俱各无词。太守尽问成重罪，同申春下在死牢里。乃对小娥道："盗情已真，不必说了。只是你不待报官，擅行杀戮，也该一死。”小娥道：“大仇已报，立死无恨。”太守道：“法上虽是如此，但你孝行可嘉，志节堪敬，不可以常律相拘。待我申请朝廷，讨个明降，免你死罪。”小娥叩首称谢。太守叫押出讨保。小娥禀道：“小妇人而今事迹已明，不可复与男子混处，只求发在尼庵，听候发落为便。”太守道：“一发说得是。”就押在附近尼庵，讨个收管，一面听候圣旨发落。

太守就将备细情节奏上，内云：“谢小娥立志报仇，梦寐感通，历年乃得。明系父仇，又属真盗。不惟擅杀之条，原情可免；又且矢志之事，核行可旌！云云。元和十二年四月。”明旨批下：“谢小娥节行异人，准奏免死，有司旌表其庐。申春即行处斩。”不一日，到浔阳郡府堂开读了毕。太守命牢中取出申春等死囚来，读了犯由牌，押付市曹处斩。小娥此时已复了女装，穿了一身素服，法场上看斩了申春，再到府中拜谢张公。张公命花红鼓乐，送他归本里。小娥道：“父死夫亡，虽蒙相公奏请朝廷恩典，花红鼓乐之类，决非孀妇敢领。”太守越敬他知礼，点一官媪，伴送他到家，另自差人旌表。

此时哄动了豫章一郡，小娥父夫之族，还有亲属在家的，多来与小娥相见问讯。说起事由，无不悲叹惊异。里中豪族慕小娥之名，央媒求聘的殆无虚日。小娥誓心不嫁，道："我混迹多年，已非得已；若今日嫁人，女贞何在？宁死不可！"争奈来缠的人越多了。小娥不耐烦分诉，心里想道："昔年妙果寺中，已愿为尼，只因冤仇未报，不敢落发。今吾事已毕，少不得皈依三宝，以了终身。不如趁此落发，绝了众人之愿。"小娥遂将剪子先将髻子剪下，然后用剃刀剃净了，穿了褐衣，做个行脚僧打扮，辞了亲属出家访道，竟自飘然离了本里。里中人越加叹诵。不题。

且说元和十三年六月，李公佐在家被召，将上长安，道经泗滨，有善义寺尼师大德，戒律精严，多曾会过，信步往谒。大德师接入客座，只见新来受戒的弟子数十人，俱净发鲜披，威仪雍容，列侍师之左右。内中一尼，仔细看了李公佐一回，问师道："此官人岂非是洪州判官李二十三郎？"师点头道："正是。你如何认得？"此尼即泣下数行道："使我得报家仇，雪冤耻，皆此判官恩德也！"即含泪上前，稽首拜谢。李公佐却不认得，惊起答拜，道："素非相识，有何恩德可谢？"此尼道："某名小娥，即向年瓦官寺中乞食孀妇也。尊官其时以十二字谜语辨出申兰申春二贼名姓，尊官岂忘之乎？"李公佐想了一回，方才依稀记起，却记不全。又问起是何十二字，小娥再念了一遍。李公佐豁然省悟道："一向已不记了，今见说来，始悟前事。后来果访得有此二人否？"小娥因把扮男子，投申蘭，擒申春并余党，数年经营艰苦之事，从前至后，备细告诉了毕。又道："尊官恩德，无可以报，从今惟有朝夕诵经保佑而已。"李公佐道："今如何恰得在此处相会？"小娥道："复仇已毕，其时即剪发披褐，访道于牛头山，师事大士庵尼将律师。苦行一年，今年四月始受具戒于泗州开元寺，所以到此。岂知得遇恩人，莫非天也！"李公佐道："既已受戒，是何法号？"小娥道："不敢忘本，只仍旧名。"李公佐叹息道："天下有如此至心女子！我偶然辨出二盗姓名，岂知誓志不舍，毕竟访出其人，复了冤仇。又且佣保杂处，无人识得是个女人，岂非天下难事！我当作传以旌其美。"小娥感泣，别了李公佐，仍归牛头山，扁舟泛淮，云游南国，不知所终。李公佐为撰《谢小娥传》，流传后世，载入《太平广记》。诗云：

> 匕首如霜铁作心，精灵万载不销沉。
>
> 西山木石填东海，女子衔仇分外深。

又云：

> 梦寐能通造化机，天教达识剖玄微。
>
> 姓名一解终能报，方信双魂不浪归。

第十三卷　李克让竟达空函
刘元普双生贵子

诗曰：

全婚昔日称裴相，助殡千秋慕范君。

慷慨奇人难屡见，休将仗义望朝绅！

这一首诗，单道世间人周急者少，继富者多。为此，达者便说：只有锦上添花，那得雪中送炭？只这两句话，道尽世人情态。比如一边有财有势，那趋财慕势的多只向一边去。这便是俗语叫做"一帆风"，又叫做"鹁鸽子旺边飞"。若是财利交关，自不必说。至于婚姻大事，儿女亲情，有贪得富的，便是王公贵戚，自甘与团头作对；有嫌着贫的，便是世家巨族，不得与甲长联亲。自道有了一分势要，两贯浮财，便不把人看在眼里。况有那身在青云之上，拔人于淤泥之中，重捐己资，曲全婚配。恁般样人，实是从前寡见，近世罕闻。冥冥之中，天公自然照察。原来那"夫妻"二字，极是郑重，极宜斟酌，报应极是昭彰，世人决不可戏而不戏，胡作乱为。或者因一句话上成就了一家儿夫妇，或者因一纸字中拆散了一世的姻缘。就是陷于不知，因果到底不爽。

且说南直长洲有一村农，姓孙，年五十岁，娶下一个后生继妻。前妻留下一个儿子，一房媳妇，且是孝顺，但是爹娘的说话，不论好歹真假，多应在骨里的信从。那老儿和儿子，每日只是锄田钯地，出去养家过活。婆媳两个在家绩麻拈苎，自做生理。却有一件奇怪：原来那婆子虽数上了三十多个年头，十分的不长进，又道是"妇人家入土方休"，见那老子是个养家经纪之人，不恁地理会这些勾当，所以闲常也与人做了些不伶俐的身分，几番几次，漏在媳妇眼里。那媳妇自是个老实勤谨的，只以孝情为上，小心奉事翁姑，那里有甚心去捉他破绽？谁知道无心人对着有心人，那婆子自做了这些话把，被媳妇每每冲着，虚心病了，自没意思；却恐怕有甚风声吹在老子和儿子耳朵里头，颠倒在老子面前搬斗。又道是：枕边告状，一说便准。那老子信了婆子的言语，带水带浆的羞辱毁骂了儿子几次。那儿子是个孝心的人，听了这些话头，没个来历，直摆布得夫妻两口终日合嘴合舌，甚不相安。

看官听说：世上只有一夫一妻，一竹竿到底的，始终有些正气，自不甘学那小家腔派。独有最狠毒、最狡猾、最短见的是那晚婆，大概不是一婚两婚人，便是那低门小户、减剩货与那不学好为夫所弃的这几项人，极是"老唧溜"，也会得使人喜，也会得使人怒，弄得人死心塌地，不敢不从。元来世上妇人除了那十分贞烈的，说着那话儿，无不着紧。男子汉到中年筋力渐衰，那娶晚婆的大半是中年人做的事，往往男大女小，假如一个老苍男子娶了水也似的一个娇嫩妇人，纵是千箱万斛尽你受用，却是那话儿有些支吾不过，自觉得过意不去，随你有万分不是处，也只得依顺了他。所以那家庭间，每每被这等人炒得十清九浊。

这闲话且放过，如今再接前因。话说吴江有个秀才萧王宾，胸藏锦绣，笔走龙蛇，因家贫，在近处人家处馆，早出晚归。主家间壁是一座酒肆，店主唤做熊敬溪，店前一个小小堂子，供着五显灵官。那王宾因在主家出入，与熊店主厮熟。忽一夜，熊店主得其一梦，梦见那五位神对他说道："萧状元终日在此来往，吾等见了坐立不安，可为吾等筑一堵短壁儿，在堂子前遮蔽遮蔽。"店主醒来，想道："这梦甚是跷蹊。说甚么萧状元，难道便是在间壁处馆的那个萧秀才？我想怎般一个寒酸措大，如何便得做状元？"心下疑惑，却又道："除了那个姓萧的，却又不曾与第二个姓萧的识熟。凡人不可貌相，海水不可斗量。况是神道的言语，宁可信其有，不可信其无。"次日起来，当真在堂子前面堆起一堵短墙，遮了神圣，却自放在心里不题。

隔了几日，萧秀才往长洲探亲。经过一个村落人家，只见一伙人聚在一块，在那里喧嚷。萧秀才挨在人丛里看一看，只见众人指着道："这不是一位官人？来得凑巧，是必央及这官人则个，省得我们村里人去寻门馆先生。"连忙请萧秀才坐着，将过纸笔道："有烦官人写一写，自当相谢。"萧秀才道："写个甚么？且说个缘故。"只见一个老儿与一个后生走过来道："官人听说：我们是这村里人，姓孙。爷儿两个，一个阿婆，一房媳妇。叵耐媳妇十分不学好，到终日与阿婆斗气，我两个又是养家经纪人，一年到头，没几时住在家里。这样妇人，若留着他，到底是个是非堆。为此，今日将他发还娘家，任从别嫁。他每众位多是地方中见。为是要写一纸休书，这村里人没一个通文墨。见官人经过，想必是个有才学的，因此相烦官人替写一写。"萧秀才道："原来如此，有甚难处？"便逞着一时见识，举笔一挥，写了一纸休书交与他两个。他两个便将五钱银子送秀才作润笔资。秀才笑道："这几行字值得甚么？我却受你银子！"再三不接，拂着袖子，撇开众人，径自去了。

这里自将休书付与妇人。那妇人可怜勤勤谨谨，做了三四年媳妇，没缘没故的休了他，咽着这一口怨气，扯住了丈夫，哭了又哭，号天拍地的不肯放手。口里说道："我委实不曾有甚歹心负了你，你听着一面之词，离异了我。我生前无分辨处，做鬼也要明白此事！今世不能和你相见了，便死也不忘记你。"这几句话，说得旁人俱各掩泪。他丈夫也觉得伤心，忍不住哭起来。却只有那婆子看着，恐怕儿子有甚变卦，流水和老儿两个拆开了手，推出门外。那妇人只得含泪去了，不题。

再说那熊店主，重梦见五显灵官对他说道："快与我等拆了面前短壁，拦着十分郁闷。"店主梦中道："神圣前日分付小人起造，如何又要拆毁？"灵官道："前日为萧秀才时常此间来往，他后日当中状元，我等见了他坐立不便，所以教你筑墙遮蔽。今他于某月某日，替某人写了一纸休书，拆散了一家夫妇，上天鉴知，减其爵禄，今职在吾等之下，相见无碍，以此可拆。"那店主正要再问时，一跳惊醒。想道："好生奇异！难道有这等事？明日待我问萧秀才，果有写休书一事否，便知端的。"

明日当真先拆去了壁，却好那萧秀才踱将来，店主邀住道："官人，有句说话。请店里坐地。"入到里面坐定吃茶，店主动问道："官人曾于某月某日与别人代写休书么？"秀才想了一会道："是曾写来，你怎地晓得？"店主遂将前后梦中灵官的说话，一一告诉一遍。秀才听罢目睁口呆，懊悔不迭。后来果然举了孝廉，只做到一个知州地位。那萧秀才因一时无心失误上，白送了一个状元。世人做事，决不可不检点！曾有诗道得好：

> 人生常好事，作者不自知。
>
> 起念埋根际，须思决局时。
>
> 动止虽微渺，干连已弥滋。
>
> 昏昏罹天网，方知悔是迟。

试看那拆人夫妇的，受祸不浅，便晓得那完人夫妇的，获福非轻。如今单说前代一个公卿，把几个他州外族之人，认做至亲骨肉，撮合了才子佳人，保全了孤儿寡妇，又安葬了朽骨枯骸，如此阴德，又不止是完人夫妇了。所以后来受天之报，非同小可。

这话文出在宋真宗时，西京洛阳县有一官人，姓

刘，名弘敬，字元普，曾任过青州刺史，六十岁上告老还乡。继娶夫人王氏，年尚未满四十。广有家财，并无子女。一应田园、典铺，俱托内侄王文用管理。自己只是在家中广行善事，仗义疏财，挥金如土。从前至后，已不知济过多少人了，四方无人不闻其名。只是并无子息，日夜忧心。

时遇清明节届，刘元普分付王文用整备了牲牷酒醴，往坟茔祭扫，与夫人各乘小轿，仆从在后相随。不逾时，到了坟上，浇奠已毕，元普拜伏坟前，口中说着几句道：

堪怜弘敬年垂迈，不孝有三无后大。

七十人称自古稀，残生不久留尘界。

今朝夫妇拜坟茔，他年谁向坟茔拜？

膝下萧条未足悲，从前血食何容艾？

天高听远实难凭，一脉宗亲须悯爱。

诉罢中心泪欲枯，先灵不爽知何在？

当下刘元普说到此处，放声大哭，旁人俱各悲凄。那王夫人极是贤德的，拭着泪上前劝道："相公请免愁烦，虽是年纪将暮，筋力未衰，妾身纵不能生育，当别娶少年为妾，子嗣尚有可望，徒悲无益。"刘元普见说，只得勉强收泪，分付家人送夫人乘轿先回，自己留一个家僮相随，闲行散闷，徐步回来。

将及到家之际，遇见一个全真先生，手执招牌，上写着"风鉴通神"。元普见是相士，正要卜问子嗣，便延他到家中来坐。吃茶已毕，元普端坐，求先生细相。先生仔细相了一回，略无忌讳，说道："观使君气色，非但无嗣，寿亦在旦夕矣。"元普道："学生年近古稀，死亦非夭。子嗣之事，至此暮年，亦是水中捞月了。但学生自想，生平虽无大德，济弱扶倾，矢心已久。不知如何罪业，遂至殄绝祖宗之祀？"先生微笑道："使君差矣！自古道：富者怨之丛。使君广有家私，岂能一一综理？彼在事者只顾肥家，不存公道，大斗小秤，侵剥百端，以致小民愁怨。使君纵然行善，只好功过酬耳，恐不能获福也。使君但当悉杜其弊，益广仁慈，多福多寿多男，特易易耳。"元普闻言，默然听受。先生起身作别，不受谢金，飘然去了。

元普知是异人，深信其言，遂取田园、典铺帐目一一稽查，又潜往街市、乡间，各处探听，尽知其实。遂将众管事人一一申饬，并妻侄王文用也受了一番呵叱。自此益修善事，不题。

却说汴京有个举子李逊，字克让，年三十六岁。亲妻张氏，生子李彦青，小字春郎，年方十七。本是西

粤人氏，只为与京师窎远，十分孤贫，不便赴试。数年前挈妻携子流寓京师，却喜中了新科进士，除授钱塘县尹。择个吉日，一同到了任所。李克让看见湖山佳胜，宛然神仙境界，不觉心中爽然。谁想贫儒命薄，到任未及一月，犯了个不起之症。正是：

浓霜偏打无根草，祸来只奔福轻人。

那张氏与春郎请医调治，百般无效，看看待死。

一日李克让唤妻子到床前，说道："我苦志一生，得登黄甲，死亦无恨。但只是无家可奔，无族可依，教我撇下寡妇孤儿，如何是了？可痛！可怜！"说罢，泪如雨下。张氏与春郎在旁劝住。克让想道："久闻洛阳刘元普仗义疏财，名传天下，不论识认不识认，但是以情相求，无有不应。除是此人，可以托妻寄子。"便叫："娘子，扶我起来坐了。"又叫儿子春郎取过文房四宝，正待举笔，忽又停止，心中好生踌躇道："我与他从来无交，难叙寒温。这书如何写得？"疾忙心生一计，分付妻儿取汤取水，把两个人都遣开了。及至取得汤水来时，已自把书重重封固，上面写十五字，乃是："辱弟李逊书呈洛阳恩兄刘元普亲拆"。把来递与妻儿收好，说道："我有个八拜为交的故人，乃青州刺史刘元普，本贯洛阳人氏。此人义气干霄，必能济汝母子。将我书前去投他，料无阻拒。可多多拜上刘伯父，说我生前不及相见了。"随分付张氏道："二十载恩情，今长别矣。倘蒙伯父收留，全赖小心相处。必须教子成名，补我未逮之志。你已有遗腹两月，倘得生子，使其仍读父书；若生女时，将来许配良人。我虽死亦瞑目。"又分付春郎道："汝当事刘伯父如父，事刘伯母如母，又当孝敬母亲，励精学业，以图荣显，我死犹生。如违我言，九原之下，亦不安也！"两人垂泪受教。又嘱付道："身死之后，权寄棺木浮丘寺中，俟投过刘伯父，徐图殡葬。但得安土埋藏，不须重到西粤。"说罢，心中哽咽，大叫道："老天！老天！我李逊如此清贫，难道要做满一个县令，也不能勾！"当时蓦然倒在床上，已自叫唤不醒了。正是：

君恩新荷喜相随，谁料天年已莫追！

休为李君伤夭逝，四龄已可傲颜回。

张氏、春郎各各哭得死而复苏。张氏道："撇得我孤孀二人好苦！倘刘君不肯相容，如何处置？"春郎道："如今无计可施，只得依从遗命。我爹爹最是识人，或者果是好人也不见得。"张氏即将囊橐检点，那曾还剩得分文？元来李克让本是极孤极贫的，做人甚是清方。到任又不上一月，虽有些少，已为医药废尽了。还亏得

同僚相助，将来买具棺木盛殓，停在衙中。母子二人朝夕哭奠，过了七七之期，依着遗言寄柩浮丘寺内。收拾些少行李盘缠，带了遗书，饥餐渴饮，夜宿晓行，取路投洛阳县来。

却说刘元普一日正在书斋闲玩古典，只见门上人报道："外有母子二人，口称西粤人氏，是老爷至交亲戚，有书拜谒。"元普心下着疑，想道："我那里来这样远亲？"便且教请进。母子二人，走到跟前，施礼已毕，元普道："老夫与贤母子在何处识面？实有遗忘，伏乞详示。"李春郎笑道："家母、小侄，其实不曾得会。先君却是伯父至交。"元普便请姓名。春郎道："先君李逊，字克让。母亲张氏。小侄名彦青，字春郎。本贯西粤人氏。先君因赴试，流落京师，以后得第，除授钱塘县尹。一月身亡，临终时怜我母子无依，说有洛阳刘伯父，是幼年八拜至交，特命亡后赍了手书，自任所前来拜恳。故此母子造宅，多有惊动。"元普闻言，茫然不知就里。春郎便将书呈上，元普看了封签上面十五字，好生诧异。及至拆封看时，却是一张白纸！吃了一惊，默然不语，左右想了一回，猛可里心中省悟道："必是这个缘故无疑。我如今不要说破，只叫他母子得所便了。"张氏母子见他沉吟，只道不肯容纳，岂知他却是天大一场美意！

元普收过了书，便对二人说道："李兄果是我八拜至交，指望再得相会，谁知已作古人。可怜！可怜！今你母子就是我自家骨肉，在此居住便了。"便叫请出王夫人来，说知来历，认为妯娌；春郎以子侄之礼自居。当时摆设筵席款待二人。酒间说起李君灵柩在任所寺中，元普一力应承殡葬之事。王夫人又与张氏细谈，已知他有遗腹两月了。酒散后，送他母子到南楼安歇。家伙器皿无一不备，又拨几个僮仆服侍，每日三餐，十分丰美。张氏母子得他收留，已自过望，谁知如此殷勤，心中感激不尽。过了几时，元普见张氏德性温存，春郎才华英敏，更兼谦谨老成，愈加敬重。又一面打发人往钱塘扶柩了。

忽一日，正与王夫人闲坐，不觉掉下泪来。夫人忙问其故，元普道："我观李氏子，仪容志气，后来必然大成。我若得这般一个儿子，真可死而无恨。今年华已去，子息杳然，为此不觉伤感。"夫人道："我屡次劝相公娶妾，只是不允。如今定为相公觅一侧室，管取宜男。"元普道："夫人休说这话，我虽垂暮，你却尚是中年。若是天不绝我刘门，难道你不能生育？若是命中该绝，纵使姬妾盈前，也是无干。"说罢，自出去了。

　　夫人这番却主意要与丈夫娶妾，晓得与他商量，定然推阻，便私下叫家人唤将做媒的薛婆来，说知就里，又嘱付道："直待事成之后，方可与老爷得知。必用心访个德容兼备的，或者老爷才肯相爱。"薛婆一一应诺而去。过不多日，薛婆寻了几头来说，领来看了，没一个中夫人的意。薛婆道："此间女子，只好恁样。除非汴梁帝京五方杂聚去处，才有出色女子。"恰好王文用有别事要进京，夫人把百金密托了他，央薛婆与他同去寻觅。薛婆也有一头媒事要进京，两得其便，就此起程不题。

　　如今再表一段缘因。话说汴京开封府祥符县有一进士，姓裴名习，字安卿，年登五十，夫人郑氏早亡。单生一女，名唤兰孙，年方二八，仪容绝世。裴安卿做了郎官几年，升任襄阳刺史，有人对他说道："官人向来清苦，今得此美任，此后只愁富贵不愁贫了。"安卿笑道："富自何来？每见贪酷小人，惟利是图，不过使这几家治下百姓卖儿贴妇，充其囊橐，此真狼心狗行之徒！天子教我为民父母，岂是教我残害子民？我今此去，惟吃襄阳一杯淡水而已。贫者人之常，叨朝廷之禄，不至冻馁足矣，何求富为！"裴安卿立心要作个好官，选了吉日，带了女儿起程赴任。不则一日，到了襄阳。莅任半年，治得那一府物阜民安，词清讼简。民间造成几句谣词，说道：

　　襄阳府前一条街，一朝到了裴天台。

　　六房吏书去打眠，门子皂隶去砍柴。

光阴荏苒，又早六月炎天。一日，裴安卿与兰孙吃过午饭，暴暑难当。安卿命汲井水解热，霎时井水将到。安卿吃了两盅，随后叫女儿吃。兰孙饮了数口，说道："爹爹，恁样淡水，亏爹爹怎生吃下偌多！"安卿道："休说这般折福的话！你我有得这水吃时，也便是神仙了，岂可嫌淡！"兰孙道："爹爹，如何便见得折福？这样时候，多少王孙公子雪藕调冰，浮瓜沉李，也不为过。爹爹身为郡侯，饮此一杯淡水，还道受用，也太迂阔了！"安卿道："我儿不谙事务，听我道来。假如那王孙公子，倚傍着祖宗的势耀，顶戴着先人积攒下的钱财，不知稼穑，又无甚事业，只图快乐，落得受用。却不知乐极悲生，也终有马死黄金尽的时节；纵不然，也是他生来有这些福气。你爹爹贫寒出身，又叨朝廷民社之责，须不能勾比他。还有那一等人，假如当此天道，为将边庭，身披重铠，手执戈矛，日夜不能安息，又且死生朝不保暮；更有那荷锸农夫，经商工役，辛勤陇陌，奔走泥涂，雨汗通流，还禁不住那当空日晒。你爹爹比他不已是神仙了？又有那下一等人，一时过误，问成罪案，困在囹圄，受尽鞭棰，还要肘手镣足，这般时节，拘于那不见天日之处，休说冷水，便是泥汁也不能勾，求生不得生，求死不得死，父娘皮肉，痛痒一般，难道偏他们受得苦起？你爹爹比他岂不是神仙？今司狱司中见有一二百名罪人，吾意欲散禁他每在狱，日给冷水一次，待交秋再作理会。"兰孙道："爹爹未可造次。狱中罪人，皆不良之辈，若轻松了他，倘有不测，受累不浅。"安卿道："我以好心待人，人岂负我？我但分付牢子紧守监门便了。"也是合当有事，只因这一节，有分教：

应死囚徒俱脱网，施仁郡守反遭殃。

次日，安卿升堂，分付狱吏将囚人散禁在牢，日给凉水与他，须要小心看守。狱卒应诺了，当日便去牢里，松放了众囚，各给凉水。牢子们紧紧看守，不致疏虞。过了十来日，牢子们就懈怠了。

忽又是七月初一日，狱中旧例：每逢月朔便献一番利市。那日烧过了纸，众牢子们都去吃酒散福，从下午吃起，直吃到黄昏时候，一个个酩酊烂醉。

那一干囚犯，初时见狱中宽纵，已自起心越牢，内中有几个有见识的，密地教对付些利器暗藏在身边。当日见众人已醉，就便乘机发作。约莫到二更时分，狱中一片声喊起，一二百罪人，一齐动手，先将那当牢的禁子杀了，打出牢门，将那狱吏牢子一个个砍翻，撞见的，多是一刀一个。有的躲在黑暗里听时，只听得喊道："太爷平时仁德，我每不要杀他！"直反到各衙门，杀了几个佐贰官。那正是清平时节，城门还未曾闭，众人呐声喊，一哄逃走出城。正是：

鳌鱼脱却金钩去，摆尾摇头再不来。

那时裴安卿听得喧嚷，在睡梦中惊觉，连忙起来，早已有人报知。裴安卿听说，却正似顶门上失了三魂，脚底下荡了七魄，连声只叫得苦，悔道："不听兰孙之言，以至于此！谁知道将仁待人，被人不仁！"一面点起民壮，分头追捕，多应是海底捞针，那寻一个？

次日这桩事，早报与上司知道，少不得动了一本。不上半月已到汴京，奏章早达天听，天子与群臣议处。若是裴安卿是个贪赃刻剥、阿谀谄佞的，朝中也还有人喜他。只为平素心性刚直，不肯趋奉权贵，况且一清如水，俸资之外，毫不苟取，那有钱财夤缘势要？所以无一人与他辨冤，多道："纵囚越狱，典守者不得辞其责。又且杀了佐贰，独留刺史，事属可疑，合当拿问。"天子准奏，即便批下本来，着法司差官扭解到京。那时裴

安卿便是重出世的召父，再生来的杜母，也只得低头受缚。却也道自己素有政声，还有辨白之处，叫兰孙收拾了行李，父女两个同了押解人起程。

不则一日，来到东京。那裴安卿旧日住居，已奉圣旨抄没了，僮仆数人，分头逃散，无地可以安身。还亏得郑夫人在时，与清真观女道往来，只得借他一间房子与兰孙住下了。次日，青衣小帽，同押解人到朝候旨。奉圣旨下大理狱鞫审，即刻便自进牢。兰孙只得将了些钱钞，买上告下，去狱中传言寄语，担茶送饭。元来裴安卿年衰力迈，受了惊惶，又受了苦楚，日夜忧虞，饮食不进。兰孙设处送饭，枉自费了银子。

一日，见兰孙正到狱门首来，便唤住女儿说道："我气塞难当，今日大分必死。只为为人慈善，以致召祸，累了我儿。虽然罪不及孥，只是这死之后，无路可投，作婢为奴，定然不免！"那安卿说到此处，好如万箭攒心，长号数声而绝。还喜未及会审，不受那三木囊头之苦。兰孙跌脚捶胸，哭得个发昏章第十一。欲要领取父亲尸首，又道是"朝廷罪人，不得擅便"。当时兰孙不顾死生利害，闯进大理寺衙门，哭诉越狱根由，哀感旁人。幸得那大理寺卿，还是个有公道的人，见了这般情状，恻然不忍，随即进一道表章，上写着："大理寺卿臣某，勘得襄阳刺史裴习，抚字心劳，提防政拙。虽法禁多疏，自干天遣；而反情无据，可表臣心。今已毙囹圄，宜从宽贷。伏乞速降天恩，赦其遗尸归葬，以彰朝廷优待臣下之心。臣某惶恐上言。"那真宗也是个仁君，见裴习已死，便自不欲苛求，即批准了表章。

兰孙得了这个消息，算是黄连树下弹琴——苦中取乐了。将身边所剩余银，买口棺木，雇人抬出尸首，盛殓好了，停在清真观中，做些羹饭浇奠了一番，又哭得一佛出世。那裴安卿所带盘费，原无几何，到此已用得干干净净了，虽是已有棺木，殡葬之资，毫无所出。兰孙左思右想道："只有个舅舅郑公见任西川节度使，带了家眷在彼，却是路途险远，万万不能搭救。真正无计可施。"

事到头来不自由，只得手中拿个草标，将一张纸写着"卖身葬父"四字，到灵柩前拜了四拜，祷告道："爹爹阴灵不远，保奴前去得遇好人。"拜罢起身，噙着一把眼泪，抱着一腔冤恨，忍着一身羞耻，沿街喊叫。可怜裴兰孙是个娇滴滴的闺中处子，见了一个蓦生人，也要面红耳热的，不想今日出头露面！思念父亲临死言词，不觉寸肠俱裂。正是：

　　　　天有不测风云，人有旦夕祸福。

生来运蹇时乖，只得含羞忍辱。

父兮桎梏亡身，女兮街衢痛哭。

纵教血染鹃红，彼苍不念茕独！

又道是天无绝人之路。正在街上卖身，只见一个老妈妈走近前来，欠身施礼，问道："小娘子为着甚事卖身？又恁般愁容可掬？"仔细认认，吃了一惊道："这不是裴小姐？如何到此地位？"元来那妈妈，正是洛阳的薛婆。郑夫人在时，薛婆有事到京，常在裴家往来的，故此认得。兰孙抬头见是薛婆，就同他走到一个僻静所在，含泪把上项事说了一遍。那婆子家最易眼泪出的，听到伤心之处，不觉也哭起来道："原来尊府老爷遭此大难！你是个宦家之女，如何做得以下之人？若要卖身，虽然如此娇姿，不到得便为奴作婢，也免不得是个偏房了。"兰孙道："今日为了父亲，就是杀身，也说不得，何惜其他？"薛婆道："既如此，小姐请免愁烦，洛阳县刘刺史老爷，年老无儿，夫人王氏要与他取个偏房，前日曾嘱付我，在本处寻了多时，并无一个中意的，如今因为洛阳一个大姓央我到京中相府求一头亲事，夫人乘便嘱付亲侄王文用带了身价，同我前来遍访。也是有缘，遇着小姐。王夫人原说要个德容两全的，今小姐之貌，绝世无双，卖身葬父又是大孝之事，这事十有九分了。那刘刺史仗义疏财，王夫人大贤大德，小姐到彼虽则权时落后，尽可快活终身。未知尊意何如？"兰孙道："但凭妈妈主张，只是卖身为妾，玷辱门庭，千万莫说真情，只认做民家之女罢了。"薛婆点头道是，随引了兰孙小姐一同到王文用寓所来。薛婆就对他说知备细。

王文用远远地瞟去，看那小姐已觉得倾国倾城，便道："有如此绝色佳人，何怕不中姑娘之意！"正是：

踏破铁鞋无觅处，得来全不费工夫。

当下一边是落难之际，一边是富厚之家，并不消争短论长，已自一说一中。整整兑足了一百两雪花银子，递与兰孙小姐收了，就要接他起程。兰孙道："我本为葬父，故此卖身，须是完葬事过，才好去得。"薛婆道："小娘子，你孑然一身，如何完得葬事？何不到洛阳成亲之后，那时请刘老爷差人埋葬，何等容易！"兰孙只得依从。

那王文用是个老成才干的人，见是要与姑夫为妾的，不敢怠慢，教薛婆与他作伴同行，自己常在前后。东京到洛阳只有四百里之程，不上数日，早已到了刘家。王文用自往解库中去了，薛婆便悄悄地领他进去，叩见了王夫人。夫人抬头看兰孙时，果然是：

脂粉不施，有天然姿格；梳妆略试，无半点尘

氛。举止处，态度从容；语言时，声音凄婉。双蛾颦蹙，浑如西子入吴时；两颊含愁，正似王嫱辞汉日。可怜妩媚清闺女，权作追随宦室人。

当时王夫人满心欢喜，问了姓名，便收拾一间房子，安顿兰孙，拨一个养娘服事他。

次日，便请刘元普来，从容说道："老身今有一言，相公幸勿嗔怪。"刘元普道："夫人有话即说，何必讳言？"夫人道："相公，你岂不闻人生七十古来稀？今你寿近七十，前路几何？并无子息。常言道：无病一身轻，有子万事足。久欲与相公纳一侧室，一来为相公持正，不好妄言；二来未得其人，姑且隐忍。今娶得汴京裴氏之女，正在妙龄，抑且才色两绝，愿相公立他做个偏房，或者生得一男半女，也是刘门后代。"刘元普道："老夫只恐命里无嗣，不欲耽误人家幼女。谁知夫人如此用心，而今且唤他出来见我。"当下兰孙小姐移步出房，倒身拜了。刘元普看见，心中想道："我观此女仪容动止，决不是个以下之人。"便开口问道："你姓甚名谁？是何等样人家之女？为甚事卖身？"兰孙道："妾乃汴京小民之女，姓裴，小名兰孙。父死无资，故此卖身殡葬。"口中如此说，不觉暗地里偷弹泪珠。刘元普相了相道："你定不是民家之女，不要哄我！我看你愁容可掬，必有隐情。可对我一一直言，与你作主分忧便了。”
兰孙初时隐讳，怎当得刘元普再三盘问，只得将那放囚
得罪缘由，从前至后，细细说了一遍，不觉泪如涌泉。
刘元普大惊失色，也不觉泪下道："我说不像民家之女，
夫人几乎误了老夫！可惜一个好官，遭此屈祸！"忙向
兰孙小姐连称得罪。又道："小姐身既无依，便住在我这
里，待老夫选择地基，殡葬尊翁便了。"兰孙道："若得
如此周全，此恩惟天可表！相公先受贱妾一拜。"刘元
普慌忙扶起，分付养娘："好生服事裴家小姐，不得有
违！"当时走到厅堂，即刻差人往汴京迎裴使君灵柩。
不多日，扶柩到了。却好钱塘李县令灵柩一齐到了，刘
元普将来共停在一个庄厅之上，备了两个祭筵拜奠。张
氏自领了儿子，拜了亡夫；元普也领兰孙拜了亡父。又
延一个有名的地理师，拣寻了两块好地基，等待腊月吉
日安葬。

　　一日，王夫人又对元普说道："那裴氏女虽然贵家出
身，却是落难之中，得相公救援他的。若是流落地方，
不知如何下贱去了。相公又与他择地葬亲，此恩非小，
他必甘心与相公为妾的。既是名门之女，或者有些福
气，诞育子嗣，也不见得。若得如此，非但相公有后，
他也终身有靠，未为不可。望相公思之。"夫人不说犹

可，说罢，只见刘元普勃然作色道："夫人说那里话！天下多美妇人，我欲取妾，自可别图，岂敢污裴使君之女！刘弘敬若有此心，神天鉴察！"夫人听说，自道失言，顿口不语。

刘元普心里不乐，想了一回道："我也太呆了。我既无子嗣，何不索性认他为女，断了夫人这点念头？"便叫丫鬟请出裴小姐来，道："我叨长尊翁多年，又同为刺史之职，年华高迈，子息全无，小姐若不弃嫌，欲待螟蛉为女。意下何如？"兰孙道："妾蒙相公、夫人收养，愿为奴婢，早晚服事。如此厚待，如何敢当？"刘元普道："岂有此理！你乃宦家之女，偶遭挫折，焉可贱居下流？老夫自有主意，不必过谦。"兰孙道："相公、夫人正是重生父母，虽粉骨碎身，无可报答。既蒙不鄙微贱，认为亲女，焉敢有违？今日就拜了爹妈。"刘元普欢喜不胜，便对夫人道："今日我以兰孙为女，可受他全礼。"当下兰孙插烛也似的拜了八拜。自此便叫刘相公、夫人为爹爹、母亲，十分孝敬，倍加亲热。夫人又说与刘元普道："相公既认兰孙为女，须当与他择婿。侄儿王文用青年丧偶，管理多年，才干精敏，也不辱没了女儿。相公何不与他成就了这头亲事？"刘元普微微笑道："内侄继娶之事，少不得在老夫身上。今日自有主意，你只管打点妆奁便了。"夫人依言。元普当时便拣下了一个成亲吉日，到期宰杀猪羊，大排筵会，遍请乡绅亲友，并李氏母子，内侄王文用一同来赴庆喜华筵。众人还只道是刘公纳宠，王夫人也还只道是与侄儿成婚。正是：

> 万丈广寒难得到，嫦娥今夜落谁家？

看看吉时将及，只见刘元普教人捧出一套新郎衣饰，摆在堂中。刘元普拱手向众人说道："列位高亲在此，听弘敬一言。敬闻'利人之色不仁，乘人之危不义'。襄阳裴使君以枉事系狱身死，有女兰孙，年方及笄。荆妻欲纳为妾，弘敬宁乏子嗣，决不敢污使君之清德。内侄王文用虽有综理之才，却非仕宦中人，亦难以配公侯之女。惟我故人李县令之子彦青者，既出望族，又值青年，貌比潘安，才过子建，诚所谓'窈窕淑女，君子好逑'者也，今日特为两人成其佳偶。诸公以为何如？"众人异口同声，赞叹刘公盛德。李春郎出其不意，却待推逊，刘元普那里肯从？便亲手将新衣襟与他穿带了。次后笙歌鼎沸，灯火辉煌，远远听得环珮之声，却是薛婆喜娘，几个丫鬟一同簇拥着兰孙小姐出来。二位新人，立在花毡之上，交拜成礼。真是说不尽那奢华富贵，但见：

"粉孩儿"对对挑灯，"七娘子"双双执扇。观看的是"风检才"、"麻婆子"，夸称道"鹊桥仙"并进"小蓬莱"；伏侍的是"好姐姐"、"柳青娘"，帮衬道"贺新郎"同入"销金帐"。做娇客的磨枪备箭，岂宜重问"后庭花"？做新妇的半喜还忧，此夜定然"川拨棹"。"脱布衫"时欢未艾，"花心动"处喜非常。

当时张氏和春郎魂梦之中，也不想得到此，真正喜自天来。兰孙小姐灯烛之下，觑见新郎容貌不凡，也自暗暗地欢喜，只道嫁个老人星，谁知却嫁了个文曲星！行礼已毕，便伏侍新人上轿。刘元普亲自送到南楼，结烛合卺，又把那千金妆奁，一齐送将过来。刘元普自回去陪宾，大吹大擂，直饮至五更而散。这里洞房中一对新人，真正佳人遇着才子，那一宵欢爱，端的是如胶似漆，似水如鱼。枕边说到刘公大德，两下里感激深入骨髓。

次日天明起来，见了张氏，张氏又同他夫妇拜见刘公，十万分称谢。随后张氏就办些祭物，到灵柩前，叫媳妇拜了公公，儿子拜了岳父。张氏抚棺哭道："丈夫生前为人正直，死后必有英灵。刘伯父周济了寡妇孤儿，又把名门贵女做你媳妇，恩德如天，非同小可！幽冥之中，乞保佑刘伯父早生贵子，寿过百龄！"春郎夫妻也各自默默地祷祝。自此上和下睦，夫唱妇随，日夜焚香保刘公冥福。

不觉光阴荏苒，又是腊月中旬，茔葬吉期到了。刘元普便自聚起匠役人工，在庄厅上抬取一对灵柩，到坟茔上来。张氏与春郎夫妻，各各带了重孝相送。当下埋棺封土已毕，各立一个神道碑：一书"宋故襄阳刺史安卿裴公之墓"，一书"宋故钱塘县尹克让李公之墓"。只见松柏参差，山水环绕，宛然二冢相连。刘元普设三牲礼仪，亲自举哀拜奠。张氏三人放声大哭，哭罢，一齐望着刘元普拜倒在荒草地上不起。刘元普连忙答拜，只是谦让无能，略无一毫自矜之色。随即回来，各自散讫。

是夜，刘元普睡到三更，只见两个人幞头象简，金带紫袍，向刘元普扑地倒身拜下，口称"大恩人"。刘元普吃了一惊，慌忙起身扶住道："二位尊神何故降临？折杀老夫也！"那左手的一位，说道："某乃襄阳刺史裴习，此位即钱塘县令李克让也。上帝怜我两人清忠，封某为天下都城隍，李公为天曹府判官之职。某系狱身死之后，幼女无投，承公大恩，赐之佳婿，又赐佳城，使我两人冥冥之中，遂为儿女姻眷。恩同天地，难效涓埃，已曾合表上奏天庭，上帝鉴公盛德，特为官加一品，寿益三旬，子生双贵。幽明虽隔，敢不报知？”那右手的一位，又说道：“某只为与公无交，难诉衷曲，故此空函寓意。不想公一见即明，慨然认义，养生送死，已出殊恩，淑女承祧，尤为望外。虽益寿添嗣，未足报洪恩之万一。今有遗腹小女凤鸣，明早已当出世，敢以此女奉长郎君箕帚。公与我媳，我亦与公媳，略尽报效之私。”言讫，拱手而别。刘元普慌忙出送，被两人用手一推，瞥然惊觉，却正与王夫人睡在床上。便将梦中所见所闻，一一说了。夫人道：“妾身亦慕相公大德，古今罕有，自然得福非轻。神明之言，谅非虚谬。”刘元普道：“裴、李二公，生前正直，死后为神。他感我嫁女婚男，故来托梦，理之所有。但说我‘寿增三十’，世间那有百岁之人？又说赐我二子，我今年已七十，虽然精力不减少时，那七十岁生子，却也难得，恐未必然了。”

次日早晨，刘元普思忆梦中言语，整了衣冠，步到南楼。正要说与他三人知道，只见李春郎夫妇出来相迎，春郎道：“母亲生下小妹，方在坐草之际。昨夜我母子三人各有异梦，正要到伯父处报知贺喜，岂知伯父已先来了。”刘元普见说张氏生女，思想梦中李君之言，好生有验，只是自己不曾有子，不好说得。当下问了张氏平安，就问："梦中所见如何？"李春郎道："梦见父亲岳父俱已为神，口称伯父大德，感动天庭，已为延寿添子。"三人所梦，总是一样。刘元普暗暗称奇，便将自己梦中光景，一一对两人说了。春郎道："此皆伯父积德所致，天理自然，非虚幻也。"刘元普随即回家，与夫人说知，各各骇叹，又差人到李家贺喜。不逾时，又及满月，张氏抱了幼女来见伯父伯母。元普便问："令爱何名？"张氏道："小名凤鸣，是亡夫梦中所嘱。"刘元普见与己梦相符，愈加惊异。

话休絮烦。且说王夫人当时年已四十岁了，只觉得喜食咸酸，时常作呕。刘元普只道中年人病发，延医看脉，没一个解说得出。就有个把有手段的忖道："像是有喜的脉气。"却晓得刘元普年已七十，王夫人年已四十，从不曾生育的，为此都不敢下药。只说道："夫人此病不消服药，不久自瘳。"刘元普也道这样小病，料是不妨，自此也不延医，放下了心。只见王夫人又过了几时，当真病好。但觉得腰肢日重，裙带渐短，眉低眼慢，乳胀腹高。刘元普半信半疑道："梦中之言，果然不虚么？"日月易过，不觉已及产期。刘元普此时不由你不信是有孕，提防分娩，一面唤了收生的婆进来，又雇了一个奶子。

忽一夜，夫人方睡，只闻异香扑鼻，仙音嘹亮。夫人便觉腹痛，众人齐来服侍分娩。不上半个时辰，生下一个孩儿。香汤沐浴过了，看时，只见眉清目秀，鼻直口方，十分魁伟，夫妻两人欢喜无限。元普对夫人道："一梦之灵验如此，若如裴、李二公之言，皆上天之赐也。"就取名刘天佑，字梦祯。此事便传遍洛阳一城，把做新闻传说。百姓们编出四句口号道：

刺史生来有奇骨，为人专好积阴骘。

嫁了裴女换刘儿，养得头生做七十。

转眼间，又是满月，少不得做汤饼会。众乡绅亲友，齐来庆贺，真是宾客填门，吃了三五日筵席。春郎与兰孙，自梯己设宴贺喜，自不必说。

且说李春郎自从成婚葬父之后，一发潜心经史，希图上进，以报大恩。又得刘元普扶持，入了国子学。正与伯父、母、妻商量到京赴学，以待试期，只见汴京有个公差到来，说是郑枢密府中所差，前来接取裴小姐一家的。元来那兰孙的舅舅郑公，数月之内，已自西川节度内召为枢密院副使。还京之日，已知姊夫被难而亡，遂到清真观问取甥女消息，说是卖在洛阳。又遣人到洛阳探问，晓得刘公仗义全婚，称叹不尽。因为思念甥女，故此欲接取他姑嬉、夫婿，一同赴京相会。春郎得知此信，正是两便。兰孙见说舅舅回京，也自十分欢喜。当下禀过刘公夫妇，就要择个吉日，同张氏和凤鸣起程。到期刘元普治酒饯别，中间说起梦中之事，刘元普便对张氏说道："旧岁，老夫梦中得见令先君，说令爱与小儿有婚姻之分。前日小儿未生，不敢启齿；如今倘蒙不鄙，愿结葭莩。"张氏欠身答道："先夫梦中曾言，又蒙伯伯不弃，大恩未报，敢惜一女？只是母子孤寒如故，未敢仰攀。倘得犬子成名，当以小女奉郎君箕帚。"当下酒散。刘公又嘱付兰孙道："你丈夫此去，前程万里。我两人在家安乐，孩儿不必挂怀。"诸人各各流涕，恋恋不舍。临行，又自再三下拜，感谢刘公夫妇盛德，然后垂泪登程去了。洛阳与京师却不甚远，不时常有音信往来，不必细说。

再表公子刘天佑，自从生育，日往月来，又早周岁过头。一日，奶子抱了小官人，同了养娘朝云，往外边耍子。那朝云年十八岁，颇有姿色。随了奶子出来玩耍了一晌，奶子道："姐姐，你与我略抱一抱，怕风大，我去将衣服来与他穿。"朝云接过抱了。奶子进去了一回出来，只听得公子啼哭之声，着了忙，两步当一步，走到面前，只见朝云一手抱了，一手伸在公子头上揉着。奶子疾忙近前看时，只见跌起老大一个疙瘩，便大怒发话道："我略一转背，便把他跌了。你岂不晓得他是老爷、夫人的性命？若是知道，须连累我吃苦！我便去告诉老爷、夫人，看你这小贱人逃得过这一顿责罚也不！"说罢，抱了公子，气愤愤的便走。朝云见他势头不好，一时性发，也接应道："你这样老猪狗！倚仗公子势利，便欺负人，破口骂我！不要使尽了英雄！莫说你是奶子，便是公子，我也从不曾见有七十岁的养头生。知他是拖来也是抱来的人？却为这一跌便凌辱我！"朝云虽是口强，却也心慌，不敢便走进来。不想那奶子一五一十竟将朝云说的话对刘元普说了。元普听罢，忻然说道："这也怪他不得。七十生子，原是罕有，他一时妄言，何足计较？"当时奶子只道搬斗朝云一场，少也敲个半死，不想元普如此宽容，把一片火性化做半杯冰水，抱了公子自进去了。

却说元普当夜与夫人吃夜饭罢，自到书房里去安歇。分付女婢道："唤朝云到我书房里来！"众女婢只道为日里事发，要难为他，倒替他担着一把干系，疾忙鹰拿燕雀的把朝云拿到。可怜朝云怀着鬼胎，战兢兢的立在刘元普面前，只打点领责。元普分付众人道："你们多退去，只留朝云在此。"众人领命，一齐都散，不留一人。元普便叫朝云闭上了门，朝云正不知刘元普胡芦内卖出甚么药来，只见刘元普叫他近前，说道："人之不能生育，多因交会之际，精力衰微，浮而不实，故艰于种子。若精力健旺，虽老犹少。你却道老年人不能生产，便把那抱别姓、借异种这样邪说疑我。我今夜留你在此，正要与你试一试精力，消你这点疑心。"元来刘元普初时只道自己不能生儿，所以不肯轻纳少年女子，如今已得过头生，便自放胆大了。又见梦中说尚有一子，一时间不觉通融起来。那朝云也是偶然失言，不想到此分际，却也不敢违拗，只得伏侍元普解衣同寝。但只见：

> 一个似八百年彭祖的长兄，一个似三十岁颜回的少女。尤云殢雨，宓妃倾洛水，浇着寿星头；似水如鱼，吕望持钓竿，拨动杨妃舌。乘牛老君，搂住捧珠盘的龙女；骑驴果老，搭着执笊篱的仙姑。胥靡藤缠定牡丹花，绿毛龟采取鞭蕖蕊。太白金星淫性发，上青玉女欲情来。

刘元普虽则年老，精神强悍，朝云只得忍着痛苦承受，约莫弄了一个更次，阳泄而止。

是夜刘元普便与朝云同睡，天明，朝云自进去了。刘元普起身对夫人说知此事，夫人只是笑。众女婢和奶子多道："老爷一向极有正经，而今到恁般老没志气。"谁想刘元普和朝云只此一宵，便受了娠。刘元普也是一时要他不疑，卖弄本事，也不道如此快杀。夫人便铺个下房，劝相公册立朝云为妾。刘元普应允了，便与朝云戴笄，纳为后房，不时往朝云处歇宿。朝云想起当初一时失言，到得这个好地位了。那刘元普与朝云戏语道："你如今方信公子，不是拖来抱来的了么？"朝云耳红面赤，不敢言语。转眼之间，又已十月满了。一日，朝云腹痛难禁，也觉得异香满室，生下一个儿子。方才落地，只听得外面喧嚷，刘元普出来看时，却是报李春郎状元及第的。刘元普见侄儿登第，不辜负了从前仁义之心，又且正值生子之时，也是个大大吉兆，心下不胜快乐。当时报喜人就呈上李状元家书。刘元普拆开看道："侄子母孤孀，得延残息足矣。赖伯父保全终始，遂得成名，皆伯父之赐也。迩来二尊人起居，想当佳胜。本欲给假，一候尊颜，缘侍讲东宫，不离朝夕，未得如心。姑寄御酒二瓶，为伯父颐老之姿；宫花二朵，为贤郎鼎元之兆。临风神往，不尽鄙忱。"

刘元普看毕，收了御酒宫花，正进来与夫人说知，只见公子天佑走将过来，刘元普唤住，递宫花与他道："哥哥在京得第，特寄宫花与你，愿我儿他年琼林赐宴，与哥哥今日一般。"公子欣然接了，向头上乱插，望着爹娘唱了两个深喏，引得两个老人家欢喜无限。刘元普随即修书贺喜，并说生次子之事。打发京中人去讫，便把皇封御酒祭献裴李二公，然后与夫人同饮。从此又将次子取名天锡，表字梦符。兄弟日渐长成，十分乖巧。刘元普延师训诲，以待成人。又感上天佑庇，一发修桥砌路，广行阴德，裴、李二墓每年春秋祭扫，不题。

再表这李状元在京之事。那郑枢密院夫人魏氏，止生一幼女，名曰素娟，尚在襁褓。也是为姐姐、姐夫早亡，甚是爱重甥女，故此李氏一家在他府中，十分相得。李状元自成名之后，授了东宫侍讲之职，深得皇太子之心。自此十年有余，真宗皇帝崩了，仁宗皇帝登位，优礼师傅，便超升李彦青为礼部尚书，进阶一品。刘元普仗义之事情，自仁宗为太子时，春郎早已几次奏知，当日便进上一本，恳赐还乡祭扫，并乞褒封。仁宗颁下诏旨："钱塘县尹李逊追赠礼部尚书，襄阳刺史裴习追复原官，各赐御祭一筵；青州刺史刘弘敬以原官加升三级；礼部尚书李彦青给假半年，还朝复职。"

李尚书得了圣旨，便同张老夫人、裴夫人、凤鸣小姐，谢别了郑枢密，驰驿回洛阳来。一路上车马旌旗，炫耀数里，府县官员出郭迎接。那李尚书去时尚是弱冠，来时已作大臣，却又年止三十。洛阳父老，观者如堵，都称叹刘公不但有德，抑且能识好人。当下李尚书家眷，先到刘家下马。刘元普夫妇闻知，忙排香案迎接圣旨，山呼已毕。张老夫人、李尚书、裴夫人俱各红袍玉带，率领了凤鸣小姐，齐齐拜倒在地，称谢洪恩。

刘元普扶起李尚书，王夫人扶起夫人、小姐，就唤两位公子出来相见婶婶、兄嫂。众人看见兄弟二人，相貌魁悟，又酷似刘元普模样，无不欢喜，都称叹道："大恩人生此双璧，无非积德所招。"随即排着御祭，到裴李二公坟茔，焚香奠酒。张氏等四人，各各痛哭一场，撤祭而回。刘元普开筵贺喜，食供三套，酒行三巡，刘元普起身对尚书母子说道："老夫有一衷肠之话，含藏十余年矣，今日不敢不说。令先君与老夫，生平实无一面之交，当贤母子来投，老夫茫然不知就里，及至拆书看时，并无半字。初时不解其意，仔细想将起来，必是闻得老夫虚名，欲待托妻寄子，却是从无一面，难叙衷情，故把空书藏着哑谜。老夫当日认假为真，虽妻子跟前不敢说破，其实所称八拜为交，皆虚言耳。今日喜得贤侄功成名遂，耀祖荣宗，老夫若再不言，是埋没令先君一段苦心也。"言毕，即将原书递与尚书母子展看。尚书母子号恸感谢，众人直至今日，才晓得空函认义之事，十分称叹不止。正是：

> 故旧托孤天下有，虚空认义古来无。
>
> 世人尽效刘元普，何必相交在始初？

当下刘元普又说起长公子求亲之事，张老夫人欣然允诺。裴夫人起身说道："奴受爹爹厚意，未报万一。今舅舅郑枢密生一表妹，名曰素娟，正与次弟同庚。奴家愿为作伐，成其配偶。"刘元普称谢了，当日无话。

刘元普随后就与天佑聘了李凤鸣小姐。李尚书一面写表转达朝廷，奏闻空函认义之事；一面修书与郑公说合。不逾时，仁宗看了表章，龙颜大喜，惊叹刘弘敬盛德，随颁恩诏，除建坊旌表外，特以李彦青之官封之，以彰殊典。那郑公素慕刘公高义，求婚之事，无有不从。李尚书既做了天佑舅舅，又做了天赐中表联襟，亲上加亲，十分美满。以后天佑状元及第，天锡进士出身，兄弟两人，青年同榜。刘元普直看二子成婚，各各生子，然后忽一夜梦见裴使君来拜道："某任都城隍已满，乞公早赴瓜期，上帝已有旨矣。"次日无疾而终，恰好百岁。王夫人也自寿过八十。李尚书夫妇痛哭倍常，认作亲生父母，心丧六年。虽然刘氏自有子孙，李尚书却自年年致祭，这叫做知恩报恩。唯有裴公无后，也是李氏子孙世世拜扫。自此世居洛阳，看守先茔，不回西粤。裴夫人生子，后来也出仕贵显。那刘天佑直做到同平章事，刘天锡直做到御史大夫。刘元普屡受褒封，子孙蕃衍不绝。此阴德之报也。

这本话文，出在《空缄记》，如今依传编成演义一回，所以奉劝世人为善。有诗为证：

> 阴阳总一理，祸福唯自求。
>
> 莫道天公远，须看刺史刘。

第十四卷　钱多处白丁横带
运退时刺史当艄

诗云：

> 荣枯本是无常数，何必当风使尽帆？
>
> 东海扬尘犹有日，白衣苍狗刹那间。

话说人生荣华富贵，眼前的多是空花，不可认为实相。如今人一有了时势，便自道是"万年不拔之基"，旁边看的人也是一样见识。岂知转眼之间，灰飞烟灭，泰山化作冰山，极是不难的事。俗语两句说得好："宁可无了有，不可有了无。"专为贫贱之人，一朝变泰，得了富贵，苦尽甜来滋味深长。若是富贵之人，一朝失势，落魄起来，这叫做"树倒猢狲散"，光景着实难堪了。却是富贵的人只据目前时势，横着胆，昧着心，任情做去，那里管后来有下梢没下梢！

曾有一个笑话，道是一个老翁，有三子，临死时分付道："你们倘有所愿，实对我说。我死后求之上帝。"一子道："我愿官高一品。"一子道："我愿田连万顷。"末一子道："我无所愿，愿换大眼睛一对。"老翁大骇道："要此何干？"其子道："等我撑开了大眼，看他们富的富，贵的贵。"此虽是一个笑话，正合着古人云：

常将冷眼观螃蟹，看你横行得几时？

虽然如此，然那等熏天赫地富贵人，除非是遇了朝廷诛戮，或是生下子孙不肖，方是败落散场，再没有一个身子上，先前做了贵人，以后流为下贱，现世现报，做人笑柄的。看官，而今且听小子先说一个好笑的，做个"入话"。

唐朝僖宗皇帝即位，改元乾符，是时阉宦骄横，有个少马坊使内官田令孜，是上为晋王时有宠，及即帝位，使知枢密院，遂擢为中尉。上时年十四，专事游戏，政事一委令孜，呼为"阿父"，迁除官职，不复关白。其时，京师有一流棍，叫名李光，专一阿谀逢迎，诌事令孜。令孜甚是喜欢信用，荐为左军使；忽一日，奏授朔方节度使。岂知其人命薄，没福消受，敕下之日，暴病卒死。遗有一子，名唤德权，年方二十余岁。

令孜老大不忍，心里要抬举他，不论好歹，署了他一个剧职。时黄巢破长安，中和元年陈敬瑄在成都遣兵来迎僖皇。令孜遂劝僖皇幸蜀，令孜扈驾，就便叫了李德权同去。僖皇行在住于成都，令孜与敬瑄相与交结，盗专国柄，人皆畏威。德权在两人左右，远近仰奉，凡奸豪求名求利者，多贿赂德权，替他两处打关节。数年之间，聚贿千万，累官至金紫光禄大夫、检校右仆射，一时熏灼无比。

后来僖皇薨逝，昭皇即位。大顺二年四月，西川节度使王建屡表请杀令孜、敬瑄。朝廷惧怕二人，不敢轻许。建使人告敬瑄作乱、令孜通凤翔书，不等朝廷旨意，竟执二人杀之。草奏云："开柙出虎，孔宣父不责他人；当路斩蛇，孙叔敖盖非利己。专杀不行于阃外，先机恐失于彀中。"于时追捕二人余党甚急。德权脱身遁于复州，平日枉有金银财货，万万千千，一毫却带不得，只走得空身。盘缠了几日，衣服多当来吃了，单衫百结，乞食通途。可怜昔日荣华，一旦付之春梦！

却说天无绝人之路，复州有个后槽健儿，叫做李安。当日李光未际时，与他相熟。偶在道上行走，忽见一人蓝缕丐食，仔细一看，认得是李光之子德权，心里恻然，邀他到家里。问他道："我闻得你父子在长安富贵，后来破败，今日何得在此？"德权将官司捕田、陈余党，脱身亡命，到此困穷的话，说了一遍。李安道："我与汝父有交，你便权在舍下住几时。怕有人认得，你可改个名，只认做我的侄儿，便可无事。"德权依言，改名彦思，就认他这看马的做叔叔，不出街上乞化了。未及半年，李安得病将死，彦思见后槽有官给的工食，遂叫李安投状，道："身已病废，乞将侄彦思继充后槽。"不数日，李安果死，彦思遂得补充健儿，为牧守圉人，不须忧愁衣食，自道是十分侥幸。岂知渐渐有人晓得他曾做仆射过的，此时朝政紊乱，法纪废弛，也无人追究他的踪迹。但只是起他个混名，叫他做"看马仆射"。走将出来时，众人便指手点脚，当一场笑话。

看官，你道"仆射"是何等样大官？"后槽"是何等样贱役？如今一人身上先做了仆射，收场结果做得个看马的，岂不可笑？却又一件，那些人依附内相，原是冰山；一朝失势，破败死亡，此是常理。留得残生看马，还是便宜的事，不足为怪。如今再说当日同时有一个官员，虽是得官不正，侥幸来的，却是自己所挣。谁知天不帮衬，有官无禄。并不曾犯着一个对头，并不曾做着一件事体，都是命里所招，下梢头弄得没出豁，比此更为可笑。诗曰：

富贵荣华何足论？从来世事等浮云。

登场傀儡休相赫，请看当躺郭使君！

这本话文，就是唐僖宗朝江陵有一个人，叫做郭七郎。父亲在日，做江湘大商，七郎长随着船上去走的。父亲死过，是他当家了，真个是家资巨万，产业广延，有鸦飞不过的田宅，贼扛不动的金银山，乃楚城富民之首。江、淮、河朔的贾客，多是领他重本，贸易往来。却是这些富人惟有一项，不平心是他本等。大等秤进，小等秤出。自家的，歹争做好；别人的，好争做歹。这些领他本钱的贾客，没有一个不受尽他累的。各各吞声忍气，只得受他。你道为何？只为本钱是他的，那江湖上走的人，拚得陪些辛苦在里头，随你尽着欺心算帐，还只是仗他资本营运，毕竟有些便宜处。若一下冲撞了他，收拾了本钱去，就没蛇得弄了。故此随你克剥，只是行得去的。本钱越弄越大，所以富的人只管富了。

那时有一个极大商客，先前领了他几万银子，到京都做生意。去了几年，久无音信。直到乾符初年，郭七郎在家想着这注本钱没着落，他是大商，料无失所。可惜没个人往京去一讨。又想一想道："闻得京都繁华去处，花柳之乡，不若借此事由，往彼一游。一来可以索债；二来买笑追欢；三来觑个方便，觅个前程，也是终身受用。"算计已定。七郎有一个老母、一弟一妹在家，奴婢下人无数。只是未曾娶得妻子，当时分付弟妹承奉母亲，着一个都管看家，余人各守职业做生理。自己却带几个惯走长路会事的家人在身边，一面到京都来。

七郎从小在江湖边生长，贾客船上往来，自己也会撑得篙，摇得橹，手脚快便，把些饥餐渴饮之路，不在心上。不则一日到了。元来那个大商，姓张名全，混名张多宝，在京都开几处解典库，又有几所绸缎铺，专一放官吏债，打大头脑的，至于居间说事，卖官鬻爵，只要他一口担当，事无不成。也有叫他做"张多保"的。只为凡事都是他保得过，所以如此称呼。满京人无不认得他的。郭七郎到京，一问便着。他见七郎到了，是个江湘债主，起初进京时节，多亏他的几万本钱做桩，才做得开，成得这个大气概。一见了欢然相接，叙了寒温，便摆起酒来。把轿去教坊里，请了几个有名的行院前来陪侍，宾主尽欢。酒散后，就留一个绝顶的妓者，叫做王赛儿，相伴了七郎，在一个书房里宿了。富人待富人，那房舍精致，帷帐华侈，自不必说。

次日起来，张多保不待七郎开口，把从前连本连利一算，约该有十来万了，就如数搬将出来，一手交兑。口里道："只因京都多事，脱身不得，亦且挈了重资，江湖上难走；又不可轻易托人，所以迟了几年。今得七郎自身到此，交明了此一宗，实为两便。"七郎见他如此爽利，心下喜欢，便道："在下初入京师，未有下处。虽承还清本利，却未有安顿之所，有烦兄长替在下寻个寓舍何如？"张多保道："舍下空房尽多，闲时还要招客，何况兄长通家，怎到别处作寓？只须在舍下安歇。待要启行时，在下周置动身，管取安心无虑。"七郎大喜，就在张家间壁一所大客房住了。当日取出十两银子送与王赛儿，做昨日缠头之费。夜间七郎摆还席，就央他陪酒。张多保不肯要他破钞，自己也取十两银子来送，叫还了七郎银子。七郎那里肯！推来推去，大家都不肯收进去，只便宜了这王赛儿，落得两家都收了，两人方才快活。是夜宾主两个，与同王赛儿行令作乐饮酒，愈加熟分有趣，吃得酩酊而散。

王赛儿本是个有名的上厅行首，又见七郎有的是银子，放出十分擒拿的手段来。七郎一连两宵，已此着了迷魂汤，自此同行同坐，时刻不离左右，竟不放赛儿到家里去了。赛儿又时常接了家里的姊妹，轮递来陪酒插趣，七郎赏赐无算。那鸨儿又有做生日、打差买物事、替还债许多科分出来。七郎挥金如土，并无吝惜。才是行径如此，便有帮闲钻懒一班儿人，出来诱他去跳槽。大凡富家浪子心性最是不常，搭着便生根的，见了一处，就热一处。王赛儿之外，又有陈娇、黎玉、张小小、郑翩翩，几处往来，都一般的撒漫使钱。那伙闲汉，又领了好些王孙贵戚好赌博的，牵来局赌。做圈做套，赢少输多，不知骗去了多少银子。

七郎虽是风流快活，终久是当家立计好利的人，起初见还的利钱都在里头，所以放松了些手。过了三数年，觉道用得多了，捉捉后手看，已用过了一半有多了。心里猛然想着家里头，要回家，来与张多保商量。张多保道："此时正是濮人王仙芝作乱，劫掠郡县，道路梗塞。你带了偌多银两，待往那里去？恐到不得家里，不如且在此盘桓几时，等路上平静好走，再去未迟。"七郎只得又住了几日。偶然一个闲汉叫做包走空包大，说起朝廷用兵紧急，缺少钱粮，纳了些银子，就有官做，官职大小，只看银多少。说得郭七郎动了火，问道："假如纳他数百万钱，可得何官？"包大道："如今朝廷昏浊，正正经经纳钱，就是得官，也只有数，不能勾十分大的。若把这数百万钱拿去，私下买嘱了主爵的官人，好歹也有个刺史做。"七郎吃一惊道："刺史也是钱买得的？"包大道："而今的世界，有甚么正经？有了钱，百事可做，岂不闻崔烈五百万买了个司徒么？而今

空名大将军告身，只换得一醉；刺史也不难的。只要通得关节，我包你做得来便是。”

正说时，恰好张多保走出来，七郎一团高兴告诉了适才的说话。张多保道："事体是做得来的，在下手中也弄过几个了。只是这件事，在下不撺掇得兄长做。"七郎道："为何？"多保道："而今的官有好些难做。他们做得兴头的，都是有根基，有脚力，亲戚满朝，党羽四布，方能勾根深蒂固，有得钱赚，越做越高。随你去剥削小民，贪污无耻，只要有使用，有人情，便是万年无事的。兄长不过是白身人，便弄上一个显官，又无四壁倚仗，到彼地方，未必行得去。就是行得去时，朝里如今专一讨人便宜，晓得你是钱换来的，略略等你到任一两个月，有了些光景，便道勾你了，一下子就涂抹着，岂不枉费了这些钱？若是官好做时，在下也做多时了。"

七郎道："不是这等说，小弟家里有的是钱，没的是官，况且身边现有钱财，总是不便带得到家，何不于此处用了些？博得个腰金衣紫，也是人生一世，草生一秋。就是不赚得钱时，小弟家里原不希罕这钱的；就是不做得兴时，也只是做过了一番官了。登时住了手，那荣耀是落得的。小弟见识已定，兄长不必扫兴。"多保道："既然长兄主意要如此，在下当得效力。"

　　当时就与包大两个商议去打关节，那个包大走跳路数极熟，张多保又是个有身家、干大事惯的人，有什么弄不来的事？原来唐时使用的是钱，千钱为缗，就用银子准时，也只是以钱算帐。当时一缗钱，就是今日的一两银子，宋时却叫做一贯了。张多保同包大将了五千缗，悄悄送到主爵的官人家里。那个主爵的官人，是内官田令孜的收纳户，百灵百验。又道是无巧不成话，其时有个粤西横州刺史郭翰，方得除授，患病身故，告身还在铨曹。主爵的受了郭七郎五千缗，就把籍贯改注，即将郭翰告身转付与了郭七郎。从此改名，做了郭翰。张多保与包大接得横州刺史告身，千欢万喜，来见七郎称贺。七郎此时头轻脚重，连身子都麻木起来。包大又去唤了一部梨园子弟，张多保置酒张筵，是日就换了冠带。那一班闲汉，晓得七郎得了个刺史，没一个不来贺喜撮空，大吹大擂，吃了一日的酒。又道是：苍蝇集秽，蝼蚁集膻，鹁鸽子旺边飞。七郎在京都，一向撒漫有名，一旦得了刺史之职，就有许多人来投靠他做使令的。少不得官不威，牙爪威。做都管，做大叔，走头站，打驿吏，欺估客，诈乡民，总是这一干人了。

　　郭七郎身子如在云雾里一般，急思衣锦荣归。择日起身，张多保又设酒饯行。起初这些往来的闲汉、姊妹，都来送行。七郎此时眼孔已大，各各赍发些赏赐，气色骄傲，旁若无人。那些人让他是个见任刺史，胁肩谄笑，随他怠慢。只消略略眼梢带去，口角惹着，就算是十分殷勤好意了。如此撺哄了几日，行装打叠已备，齐齐整整起行，好不风骚！一路上想道："我家里资产既饶，又在大郡做了刺史，这个富贵，不知到那里才住？"心下喜欢，不觉日逐卖弄出来。那些原跟去京都家人，又在新投的家人面前夸说着家里许多富厚之处，那新投的一发喜欢，道是投得着好主了，前路去耀武扬威，自不必说。无船上马，有路登舟，看看到得江陵境上来。七郎看时吃了一惊，但见：

> 人烟稀少，闾井荒凉。满前败宇颓垣，一望断桥枯树。乌焦木柱，无非放火烧残；赭白粉墙，尽是杀人染就。尸骸没主，乌鹊与蝼蚁相争；鸡犬无依，鹰隼与豺狼共饱。任是石人须下泪，总教铁汉也伤心。

元来江陵渚宫一带地方，多被王仙芝作寇残灭，里闾人物，百无一存。若不是水道明白，险些认不出路径来。七郎看见了这个光景，心头已自劈劈地跳个不住。到了自家岸边，抬头一看，只叫得苦。原来都弄做了瓦砾之场，偌大的房屋，一间也不见了。母亲、弟妹、家人等，俱不知一个去向。慌慌张张，走头无路，着人四下找寻。

找寻了三四日，撞着旧时邻人，问了详细，方知地方被盗兵抄乱，弟被盗杀，妹被抢去，不知存亡。止剩得老母与一两个丫头，寄居在古庙旁边两间茅屋之内，家人俱各逃窜，囊橐尽已荡空。老母无以为生，与两个丫头替人缝针补线，得钱度日。七郎闻言，不胜痛伤，急急领了从人，奔至老母处来。母子一见，抱头大哭。老母道："岂知你去后，家里遭此大难！弟妹俱亡，生计都无了！"七郎哭罢，拭泪道："而今事已到此，痛伤无益。亏得儿子已得了官，还有富贵荣华日子在后面，母亲且请宽心。"母亲道："儿得了何官？"七郎道："官也不小，是横州刺史。"母亲道："如何能勾得此显爵？"七郎道："当今内相当权，广有私路，可以得官。儿子向张客取债，他本利俱还，钱财尽多在身边，所以将钱数百万，勾干得此官。而今衣锦荣归，省看家里，随即星夜到任去。"

七郎叫众人取冠带过来，穿着了，请母亲坐好，拜了四拜。又叫身边随从旧人及京中新投的人，俱各磕头，称："太夫人"。母亲见此光景，虽然有些喜欢，却叹口气道："你在外边荣华，怎知家丁尽散，分文也无了？若不营勾这官，多带些钱归来用度也好。"七郎道："母亲诚然女人家识见，做了官，怕少钱财？而今那个做官的家里，不是千万百万，连地皮多卷了归家的？今家业既无，只索撇下此间，前往赴任，做得一年两年，重撑门户，改换规模，有何难处？儿子行囊中还剩有二三千缗，尽勾使用，母亲不必忧虑。"母亲方才转忧为喜，笑逐颜开道："亏得儿子峥嵘有日，奋发有时，真是谢天谢地！若不是你归来，我性命只在目下了。而今何时可以动身？"七郎道："儿子原想此一归来，娶个好媳妇，同享荣华。而今看这个光景，等不得做这事了，且待上了任再做商量。今日先请母亲上船安息。此处既无根绊，明日换过大船，就做好日开了罢。早到得任一日，也是好的。"

当夜，请母亲先搬在来船中了，茅舍中破锅破灶破碗破罐，尽多撇下。又分付当直的雇了一只往西粤长行的官船，次日搬过了行李，下了舱口停当。烧了利市神福，吹打开船。此时老母与七郎俱各精神荣畅，志气轩昂。七郎不曾受苦，是一路兴头过来的，虽是对着母亲，觉得满盈得意，还不十分怪异；那老母是历过苦难的，真是地下超升在天上，不知身子几多大了。一路行去，过了长沙，入湘江，次永州。州北江漂有个佛寺，名唤兜率禅院。舟人打点泊船在此过夜，看见岸边有大楠树一株，围合数抱，遂将船缆结在树上，结得牢牢的，又钉好了桩橛。七郎同老母进寺随喜，从人撑起伞盖跟后。寺僧见是官员，出来迎接送茶，私问来历，从人答道："是见任西粤横州刺史。"寺僧见说是见任官，愈加恭敬，陪侍指引，各处游玩。那老母但看见佛菩萨像，只是磕头礼拜，谢他覆庇。天色晚了，俱各回船安息。

黄昏左侧，只听得树梢呼呼的风响。须臾之间，天昏地黑，风雨大作。但见：

> 封姨逞势，巽二施威。空中如万马奔腾，树杪似千军拥沓。浪湃澎涛，分明战鼓齐鸣；圩岸倾颓，恍惚轰雷骤震。山中猛虎啸，水底老龙惊。尽知巨树可维舟，谁道大风能拔木！

众人听见风势甚大，心下惊惶。那艄公心里道是江风虽猛，亏得船系在极大的树上，生根得牢，万无一失。睡梦之中，忽听得天崩地裂价一声响亮，元来那株楠树年深日久，根行之处，把这些帮岸都拱得松了。又且长江巨浪，日夜淘洗，岸如何得牢？那树又大了，本等招风，怎当这一只狼犺的船，尽做力生根在这树上？风打得船猛，船牵得树重，树趁着风威，底下根在浮石中，绊不住了，豁喇一声，竟倒在船上来，把只船打得粉碎。船轻树重，怎载得起？只见水乱滚进来，船已沉了。船中碎板，片片而浮；睡的婢仆，尽没于水。说时迟，那时快，艄公慌了手脚，喊将起来。郭七郎梦中惊醒，他从小原晓得些船上的事，与同艄公竭力死拖住船缆，才把个船头凑在岸上，搁得住，急在舱中水里，扶得个母亲，搀到得岸上来，逃了性命。其后艄人等，舱中什物行李，被几个大浪泼来，船底俱散，尽漂没了。其时，深夜昏黑，山门紧闭，没处叫唤，只得披着湿衣，三人捶胸跌脚价叫苦。

守到天明，山门开了，急急走进寺中，问着昨日的主僧。主僧出来，看见他慌张之势，问道："莫非遇了盗么？"七郎把树倒舟沉之话说了一遍。寺僧忙走出看，只见岸边一只破船，沉在水里，岸上大楠树倒来压在其上了，吃了一惊，急叫寺中火工道者人等，一同艄公，到破板舱中，遍寻东西。俱被大浪打去，没讨一些处。连那张刺史的告身，都没有了。寺僧权请进一间静室，安住老母，商量到零陵州州牧处陈告情由，等所在官司替他动了江中遭风失水的文书，还可赴任。计议已定，有烦寺僧一往。寺僧与州里人情厮熟，果然叫人去报了。谁知：

　　浓霜偏打无根草，祸来只奔福轻人。

　　那老母原是兵戈扰攘中，看见杀儿掠女，惊坏了再苏的，怎当夜来这一惊可又不小，亦且婢仆俱亡，生资都尽，心中转转苦楚，面如蜡查，饮食不进，只是哀哀啼哭，卧倒在床，起身不得了。七郎愈加慌张，只得劝母亲道："留得青山在，不怕没柴烧。虽是遭此大祸，儿子官职还在，只要到得任所便好了。"老母带着哭道："儿，你娘心胆俱碎，眼见得无那活的人了，还说这太平的话则甚？就是你做得官，娘看不着了！"七郎一点痴心，还指望等娘好起来，就地方起个文书前往横州到任，有个好日子在后头。谁想老母受惊太深，一病不起，过不多两日，呜呼哀哉，伏维尚飨。七郎痛哭一场，无计可施。又与僧家商量，只得自往零陵州哀告州牧。州牧几日前曾见这张失事的报单过，晓得是真情。毕竟官官相护，道他是隔省上司，不好推得干净身子。一面差人替他殡葬了母亲，又重重赍助他盘缠，以礼送了他出门。七郎亏得州牧周全，幸喜葬事已毕，却是丁了母忧，去到任不得了。

　　寺僧看见他无了根蒂，渐渐怠慢，不肯相留。要回故乡，已此无家可归。没奈何就寄住在永州一个船埠经纪人的家里，原是他父亲在时走客认得的。却是囊橐俱无，止有州牧所助的盘缠，日吃日减，用不得几时，看看没有了。那些做经纪的人，有甚情谊？日逐有些怨咨起来，未免茶迟饭晏，箸长碗短。七郎觉得了，发话道：“我也是一郡之主，当是一路诸侯。今虽丁忧，后来还有日子，如何恁般轻薄？”店主人道：“说不得一郡两郡，皇帝失了势，也要忍些饥饿，吃些粗粝，何况于你是未任的官？就是官了，我每又不是什么横州百姓，怎么该供养你？我们的人家不做不活，须是吃自在食不起的。”七郎被他说了几句，无言可答，眼泪汪汪，只得含着羞耐了。

再过两日，店主人寻事炒闹，一发看不得了。七郎道：“主人家，我这里须是异乡，并无一人亲识可归，一向叨扰府上，情知不当，却也是没奈何了。你有甚么觅衣食的道路，指引我一个儿？”店主人道：“你这样人，种火又长，挂门又短，郎不郎秀不秀的，若要觅衣食，须把个‘官’字儿阁起，照着常人，佣工做活，方可度日。你却如何去得？”七郎见说到佣工做活，气忿忿地道：“我也是方面官员，怎便到此地位？”思想：“零陵州州牧前日相待甚厚，不免再将此苦情告诉他一番，定然有个处法。难道白白饿死一个刺史在他地方了不成？”写了个帖，又无一个人跟随，自家袖了。葳葳蕤蕤，走到州里衙门上来递。

那衙门中人见他如此行径，必然是打抽丰，没廉耻的，连帖也不肯收他的。直到再三央及，把上项事一一分诉，又说到替他殡葬厚礼赆行之事，这却衙门中都有晓得的，方才肯接了进去，呈与州牧。州牧看了，便有好些不快活起来，道："这人这样不达时务的！前日吾见他在本州失事，又看上司体面，极意周全他去了，他如何又在此缠扰？或者连前日之事，未必是真，多是神棍假装出来骗钱的未可知。纵使是真，必是个无耻的人，还有许多无厌足处。吾本等好意，却叫得引鬼上门，我而今不便追究，只不理他罢了。"分付门上不受他帖，只说概不见客，把原帖还了。

七郎受了这一场冷淡，却又想回下处不得，住在衙门上守他出来时，当街叫喊。州牧坐在轿上问道："是何人叫喊？"七郎口里高声答道："是横州刺史郭翰。"州牧道："有何凭据？"七郎道："原有告身，被大风飘舟，失在江里了。"州牧道："既无凭据，知你是真是假？就是真的，赍发已过，如何只管在此缠扰？必是光棍，姑饶打，快走！"左右虞候看见本官发怒，乱棒打来。只得闪了身子开来，一句话也不说得，有气无力的，仍旧走回下处闷坐。

　　店主人早已打听他在州里的光景，故意问道："适才见州里相公，相待如何？"七郎羞惭满面，只叹口气，不敢则声。店主人道："我教你把'官'字儿阁起，你却不听我，直要受人怠慢。而今时势，就是个空名宰相，也当不出钱来了；除是靠着自家气力，方挣得饭吃。你不要痴了！"七郎道："你叫我做甚勾当好？"店主人道："你自想，身上有甚本事？"七郎道："我别无本事，止是少小随着父亲，涉历江湖，那些船上风水，当艄拿舵之事，尽晓得些。"店主人喜道："这个却好了，我这里埠头上来往船只多，尽有缺少执艄的。我荐你去几时，好歹觅几贯钱来，饿你不死了。"七郎没奈何，只得依从。从此只在往来船只上，替他执艄度日。去了几时，也就觅了几贯工钱回到店家来。永州市上人，认得了他，晓得他前项事的，就传他一个名，叫他做"当艄郭使君"。但是要寻他当艄的船，便指名来问郭使君。永州市上编成他一支歌儿道：问使君，你缘何不到横州郡？元来是天作对，不许你假斯文，把家缘结果在风一阵。舵牙当执板，绳缆是拖绅。这是荣耀的下梢头也！还是把着舵儿稳。——词名《桂枝儿》

　　在船上混了两年，虽然挨得服满，身边无了告身，去补不得官。若要京里再打关节时，还须照前得这几千缊使用，却从何处讨？眼见得这话休题了，只得安心塌地，靠着船上营生。又道是："居移气，养移体"，当初做刺史，便象个官员；而今在船上多年，状貌气质，也就是些篙工水手之类，一般无二。可笑个一郡刺史，如此收场。可见人生荣华富贵，眼前算不得账的。上复世间人，不要十分势利。听我四句口号：

富不必骄，贫不必怨。

要看到头，眼前不算。

第十五卷　**大姊魂游完宿愿**
小妹病起续前缘

诗曰：

生死由来一样情，豆萁燃豆并根生。

存亡姊妹能想念，可笑阋墙亲弟兄。

话说唐宪宗元和年间，有个侍御李十一郎，名行修。妻王氏夫人，乃是江西廉使王仲舒女，贞懿贤淑，行修敬之如宾。王夫人有个幼妹，端妍聪慧，夫人极爱他，常领他在身边鞠养。连行修也十分爱他，如自家养的一般。

一日，行修在族人处赴婚礼喜筵，就在这家歇宿。晚间忽做一梦，梦见自身再娶夫人。灯下把新人认看，不是别人，正是王夫人的幼妹。猛然惊觉，心里甚是不快活。巴到天明，连忙归家。进得门来，只见王夫人清早已起身了，闷坐着，将手频频拭泪，行修问着不答。行修便问家人道："夫人为何如此？"家人辈齐道："今早当厨老奴在厨下自说：'五更头做一梦，梦见相公再娶王家小娘子。'夫人知道了，恐怕自身有甚山高水低，所以悲哭了一早起了。"行修听罢，毛骨耸然，惊出一身冷汗，想道："如何与我所梦正合？"他两个是恩爱夫妻，心下十分不乐。只得勉强劝谕夫人道："此老奴颠颠倒倒，是个愚懵之人，其梦何足凭准！"口里虽如此说，心下因是两梦不约而同，终久有些疑惑。只是隔不多几日，夫人生出病来，屡医不效，两月而亡。行修哭得死而复苏，书报岳父王公，王公举家悲恸。因不忍断了行修亲谊，回书还答，便有把幼女续婚之意。行修伤悼正极，不忍说起这事，坚意回绝了岳父。于时有个卫秘书卫随，最能广识天下奇人。见李行修如此思念夫人，突然对他说道："侍御怀想亡夫人如此深重，莫不要见他么？"行修道："一死永别，如何能勾再见？"秘书道："侍御若要见亡夫人，何不去问'稠桑王老'？"行修道："王老是何人？"秘书道："不必说破，侍御只牢牢记着'稠桑王老'四字，少不得有相会之处。"行修见说得奇怪，切切记之于心。过了两三年，王公幼女越长成了，王公思念亡女，要与行修续亲，屡次着人来说。行修不忍背了亡夫人，只是不从。

此后，除授东台御史，奉诏出关，行次稠桑驿。驿馆中先有敕使住下了，只得讨个官房歇宿。那店名就叫做稠桑店。行修听得"稠桑"二字，触着便自上心，想道："莫不什么王老正在此处？"正要跟寻他，只听得街上人乱嚷。行修走到店门边一看，只见一伙人团团围住一个老者，你扯我扯，你问我问，缠得一个头昏眼暗。行修问店主人道："这些人何故如此？"主人道："这个老儿姓王，是个希奇的人，善谈禄命。乡里人敬他如神，故此见他走过，就缠住他问祸福。"行修想着卫秘书之言，道："原来果有此人。"便叫店主人快请他到店相见。店主人见行修是个出差御史，不敢稽延，拨开人丛，走进去扯住他道："店中有个李御史李十一郎奉请。"众人见说是官府请，放开围，让他出来，一哄多散了。到店相见。行修见是个老人，不要他行礼，就把想念亡妻，有卫秘书指引来求他的话，说了一遍，便道："不知老翁果有奇术，能使亡魂相见否？"老人道："十一郎要见亡夫人，就是今夜罢了。"

老人前走，叫行修打发开了左右，引了他一路走。入一个土山中，又升了一个数丈的高坡，坡侧隐隐见有个丛林，老人便住在路旁，对行修道："十一郎可走去林下，高声呼'妙子'，必有人应。应了，便说道：'传语九娘子，今夜暂借妙子同看亡妻。'"行修依言，走去林间呼着，果有人应。又依着前言说了。少顷，一个十五六岁的女子走出来道："九娘子差我随十一郎去。"说罢，便折竹二枝，自跨了一枝，一枝与行修跨，跨上便同马一般快。行勾三四十里，忽到一处，城阙壮丽。前经一大宫，宫前有门。女子道："但循西廊直北，从南第二宫，乃是贤夫人所居。"行修依言，趋至其处，果见十数年前一个死过的丫头，出来拜迎，请行修坐下。夫人就走出来，涕泣相见。行修伸诉离恨，一把抱住不放。却待要再讲欢会，王夫人不肯道："今日与君幽显异途，深不愿如此贻妾之患；若是不忘平日之好，但得纳小妹为婚，续此姻亲，妾心愿毕矣。所要相见，只此奉托。"言罢，女子已在门外厉声催叫道："李十一郎速出！"行修不敢停留，含泪而出。女子依前与他跨了竹枝同行。

到了旧处，只见老人头枕一块石头，眠着正睡。听得脚步响，晓得是行修到了，走起来问道："可如意么？"行修道："幸已相会。"老人道："须谢九娘子遣人相送。"行修依言，送妙子到林间，高声称谢。回来问老人道："此是何等人？"老人道："此原上有灵应九子母祠耳。"老人复引行修到了店中，只见壁上灯盏荧荧，槽中马啖刍如故，仆夫等个个熟睡。行修疑道做梦，却有老人尚在可证。老人当即辞行修而去，行修叹异了一番。因念妻言谆恳，才把这段事情备细写与岳丈王公。从此遂续王氏之婚，恰应前日之梦。正是：

> 旧女婿为新女婿，大姨夫做小姨夫。

古来只有娥皇、女英姊妹两个，一同嫁了舜帝。其他姊姊亡故，不忍断亲，续上小姨，乃是世间常事；从来没有个亡故的姊姊怀此心愿，在地下撮合完全好事的。今日小子先说此一段异事，见得人生只有这个"情"字至死不泯的。只为这王夫人身子虽死，心中还念着亲夫恩爱；又且妹子是他心上喜欢的，一点情不能忘，所以阴中如此主张，了其心愿。这个还是做过夫妇多时的，如此有情，未足为怪。小子如今再说一个不曾做亲过的，只为不忘前盟，阴中完了自己姻缘，又替妹子联成婚事。怪怪奇奇，真真假假，说来好听。有诗为证：

> 还魂从古有，借体亦其常。
>
> 谁摄生人魄，先将宿愿偿？

这本话文，乃是元朝大德年间，扬州有个富人姓

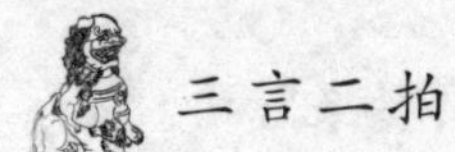

吴，曾做防御使之职，人都叫他做吴防御。住居春风楼侧，生有二女，一个叫名兴娘，一个叫名庆娘；庆娘小兴娘两岁，多在襁褓之中。邻居有个崔使君，与防御往来甚厚。崔家有子，名曰兴哥，与兴娘同年所生。崔公即求聘兴娘为子妇，防御欣然相许。崔公以金凤钗一只为聘礼。定盟之后，崔公合家多到远方为官去了。

一去一十五年，竟无消息回来。此时兴娘已一十九岁，母亲见他年纪大了，对防御道："崔家兴哥一去十五年，不通音耗。今兴娘年已长成，岂可执守前说，错过他青春？"防御道："一言已定，千金不移。吾已许吾故人了，岂可因他无耗，便欲食言？"那母亲终究是妇人家识见，见女儿年长无婚，眼中看不过意，日日与防御絮聒，要另寻人家。

兴娘肚里，一心专盼崔生来到，再没有二三的意思。虽是亏得防御有正经，却看见母亲说起激聒，便暗地恨命自哭。又恐怕父亲被母亲缠不过，一时更变起来，心中长怀着忧虑，只愿崔家郎早来得一日也好。眼睛几望穿了，那里叫得崔家应？看看饭食减少，生出病来，沉眠枕席，半载而亡。父母与妹及合家人等，多哭得发昏章第十一。临入殓时，母亲手持崔家原聘这只金凤钗，抚尸哭道："此是你夫家之物，今你已死，我留之何益？见了徒增悲伤，与你戴了去罢！"就替他插在髻上，盖了棺。三日之后，抬去殡在郊外了。家里设个灵座，朝夕哭奠。

殡过两个月，崔生忽然来到。防御迎进问道："郎君一向何处？尊父母平安否？"崔生告诉道："家父做了宣德府理官，殁于任所，家母亦先亡了数年。小婿在彼守丧，今已服除，完了殡葬之事。不远千里，特到府上来完前约。"防御听罢，不觉吊下泪来道："小女兴娘薄命，为思念郎君成病，于两月前饮恨而终，已殡在郊外了。郎君便早到半年，或者还不到得死的地步。今日来时，却无及了。"说罢又哭。崔生虽是不曾认识兴娘，未免感伤起来。防御道："小女殡事虽行，灵位还在。郎君可到他席前看一番，也使他阴魂晓得你来了。"噙着眼泪，一手拽了崔生走进内房来。崔生抬头看时，但见：纸带飘摇，冥童绰约。飘摇纸带，尽写着梵字金言；绰约冥童，对捧着银盆绣帨。一缕炉烟常袅，双台灯火微荧。影神图，画个绝色的佳人；白木牌，写着新亡的长女。崔生看见了灵座，拜将下去。防御拍着桌子大声道："兴娘吾儿，你的丈夫来了。你灵魂不远，知道也未？"说罢，放声大哭。合家见防御说得伤心，一齐号哭起来，直哭得一佛出世，二佛生天，连崔生也不知陪下了多少

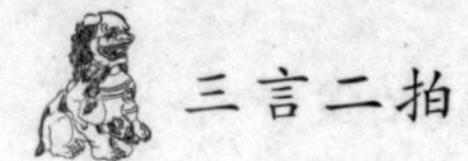

眼泪。哭罢，焚了些楮钱，就引崔生在灵位前，拜见了妈妈。妈妈兀自哽哽咽咽的，还了个半礼。

防御同崔生出到堂前来，对他道："郎君父母既没，道途又远，今既来此，可便在吾家住宿。不要论到亲情，只是故人之子，即同吾子，勿以兴娘没故，自同外人。"即令人替崔生搬将行李来，收拾门侧一个小书房与他住下了。朝夕看待，十分亲热。

将及半月，正值清明节届，防御念兴娘新亡，合家到他家上挂钱祭扫。此时兴娘之妹庆娘已是十七岁，一同妈妈抬了轿，到姊姊坟上去了，只留崔生一个在家中看守。大凡好人家女眷，出外稀少，到得时节头边，看见春光明媚，巴不得寻个事由来外边散心耍子。今日虽是到兴娘新坟上，心中怀着凄惨的；却是荒郊野外，桃红柳绿，正是女眷们游耍去处。盘桓了一日，直到天色昏黑，方才到家。崔生步出门外等候，望见女轿二乘来了，走在门左迎接。前轿先进，后轿至前。到生身边经过，只听得地下砖上，铿的一声，却是轿中掉一件物事出来。崔生待轿过了，急去拾起来看，乃是金凤钗一只。崔生知是闺中之物，急欲进去纳还，只见中门已闭。原来防御合家在坟上辛苦了一日，又各带了些酒意，进得门，便把来关了，收拾睡觉。崔生也晓得这个意思，不好去叫得门，且待明日未迟。

回到书房，把钗子放好在书箱中了，明烛独坐。思念婚事不成，只身孤苦，寄迹人门，虽然相待如子婿一般，终非久计，不知如何是个结果。闷上心来，叹了几声，上了床。正要就枕，忽听得有人扣门响。崔生问道："是那个？"不见回音。崔生道是错听了，方要睡下去，又听得敲的毕毕剥剥。崔生高声又问，又不见声响了。崔生心疑，坐在床沿，正要穿鞋到门边静听，只听得又敲响了，却只不见则声。崔生忍耐不住，立起身来，幸得残灯未熄，重捻亮了，拿在手中，开门出来一看，灯却明亮，见得明白，乃是十七八岁一个美貌女子，立在门外。看见门开，即便褰起布帘，走将进来。崔生大惊，吓得倒退了两步。那女子笑容可掬，低声对生道："郎君不认得妾耶？妾即兴娘之妹庆娘也。适才进门时，钗坠轿下，故此乘夜来寻。郎君曾拾得否？"崔生见说是小姨，恭恭敬敬答应道："适才娘子乘轿在后，果然落钗在地。小生当时拾得，即欲奉还，见中门已闭，不敢惊动，留待明日。今娘子亲寻至此，即当持献。"就在书箱取出，放在桌上道："娘子亲拿了去。"女子出纤手来取钗，插在头上了，笑嘻嘻的对崔生道："早知是郎君拾得，妾亦不必乘夜来寻了。如今已是更阑时候，妾身出来了，不可复进。今夜当借郎君枕席，侍寝一宵。”崔生大惊道：“娘子说那里话！令尊令堂待小生如骨肉，小生怎敢胡行，有污娘子清德？娘子请回步，誓不敢从命。”女子道：“如今合家睡熟，并无一个人知道的。何不趁此良宵，完成好事？你我悄悄往来，亲上加亲，有何不可？”崔生道：“欲人不知，莫若勿为。虽承娘子美情，万一后边有些风吹草动，被人发觉，不要说道无颜面见令尊，传将出去，小生如何做得人成？不是把一生行止多坏了？”女子道：“如此良宵，又兼夜深，我既寂寥，你亦冷落。难得这个机会，同在一个房中，也是一生缘分。且顾眼前好事，管甚么发觉不发觉；况妾自能为郎君遮掩，不至败露。郎君休得疑虑，挫过了佳期。”崔生见他言词娇媚，美艳非常，心里也禁不住动火，只是想着防御相待之厚，不敢造次，好象个小儿放纸炮，真个又爱又怕。却待依从，转了一念，又摇头道：“做不得！做不得！”只得向女子哀求道：“娘子，看令姊兴娘之面，保全小生行止吧！”那女子见他再三不肯，自觉羞惭，忽然变了颜色，勃然大怒道：“吾父以子侄之礼待你，留置书房，你乃敢于深夜诱我至此！将欲何为？我声张起来，去告诉了父亲，当官告你。看你如何折辩？不到得轻易饶你！”声色俱厉。崔生见他反跌一着，放刁起来，心里好生惧怕。想道："果是老大的利害！如今已见在我房中了，清浊难分，万一声张，被他一口咬定，从何分剖？不若且依从了他，到还未见得即时败露，慢慢图个自全之策罢了。"正是：

羝羊触藩，进退两难。

只得陪着笑，对女子道："娘子休要声高。既承娘子美意，小生但凭娘子做主便了。"女子见他依从，回嗔作喜道："元来郎君恁地胆小的！"崔生闭上了门，两个解衣就寝。有《西江月》为证：

旅馆羁身孤客，深闺皓齿韶容。合欢裁就两情浓，好对娇鸾雏凤。　　认道良缘辐辏，谁知哑谜包笼？新人魂梦雨云中，还是故人情重。

两人云雨已毕，真是千恩万爱，欢乐不可名状。将至天明，就起身来，辞了崔生，闪将进去。崔生虽然得了些甜头，心中只是怀着个鬼胎，战兢兢的，只怕有人晓得。幸得女子来踪去迹甚是秘密，又且身子轻捷，朝隐而入，暮隐而出，只在门侧书房私自往来快乐，并无一个人知觉。

将及一月有余，忽然一晚对崔生道："妾处深闺，郎处外馆。今日之事，幸而无人知觉。诚恐好事多磨，佳期易阻。一旦声迹彰露，亲庭罪责，将妾拘系于内，郎赶逐于外，在妾便自甘心，却累了郎之清德，妾罪大矣。须与郎从长商议一个计策便好。"崔生道："前日所以不敢轻从娘子，专为此也。不然，人非草木，小生岂是无情之物？而今事已到此，还是怎的好？"女子道："依妾愚见，莫若趁着人未及知觉，先自双双逃去，在他乡外县居住了，深自敛藏，方可优游偕老，不致分离。你心下如何？"崔生道："此言固然有理，但我目下零丁孤苦，素少亲知，虽要逃亡，还是向那边去好？"想了又想，猛然省起来道："曾记得父亲在日，常说有个旧仆金荣，乃是信义的人。见居镇江吕城，以耕种为业，家道从容。今我与你两个前去投他，他有旧主情分，必不拒我。况且一条水路，直到他家，极是容易。"女子道："既然如此，事不宜迟，今夜就走罢。"

商量已定，起个五更，收拾停当了。那个书房即在门侧，开了甚便。出了门，就是水口。崔生走到船帮里，叫了一只小划子船，到门首下了女子，随即开船，径到瓜洲。打发了船，又在瓜洲另讨了一个长路船，渡了江，进了润州，奔丹阳，又四十里，到了吕城。泊住了船，上岸访问一个村人道："此间有个金荣否？"村人道："金荣是此间保正，家道殷富，且是做人忠厚，谁不认得！你问他则甚？"崔生道："他与我有些亲，特来相

访。有烦指引则个。"村人把手一指道："你看那边有个大酒坊，间壁大门就是他家。"

崔生问着了，心下喜欢，到船中安慰了女子，先自走到这家门首，一直走进去。金保正听得人声，在里面踱将出来道："是何人下顾？"崔生上前施礼。保正问道："秀才官人何来？"崔生道："小生是扬州府崔公之子。"保正见说了扬州崔三字，便吃了一惊道："是何官位？"崔生道："是宣德府理官，今已亡故了。"保正道："是官人的何人？"崔生道："正是我父亲。"保正道："这等是衙内了。请问当时乳名可记得么？"崔生道："乳名叫做兴哥。"保正道："说起来，是我家小主人也。"推崔生坐了，纳头便拜。问道："老主人几时归天的？"崔生道："今已三年了。"保正就走去掇张椅桌，做个虚位，写一神主牌，放在桌上，磕头而哭。

哭罢，问道："小主人，今日何故至此？"崔生道："我父亲在日，曾聘定吴防御家小娘子兴娘……"保正不等说完，就接口道："正是，这事老仆晓得的。而今想已完亲事了么？"崔生道："不想吴家兴娘为盼望吾家音信不至，得了病症。我到得吴家，死已两月。吴防御不忘前盟，款留在家，喜得他家小姨庆娘为亲情顾盼，私下成了夫妇。恐怕发觉，要个安身之所；我没处投奔，想着父亲在时，曾说你是忠义之人，住在吕城，故此带了庆娘一同来此。你既不忘旧主，一力周全则个。"金保正听说罢，道："这个何难！老仆自当与小主人分忧。"便进去唤嬷嬷出来，拜见小主人。又叫他带了丫头到船边，接了小主人娘子起来。老夫妻两个，亲自洒扫正堂，铺叠床帐，一如待主翁之礼。衣食之类，供给周备，两个安心住下。

将及一年，女子对崔生道："我和你住在此处，虽然安稳，却是父母生身之恩，竟与他永绝了，毕竟不是个收场，心里也觉过不去。"崔生道："事已如此，说不得了。难道还好去相见得？"女子道："起初一时间做的事，万一败露，父母必然见责，你我离合，尚未可知。思量永久完聚，除了一逃，再无别着。今光阴似箭，已及一年。我想爱子之心，人皆有之。父母那时不见了我，必须舍不得的。今日若同你回去，父母重得相见，自觉喜欢，前事必不记恨。这也是料得出的。何不拚个老脸，双双去见他一面，有何妨碍？"崔生道："丈夫以四方为事，只是这样潜藏在此，原非长算。今娘子主见如此，小生拚得受岳父些罪责，为了娘子，也是甘心的。既然做了一年夫妻，你家素有门望，料没有把你我重拆散了，再嫁别人之理。况有令姊旧盟未完，重续前好，正是应得。只须陪些小心往见，元自不妨。"

两个计议已定，就央金荣讨了一只船，作别了金荣，一路行去。渡了江，进瓜洲，前到扬州地方。看看将近防御家，女子对崔生道："且把船歇在此处，未要竟到门口，我还有话和你计较。"崔生叫船家住好了船，问女子道："还有甚么说话？"女子道："你我逃窜一年，今日突然双双往见，幸得容恕，千好万好了。万一怒发，不好收场。不如你先去见见，看着喜怒，说个明白。大约没有变卦了，然后等他来接我上去，岂不婉转些？我也觉得有颜采。我只在此等你消息就是。"崔生道："娘子见得不差。我先去见便了。"跳上了岸，正待举步。女子又把手招他转来道："还有一说。女子随人私奔，原非美事。万一家中忌讳，故意不认帐起来的事也是有的，须要防他。"伸手去头上拔那只金凤钗下来，与他带去道："倘若言语支吾，将此钗与他们一看，便推故不得了。"崔生道："娘子恁地精细！"接将钗来，袋在袖里了，望着防御家里来。

到得堂中，传进去，防御听知崔生来了，大喜出见。不等崔生开口，一路说出来道："向日看待不周，致郎君住不安稳，老夫有罪。幸看先君之面，勿责老夫！"崔生拜伏在地，不敢仰视，又不好直说，口里只称："小婿罪该万死！"叩头不止。防御倒惊骇起来，道："郎君有何罪过？口出此言，快快说个明白！免老夫心里疑惑。"崔生道："是必岳父高抬贵手，恕着小婿，小婿才敢出口。"防御说道："有话但说，通家子侄，有何嫌疑？"崔生见他光景是喜欢的，方才说道："小婿蒙令爱庆娘不弃，一时间结了私盟，房帏事密，儿女情多，负不义之名，犯私通之律。诚恐得罪非小，不得已黄夜奔逃，潜匿村墟。经今一载，音容久阻，书信难传。虽然夫妇情深，敢忘父母恩重？今日谨同令爱，到此拜访，伏望察其深情，饶恕罪责，恩赐偕老之欢，永遂于飞之愿。岳父不失为溺爱，小婿得完美室家，实出万幸！只求岳父怜悯则个。"防御听罢大惊道："郎君说的是甚么话？小女庆娘卧病在床，经今一载。茶饭不进，转动要人扶靠，从不下床一步。方才的话，在那里说起的？莫不见鬼了？"崔生见他说话，心里暗道："庆娘真是有见识！果然怕玷辱门户，只推说病在床上，遮掩着外人了。"便对防御道："小婿岂敢说谎？目今庆娘见在船中，岳父叫个人去接了起来，便见明白。"防御只是冷笑不信，却对一个家僮说："你可走到崔家郎船上去看看，与他同来的是什么人，却认做我家庆娘子？岂有此理！"

　　家僮走到船边，向船内一望，舱中悄然不见一人。

问着船家，船家正低着头，艄上吃饭。家僮道："你舱里的人，那里去了？"船家道："有个秀才官人，上岸去了，留个小娘子在舱中，适才看见也上去了。"家僮走来回复家主道："船中不见有什么人，问船家说，有个小娘子，上了岸了，却是不见。"防御见无影响，不觉怒形于色道："郎君少年，当诚实些，何乃造此妖妄，诬玷人家闺女，是何道理？"崔生见他发出话来，也着了急，急忙袖中摸出这只金凤钗来，进上防御道："此即令爱庆娘之物，可以表信，岂是脱空说的？"防御接来看了，大惊道："此乃吾亡女兴娘殡殓时戴在头上的钗，已殉葬多时了，如何得在你手里？奇怪！奇怪！"崔生却把去年坟上女轿归来，轿下拾得此钗，后来庆娘因寻钗夜出，遂得成其夫妇。恐怕事败，同逃至旧仆金荣处，住了一年，方才又同来的说话，备细述了一遍。防御惊得呆了，道："庆娘见在房中床上卧病，郎君不信可以去看得的。如何说得如此有枝有叶？又且这钗如何得出世？真是蹊跷的事。"执了崔生的手，要引他房中去看病人，证辨真假。

　　却说庆娘果然一向病在床上，下地不得。那日外厢正在疑惑之际，庆娘托地在床上走将起来，竟望堂前奔出。家人看见奇怪，同防御的嬷嬷一哄的多随了出来。

嚷道："一向动不得的，如今忽地走将起来。"只见庆娘到得堂前，看见防御便拜。防御见是庆娘，一发吃惊道："你几时走起来的？"崔生心里还暗道："是船里走进去的。且听他说甚么。"只见庆娘道："儿乃兴娘也，早离父母，远殡荒郊。然与崔郎缘分未断，今日来此，别无他意。特为崔郎方便，要把爱妹庆娘续其婚姻。如肯从儿之言，妹子病体，当即痊愈。若有不肯，儿去，妹也死了。"合家听说，个个惊骇，看他身体面庞，是庆娘的；声音举止，却是兴娘。都晓得是亡魂归来附体说话了。防御正色责他道："你既已死了，如何又在人世，妄作胡为，乱惑生人？"庆娘又说着兴娘的话道："儿死去见了冥司，冥司道儿无罪，不行拘禁，得属后土夫人帐下，掌传笺奏。儿以世缘未尽，特向夫人给假一年，来与崔郎了此一段姻缘。妹子向来的病，也是儿假借他精魄，与崔郎相处来。今限满当去，岂可使崔郎自此孤单，与我家遂同路人！所以特来拜求父母，是必把妹子许了他，续上前姻。儿在九泉之下，也放得心下了。"防御夫妻见他言词哀切，便许他道："吾儿放心！只依着你主张，把庆娘嫁他便了。"兴娘见父母许了，便喜动颜色，拜谢防御道："多感父母肯听儿言，儿安心去了。"

　　走到崔生面前，执了崔生的手，哽哽咽咽哭起来

道："我与你恩爱一年，自此别了。庆娘亲事，父母已许我了，你好作娇客，与新人欢好时节，不要竟忘了我旧人！"言毕大哭。崔生见说了来踪去迹，方知一向与他同住的，乃是兴娘之魂。今日听罢叮咛之语，虽然悲切，明知是小姨身体，又在众人面前，不好十分亲近得。只见兴娘的魂语，分付已罢，大哭数声，庆娘身体蓦然倒地。众人惊惶，前来看时，口中已无气了。摸他心头，却温温的，急把生姜汤灌下，将有一个时辰，方醒转过来。病体已好，行动如常。问他前事，一毫也不晓得。人丛之中，举眼一看，看见崔生站在里头，急急遮了脸，望中门奔进去。崔生如梦初觉，惊疑了半日始定。

防御就拣个黄道吉日，将庆娘与崔生合了婚。花烛之夜，崔生见过庆娘惯的，且是熟分。庆娘却不十分认得崔生的，老大羞惭。真个是：

> 一个闺中弱质，与新郎未经半晌交谈；一个旅邸故人，共娇面曾做一年相识。一个只觉耳畔声音稍异，面目无差；一个但见眼前光景皆新，心胆尚怯。一个还认蝴蝶梦中寻故友，一个正在海棠枝上试新红。

却说崔生与庆娘定情之夕，只见庆娘含苞未破，元红尚在，仍是处子之身。崔生悄地问他道："你令姊借你的身体，陪伴了我一年，如何你身子还是好好的？"庆娘怫然不悦道："你自撞见了姊姊鬼魂做作出来的，干我甚事，说到我身上来。"崔生道："若非令姊多情，今日如何能勾与你成亲？此恩不可忘了。"庆娘道："这个也说得是，万一他不明不白，不来周全此事，借我的名头，出了我偌多时丑，我如何做得人成？只你心里到底照旧认是我随你逃走了的，岂不羞死人！今幸得他有灵，完成你我的事，也是他十分情分了。"

次日崔生感兴娘之情不已，思量荐度他。却是身边无物，只得就将金凤钗到市上货卖，卖得钞二十锭，尽买香烛楮锭，赍到琼花观中命道士建醮三昼夜，以报恩德。

醮事已毕，崔生梦中见一个女子来到，崔生却不认得。女子道："妾乃兴娘也，前日是假妹子之形，故郎君不曾相识。却是妾一点灵性，与郎君相处一年了。今日郎君与妹子成亲过了，妾所以才把真面目与郎相见。"遂拜谢道："蒙郎荐拔，尚有余情。虽隔幽明，实深感佩。小妹庆娘，禀性柔和，郎好看觑他！妾从此别矣。"崔生不觉惊哭而醒。庆娘枕边见崔生哭醒来，问其缘故。崔生把兴娘梦中说话，一一对庆娘说。庆娘问道：

“你见他如何模样？”崔生把梦中所见容貌，备细说来。庆娘道：“真是我姊也！”不觉也哭将起来。庆娘再把一年中相处事情，细细问崔生，崔生逐件和庆娘备说始末根由，果然与兴娘生前情性，光景无二。两人感叹奇异，亲上加亲，越发过得和睦了。自此兴娘别无影响。要知只是一个“情”字为重，不忘崔生，做出许多事体来，心愿既完，便自罢了。

此后崔生与庆娘年年到他坟上拜扫，后来崔生出仕，讨了前妻封诰，遗命三人合葬。曾有四句口号，道着这本话文：

> 大姊精灵，小姨身体。
>
> 到得圆成，无此无彼。

第十六卷　赵司户千里遗音
苏小娟一诗正果

诗曰：

> 青楼原有掌书仙，未可全归露水缘。
>
> 多少风尘能自拔，淤泥本解出青莲。

这四句诗，头一句"掌书仙"，你道是甚么出处？列位听小子说来：唐朝时长安有一个倡女，姓曹名文姬，生四五岁，便好文字之戏。及到笄年，丰姿艳丽，俨然神仙中人。家人教以丝竹宫商，他笑道："此贱事，岂吾所为？惟墨池笔冢，使吾老于此间，足矣。"他出口落笔，吟诗作赋，清新俊雅，任是才人，见他钦伏。至于字法，上逼钟、王，下欺颜、柳，真是重出世的卫夫人，得其片纸只字者，重如拱璧，一时称他为"书仙"，他等闲也不肯轻与人写。长安中富贵之家，豪杰之士，辇输金帛，求聘他为偶的，不记其数。文姬对人道："此辈岂我之偶？如欲偶吾者，必先投诗，吾当自择。"此言一传出去，不要说吟坛才子争奇斗异，各献所长，人人自以为得"大将"，就是张打油、胡钉铰，也来做首把，撮个空。至于那强斯文、老脸皮，虽不成诗，叶韵而已的，也偏不识廉耻，诌他娘两句出丑一番。谁知投去的，好歹多选不中。这些人还指望出张续案，放遭告考，把一个长安的子弟，弄得如醉如狂的。文姬只是冷笑。最后有个岷江任生，客于长安，闻得此事，喜道："吾得配矣。"旁人问之，他道："凤栖梧，鱼跃渊，物有所归，岂妄想乎？"遂投一诗云：

> 玉皇殿上掌书仙，一染尘心谪九天。
>
> 莫怪浓香薰骨腻，霞衣曾惹御炉烟。

文姬看诗毕，大喜道："此真吾夫也！不然，怎晓得我的来处？吾愿与之为妻。"即以此诗为聘定，留为夫妇。自此，春朝秋夕，夫妇相携，小酌微吟，此唱彼和，真如比翼之鸟，并头之花，欢爱不尽。

如此五年后，因三月终旬，正是九十日春光已满，夫妻二人设酒送春。对饮间，文姬忽取笔砚题诗云：

> 仙家无夏亦无秋，红日清风满翠楼。

况有碧霄归路稳，可能同驾五云虬？

题毕，把与任生看。任生不解其意，尚在沉吟，文姬笑道："你向日投诗，已知吾来历，今日何反生疑？吾本天上司书仙人，偶以一念情爱，谪居人间二纪。今限已满，吾欲归，子可偕行。天上之乐，胜于人间多矣。"说罢，只闻得仙乐飘空，异香满室。家人惊异间，只见一个朱衣吏，持一玉版，朱书篆文，向文姬前稽首道："李长吉新撰《白玉楼记》成，天帝召汝写碑。"文姬拜命毕，携了任生的手，举步腾空而去。云霞闪烁，鸾鹤缭绕，于时观者万计，以其所居地，为"书仙里"。这是"掌书仙"的故事，乃是倡家第一个好门面话柄。

看官，你道倡家这派起于何时？元来起于春秋时节。齐大夫管仲设女闾七百，征其合夜之钱，以为军需。传至于后，此风大盛，然不过是侍酒陪歌，追欢买笑，遣兴陶情，解闷破寂，实是少不得的，岂至遂为人害？争奈"酒不醉人人自醉，色不迷人人自迷"，才有欢爱之事，便有迷恋之人；才有迷恋之人，便有坑陷之局。做姊妹的，飞絮飘花，原无定主；做子弟的，失魂落魄，不惜余生。怎当得做鸨儿、龟子的，吮血磨牙，不管天理，又且转眼无情，回头是计。所以弄得人倾家荡产，败名失德，丧躯殒命，尽道这娼妓一家是陷人无底之坑，填雪不满之井了。总由子弟少年浮浪，没主意的多，有主意的少；娼家习惯风尘，有圈套的多，没圈套的少。至于那雏儿们，一发随波逐浪，那晓得叶落归根？所以百十个姊妹里头，讨不出几个要立妇名、从良到底的。就是从了良，非男负女，即女负男，有结果的也少。却是人非木石，那鸨儿只以钱为事，愚弄子弟，是他本等，自不必说；那些做妓女的，也一样娘生父养，有情有窍，日陪欢笑，夜伴枕席，难道一些心也不动？一些情也没有？只合着鸨儿，做局骗人过日不成？这却不然。其中原有真心的，一意绸缪，生死不变；原有肯立志的，亟思超脱，时刻不忘。从古以来，不止一人。而今小子说一个妓女，为一情人相思而死，又周全所爱妹子，也得从良，与看官们听，见得妓女也有好的。有诗为证，诗云：

> 有心已解相思死，况复留心念连理。
>
> 似此多情世所稀，请君听我歌天水。
>
> 天水才华席上珍，苏娘相向转相亲。
>
> 一官各阻三年约，两地同归一日魂。
>
> 遗言弱妹曾相托，敢谓冥途忘旧诺？
>
> 爱推同气了良缘，赓歌一绝于飞乐。

话说宋朝钱塘有个名妓苏盼奴，与妹苏小娟，两人

俱俊丽工诗，一时齐名。富豪子弟到临安者，无不愿识
其面，真个车马盈门，络绎不绝。他两人没有嬷嬷，只
是盼儿当门抵户，却是姐妹两个多自家为主的。自道品
格胜人，不耐烦随波逐浪，虽住繁华绮丽所在，心中
常怀不足，只愿得遇个知音之人，随他终身，方为了局
的。姊妹两人意见相同，极是过得好。

盼奴心上有一个人，乃是皇家宗人叫做赵不敏，是
个太学生。元来宋时宗室自有本等禄食，本等职衔，若
是情愿读书应举，就不在此例了。所以赵不敏有个房分
兄弟赵不器，就自去做了院判；惟有赵不敏自恃才高，
务要登第，通籍在太学。他才思敏捷，人物风流；风流
之中，又带些志诚真实，所以盼奴与他相好。盼奴不见
了他，饭也是吃不下的。赵太学是个书生，不会经管家
务，家事日渐萧条，盼奴不但不嫌他贫，凡是他一应灯
火酒食之资，还多是盼奴周给他，恐怕他因贫废学，常
对他道："妾看君决非庸下之人，妾也不甘久处风尘。但
得君一举成名，提掇了妾身出去，相随终身，虽布素亦
所甘心。切须专心读书，不可懈怠，又不可分心他务。
衣食之需，只在妾的身上，管你不缺便了。"

小娟见姐姐真心待赵太学，自也时常存一个拣人的
念头，只是未曾有个中意的。盼奴体着小娟意思，也时

常替他留心，对太学道："我这妹子性格极好，终久也是良家的货。他日你若得成名，完了我的事，你也替他寻个好主，不枉了我姊妹一对儿。"太学也自爱着小娟，把盼奴的话牢牢记在心里了。太学虽在盼奴家往来情厚，不曾破费一个钱，反得他资助读书，感激他情意，极力发愤。应过科试，果然高捷南宫。盼奴心中不胜欢喜，正是：

> 银缸斜背解鸣珰，小语低声唤玉郎。
>
> 从此不知兰麝贵，夜来新惹桂枝香。

太学榜下未授职，只在盼奴家里，两情愈浓，只要图个终身之事。却有一件：名妓要落籍，最是一件难事。官府恐怕缺了会承应的人，上司过往嗔怪，许多不便，十个到有九个不肯。所以有的批从良牒上道："慕《周南》之化，此意良可矜；空冀北之群，所请宜不允。"官司每每如此，不是得个极大的情分，或是撞个极帮衬的人，方肯周全。而今苏盼奴是个有名的能诗妓女，正要插趣，谁肯轻轻便放了他？前日与太学往来虽厚，太学既无钱财，也无力量，不曾替他营脱得乐籍。此时太学固然得第，盼奴还是个官身，却就娶他不得。

正在计较间，却选下官来了，除授了襄阳司户之职。初受官的人，碍了体面，怎好就与妓家讨分上脱籍？况就是自家要取的，一发要惹出议论来。欲待别寻婉转，争奈凭上日子有限，一时等不出个机会。没奈何，只得相约到了襄阳，差人再来营干。当下司户与盼奴两个抱头大哭，小娟在旁也陪了好些眼泪。当时作别了，盼奴自掩着泪眼归房，不题。

司户自此赴任襄阳，一路上鸟啼花落，触景伤情，只是想着盼奴，自道一到任所，便托能干之人进京做这件事。谁知到任事忙，匆匆过了几时，急切里没个得力心腹之人可以相托。虽是寄了一两番信，又差了一两次人，多是不尴不尬，要能不够的。也曾书写相托在京友人，替他脱籍了当，然后图谋接到任所。争奈路途既远，亦且寄信做事，所托之人，不过道是娼妓的事，有紧没要，谁肯知痛着热，替你十分认真做的？不过讨得封把书信儿，传来传去，动不动便是半年多。司户得一番信，只添得悲哭一番，当得些甚么？

如此三年，司户不遂其愿，成了相思之病。自古说得好：心病还须心上医。眼见得不是盼奴来，医药怎得见效？看看不起。只见门上传进来道："外边有个赵院判，称是司户兄弟，在此候见。"司户闻得，忙叫"请进"。相见了，道："兄弟，你便早些个来，你哥哥不见得如此！"院判道："哥哥，为何病得这等了？你要兄弟早来，便怎么？"司户道："我在京时，有个教坊妓女苏盼奴，与我最厚。他赍助我读书成名，得有今日。因为一时匆匆，不替他落得籍，同他到此不得。原约一到任所差人进京图干此事，谁知所托去的，多不得力。我这里好不盼望，不甫能勾回个信来，定是东差西误的。三年以来，我心如火，事冷如冰，一气一个死。兄弟，你若早来几时，把这个事托你，替哥哥干去，此时盼奴也可来，你哥哥也不死。如今却已迟了！"言罢，泪如雨下。院判道："哥哥，且请宽心！哥哥千金之躯，还宜调养，望个好日。如何为此闲事，伤了性命？"司户道："兄弟，你也是个中人，怎学别人说淡话？情上的事，各人心知，正是性命所关，岂是闲事！"说到痛切，又发昏上来。

隔不多两日，恍惚见盼奴在眼前，愈加沉重，自知不起。呼院判到床前，嘱付道："我与盼奴，不比寻常，真是生死交情。今日我为彼而死，死后也还不忘的。我三年以来，共有俸禄余资若干，你与我均匀分作两分。一分是你收了，一分你替我送盼奴去。盼奴知我既死，必为我守。他有妹小娟，俊雅能吟，盼奴曾托我替他寻人。我想兄弟风流才俊，能了小娟之事。你到京时，可将我言传与他家，他家必然喜纳。你若得了小娟，诚是佳配，不可错过了！一则完了我的念头，一则接了我的瓜葛。此临终之托，千万记取！"院判涕泣领命，司户言毕而逝。院判勾当丧事了毕，带了灵柩归葬临安。一面收拾东西，竟望钱塘进发不题。

却说苏盼奴自从赵司户去后，足不出门，一客不见，只等襄阳来音。岂知来的信虽有两次，却不曾见干着了当的实事。他又是个女流，急得乱跳也无用，终日盼望纳闷而已。一日，忽有个于潜商人，带着几箱官绢到钱塘来，闻着盼奴之名，定要一见。缠了几番，盼奴只是推病不见，以后果然病得重了。商人只认做推托，心怀愤恨。小娟虽是接待两番，晓得是个不在行的蠢物，也不把眼稍带着他。几番要矸在小娟处宿歇，小娟推道："姐姐病重，晚间要相伴，伏侍汤药，留客不得。"毕竟缠不上，商人自到别家嫖宿去了。

以后盼奴相思之极，恍恍惚惚。一日忽对小娟道："妹子好住，我如今要去会赵郎了。"小娟只道他要出门，便道："好不远的途程！你如此病体，怎好去得？可不是痴话么？"盼奴道："不是痴话，相会只在霎时间了。"看看声丝气咽，连呼赵郎而死。小娟哭了一回，买棺盛贮，设个灵位，还望乘便捎信赵家去。只见门外两个公人，大喇喇的走将进来，说道府判衙里唤他姊妹去对甚么官绢词讼。小娟不知事由，对公人道："姐姐亡逝已过，见有棺枢灵位在此，我却随上下去回复就是。"兔不得赔酒赔饭，又把使用钱送了公人，分付丫头看家，锁了房门，随着公人到了府前，才晓得于潜客人被同伙首发将官绢费用宿娼，拿他到官，怀着旧恨，却把盼奴、小娟攀着。小娟好生负屈，只待当官分诉，带到时，府判正赴堂上公宴，没工夫审理，却是钱粮事务，喝令权且寄监。可怜：

> 粉黛丛中艳质，图圄队里愁形。

> 吉凶全然未保，青龙白虎同行。

不说小娟在牢中受苦，却说赵院判扶了兄枢来到钱塘，安厝已了，奉着遗言，要去寻那苏家。却想道："我又不曾认得他一个，突然走去，那里晓得真情？虽是吾兄为盼奴而死，知他盼奴心事如何？近日行径如何？却便孟浪去打破了。"猛然想道："此间府判，是我宗人，何不托他去唤他到官来，当堂问他明白，自见下落。"一直径到临安府来，与府判相见了，叙寒温毕，即将兄长亡逝已过，所托盼奴、小娟之事，说了一遍，要府判差人去唤他姐妹二人到来。府判道："果然好两个妓女，小可着人去唤来，宗丈自与他说端的罢了。"随即差个祗候人拿根签去唤他姊妹。

祗候领命去了。须臾来回话道：“小人到苏家去，苏盼奴一月前已死，苏小娟见系府狱。”院判、府判俱惊道：“何事系狱？”祗候回答道：“他家里说为于潜客人诬攀官绢的事。”府判点头道：“此事正在我案下。”院判道：“看亡兄分上，宗丈看顾他一分则个。”府判道：“宗丈且到敝衙一坐，小可叫来问个明白，自有区处。”院判道：“亡兄有书札与盼奴，谁知盼奴已死了。亡兄却又把小娟托在小可，要小可图他终身，却是小可未曾与他一面，不知他心下如何。而今小弟且把一封书打动他，做个媒儿，烦宗丈与小可婉转则个。”府判笑道：“这个当得，只是日后不要忘了媒人。”大家笑了一回，请院判到衙中坐了，自己升堂。

叫人狱中取出小娟来，问道：“于潜商人，缺了官绢百匹，招道‘在你家花费’，将何补偿？”小娟道：“亡姊盼奴在日，曾有个于潜客人来了两番。盼奴因病不曾留他，何曾受他官绢？今姊已亡故无证，所以客人落得诬攀。府判若赐周全开豁，非唯小娟感激，盼奴泉下也得蒙恩了。”府判见他出语婉顺，心下喜他，便问道：“你可认得襄阳赵司户么？”小娟道：“赵司户未第时，与姊盼奴交好，有婚姻之约，小娟故此相识。以后中了科第，做官去了，屡有书信，未完前愿。盼奴相思，得病而亡，已一月多了。"府判道："可伤！可伤！你不晓得赵司户也去世了？"小娟见说，想着姊姊，不觉凄然吊下泪来，道："不敢拜问，不知此信何来？"府判道："司户临死之时，不忘你家盼奴，遣人寄一封书、一匣礼物与他。此外又有司户兄弟赵院判，有一封书与你，你可自开看。"小娟道："自来不认得院判是何人，如何有书？"府判道："你只管拆开看，是甚话就知分晓。"

小娟领下书来，当堂拆开读着。元来不是什么书，却是一首七言绝句。诗云：

当时名妓镇东吴，不好黄金只好书。

借问钱塘苏小小，风流还似大苏无？

小娟读罢诗，想道："此诗情意，甚是有情于我。若得他提挈，官事易解。但不知赵院判何等人品。看他诗句清俊，且是赵司户的兄弟，多应也是风流人物，多情种子。"心下踌躇，默然不语。府判见他沉吟，便道："你何不依韵和他一首？"小娟对道："从来不会做诗。"府判道："说那里话？有名的苏家姊妹能诗，你如何推托？若不和诗，就要断赔官绢了。"小娟谦词道："只好押韵献丑，请给纸笔。"府判叫取文房四宝与他。小娟心下道："正好借此打动他官绢之事。"提起笔来，毫不思索，一挥而就，双手呈上府判。府判读之，诗云：

　　君住襄江妾在吴，无情人寄有情书。

　　当年若也来相访，还有　　　　　　　于潜绢

也无？

　　府判读罢，道："既有风致，又带诙谐玩世的意思，如此女子，岂可使溷于风尘之中？"遂取司户所寄盼奴之物，尽数交与了他，就准了他脱了乐籍，官绢着商人自还，小娟无干，释放宁家。小娟既得辨白了官绢一事，又领了若干物件，更兼脱了籍，自想姊姊如此烦难，自身却如此容易，感激无尽，流涕拜谢而去。

　　府判进衙，会了院判，把适才的说话与和韵的诗，对院判说了，道："如此女子，真是罕有！小可体贴宗丈之意，不但免他偿绢，已把他脱籍了。"院判大喜，称谢万千，告辞了府判，竟到小娟家来。

　　小娟方才到得家里，见了姊姊灵位，感伤其事，把司户寄来的东西，一件件摆在灵位前看过了，哭了一场，收拾了。只听得外面叩门响，叫丫头问明白了开门。丫头问："是那个？"外边答道："是适来寄书赵院判。"小娟听得"赵院判"三字，两步移做了一步，叫丫头急开了门迎接。院判进了门，抬眼看那小娟时，但见：

　　脸际芙蓉掩映，眉间杨柳停匀。若叫梦里去行

云，管取襄王错认。殊丽全由带韵，多情正在含蓥。司空见惯也销魂，何况风流少俊？

说那院判一见了小娟，真个眼迷心荡，暗道："吾兄所言佳配，诚不虚也！"小娟接入堂中，相见毕，院判笑道："适来和得好诗。"小娟道："若不是院判的大情分，妾身官事何由得解？况且乘此又得脱籍，真莫大之恩，杀身难报。"院判道："自是佳作打动，故此府判十分垂情。况又有亡兄所嘱，非小可一人之力。"小娟垂泪道："可惜令兄这样好人，与妾亡姊姊真个如胶似漆的，生生的阻隔两处，俱谢世去了。"院判道："令姊是几时没有的？"小娟道："方才一月前某日。"院判吃惊道："家兄也是此日，可见两情不舍，同日归天，也是奇事！"小娟道："怪道姊姊临死，口口说去会赵郎，他两个而今必定做一处了。"院判道："家兄也曾累次打发人进京，当初为何不脱籍，以致阻隔如此？"小娟道："起初令兄未第，他与亡姊恩爱，已同夫妻一般，未及虑到此地，匆匆过了日子。及到中第，来不及了。虽然打发几次人来，只因姊姊名重，官府不肯放脱。这些人见略有些难处，丢了就走，那管你死活？白白里把两个人的性命误杀了。岂知今日妾身托赖着院判，脱籍如此容易！若是令兄未死，院判早到这里一年半年，连姊姊也超脱去了。"院判道："前日家兄也如此说，可惜小可浪游薄宦，到家兄衙里迟了，故此无及。这都是他两人数定，不必题了。前日家兄说，令姊曾把娟娘终身的事，托与家兄寻人，这话有的么？"小娟道："不愿迎新送旧，我姊妹两人同心。故此姊姊以妾身托令兄寻人，实有此话的。"院判道："亡兄临终把此言对小可说了，又说娟娘许多好处，撺掇小可来会令姊与娟娘，就与娟娘料理其事，故此不远千里到此寻问。不想盼娘过世，娟娘被陷。而今幸得保全了出来，脱了乐籍，已不负亡兄与令姊了。但只是亡兄所言娟娘终身之事，不知小可当得起否？凭娟娘意下裁夺。"小娟道："院判是贵人，又是恩人，只怕妾身风尘贱质，不敢仰攀。赖得令兄与亡姊一脉，亲上之亲，前日蒙赐佳篇，已知属意；若蒙不弃，敢辞箕帚？"

院判见说得入港，就把行李什物都搬到小娟家来，是夜即与小娟同宿。赵院判在行之人，况且一个念着亡兄，一个念着亡姊，两个只恨相见之晚，分外亲热。此时小娟既已脱籍，便可自由。他见院判风流蕴藉，一心待嫁他了。只是亡姊灵柩未殡，有此牵带，与院判商量。院判道："小可也为扶亡兄灵柩至此，殡事未完。而今择个日子，将令姊之柩与亡兄合葬于先茔之侧，完他两人生前之愿，有何不可！"小娟道："若得如此，亡魂俱称心快意了。"院判一面拣日如言殡葬已毕，就央府判做个主婚，将小娟娶到家里，成其夫妇。

是夜小娟梦见司户、盼奴如同平日，坐在一处，对小娟道："你的终身有托，我两人死亦瞑目。又谢得你夫妻将我两人合葬，今得同栖一处，感恩非浅。我在冥中保佑你两人后福，以报成全之德。"言毕小娟惊醒，把梦中言语对院判说了。院判明日设祭，到司户坟上致奠。两人感念他生前相托，指引成就之意，俱各恸哭一番而回。此后院判同小娟花朝月夕，赓酬唱和，诗咏成帙。后来生二子，接了书香。小娟直与院判齐白而终。

看官，你道此一事，苏盼奴助了赵司户功名，又为司户而死，这是他自己多情，已不必说。又念着妹子终身之事，毕竟所托得人，成就了他从良。那小娟见赵院判出力救了他，他一心遂不改变，从他到了底。岂非多是好心的妓女？而今人自没主见，不识得人，乱迷乱撞，着了道儿，不要冤枉了这一家人，一概多似蛇蝎一般的。所以有编成《青泥莲花记》，单说的是好姊妹出处，请有情的自去看。有诗为证：

血躯总属有情伦，宁有章台独异人？
试看死生心似石，反令交道愧沉沦。

第十七卷　**通闱闼坚心灯火
闹囹圄捷报旗铃**

诗云：

世间何物是良图？惟有科名救急符。

试看人情翻手变，窗前可不下功夫！

话说自汉以前，人才只是举荐征辟，故有贤良、方正、茂才异等之名；其高尚不出，又有不求闻达之科。所以野无遗贤，人无匿才，天下尽得其用。自唐宋以来，俱重科名。虽是别途进身，尽能致位权要，却是惟以此为华美。往往有只为不得一第，情愿老死京华的。到我国朝，初时三途并用，多有名公大臣不同科甲出身，一般也替朝廷干功立业，青史标名不朽。那见得只是进士才做得事？直到近来，把这件事越重了。不是科甲的人，不得当权。当权所用的，不是科甲的人，不与他好衙门、好地方，多是一帆布置。见了以下出身的，就不是异途，也必拣个惫懒所在打发他。不上几时，就勾销了。总是不把这几项人看得在心上。所以别项人内便尽有英雄豪杰在里头，也无处展布。晓得没甚长筵广席，要做好官也没干，都把那志气灰了，怎能勾有做得出头的！及至是个进士出身，便贪如柳盗跖，酷如周兴、来俊臣，公道说不去，没奈何考察坏了，或是参论坏了，毕竟替他留些根。又道是百足之虫，至死不僵，跌扑不多时，转眼就高官大禄，仍旧贵显；岂似科贡的人，一勾了帐？只为世道如此重他，所以一登科第，便象升天。却又一件好笑：就是科第的人，总是那穷酸秀才做的，并无第二样人做得。及至肉眼愚眉，见了穷酸秀才，谁肯把眼稍来管顾他？还有一等豪富亲眷，放出倚富欺贫的手段，做尽了恶薄腔子待他。到得忽一日榜上有名，掇将转来，呵脬捧卵。偏是平日做腔欺负的头名，就是他上前出力。真个世间惟有这件事，贱的可以立贵，贫的可以立富；难分难解的冤仇，可以立消；极险极危的道路，可以立平。遮莫做了没脊梁、惹羞耻的事，一床锦被可以遮盖了。说话的，怎见得如此？看官，你不信且先听在下说一件势利好笑的事。

　　唐时有个举子叫做赵琮，累随计吏赴南宫春试，屡次不第。他的妻父是个锺陵大将，赵琮贫穷，只得靠着妻父度日。那妻家武职官员，宗族兴旺，见赵琮是个多年不利市的寒酸秀才，没一个不轻薄他的。妻父母看见别人不放他在心上，也自觉得没趣，道女婿不争气、没长进，虽然是自家骨肉，未免一科厌一科，弄做个老厌物了。况且有心嫌鄙了他，越看越觉得寒酸，不足敬重起来。只是不好打发得他开去，心中好些不耐烦。赵琮夫妻两个，不要说看了别人许多眉高眼低，只是父母身边，也受多少两般三样的怠慢。没奈何争气不来，只得怨命忍耐。

　　一日，赵琮又到长安赴试去了。家里撞着迎春日子，军中高会，百戏施呈。唐时名为"春设"，倾城仕女没一个不出来看。大户人家搭了棚厂，设了酒席在内，邀请亲戚共看。大将阖门多到棚上去，女眷们各各盛妆斗富，惟有赵娘子衣衫褴褛。虽是自心里觉得不入队，却是大家多去，又不好独自一个推掉不去得。只得含羞忍耻，随众人之后，一同上棚。众女眷们憎嫌他妆饰弊陋，恐怕一同坐着，外观不雅，将一个帐屏遮着他，叫他独坐在一处，不与他同席。他是受憎嫌惯的，也自揣己，只得凭人主张，默默坐下了。

正在摆设酣畅时节，忽然一个吏典走到大将面前，说道："观察相公特请将军，立等说话。"大将吃了一惊道："此与民同乐之时，料无政务相关，为何观察相公见召？莫非有甚不测事体？"心中好生害怕，捏了两把汗，到得观察相公厅前。只见观察手持一卷书，笑容可掬，当厅问道："有一个赵琮，是公子婿否？"大将笑道："正是。"观察道："恭喜，恭喜。适才京中探马来报，令婿已及第了。"大将还谦逊道："恐怕未能有此地步。"观察即将手中所持之书，递与大将道："此是京中来的金榜，令婿名在其上，请公自拿去看。"大将双手接着，一眼瞟去，赵琮名字朗朗在上，不觉惊喜。谢别了观察，连忙走回。远望见棚内家人多在那里注目看外边。大将举着榜，对着家人大呼道："赵郎及第了！赵郎及第了！"众人听见，大家都吃一惊。掇转头来看那赵娘子时，兀自寂寂寞寞，没些意思，在帷屏外坐在那里。却是耳朵里已听见了，心下暗暗地叫道："惭愧！谁知也有这日！"众亲眷急把帷屏撤开，到他跟前称喜道："而今就是夫人县君了。"一齐来拉他去同席。赵娘回言道："衣衫褴褛，玷辱诸亲，不敢来混。只是自坐了看看罢。"众人见他说呕气的话，一发不安，一个个强赔笑脸道："夫人说那里话！"就有献勤的，把带来包里的替换衣服，拿出来与他穿了。一个起头，个个争先。也有除下簪的，也有除下钗的，也有除下花钿的、耳珰的，霎时间把一个赵娘子打扮的花一团，锦一簇，还恐怕他不喜欢。是日那里还有心想看春会？只个个撺哄赵娘子，看他眉头眼后罢了。本是一个冷落的货，只为丈夫及第，一时一霎更变起来。人也原是这个人，亲也原是这些亲，世情冷暖，至于如此！

在下为何说这个做了引头？只因有一个人为些风情事，做了出来，正在难分难解之际，忽然登第，不但免了罪过，反得团圆了夫妻。正应着在下先前所言，做了没脊梁、惹羞耻的事，一床锦被可以遮盖了的说话。看官每，试听着。有诗为证：

　　同年同学，同林宿鸟。好事多磨，受人颠倒。

　　私情败露，官非难了。一纸捷书，真同月老。

这个故事，在宋朝端平年间，浙东有一个饱学秀才，姓张字忠父，是衣冠宦族。只是家道不足，靠着人家聘出去，随任做书记，馆谷为生。邻居有个罗仁卿，是崛起白屋人家，家事尽富厚。两家同日生产：张家得了个男子，名唤幼谦；罗家得了个女儿，名唤惜惜。多长成了。因张家有了书馆，罗家把女儿寄在学堂中读书。旁人见他两个年貌相当，戏道："同日生的，合该做夫妻。"他两个多是娃子家心性，见人如此说，便信杀道是真，私下密自相认，又各写了张券约，发誓必同心到老。两家父母多不知道的。同学堂了四五年，各有十四岁了，情窦渐渐有些开了。见人说做夫妻的，要做那些事，便两个合了伴，商议道："我们既是夫妻，也学着他每做做。"两个你欢我爱，亦且不晓得些利害，有甚么不肯？书房前有株石榴树，树边有一只石凳，罗惜惜就坐在凳上，身靠着树，张幼谦早把他脚来跷起，就搂抱了弄将起来。两个小小年纪，未知甚么大趣味，只是两个心里喜欢做作要笑。以后见弄得有些好处，就日日做番把，不肯住手了。

冬间，先生散了馆，惜惜回家去过了年。明年，惜惜已是十五岁，父母道他年纪长成，不好到别人家去读书，不教他来了。幼谦屡屡到罗家门首探望，指望撞见惜惜。那罗家是个富家，闺院深邃，怎得轻易出来？惜惜有一丫鬟，名唤蚩英，常到书房中伏侍惜惜，相伴往返的。今惜惜不来读书，连蚩英也不来了。只为早晨采花，去与惜惜插戴，方得出门。到了冬日，幼谦思想惜惜不置，做成新词两首，要等蚩英来时递去与惜惜。词名《一剪梅》，词云：

> 同年同日又同窗，不似鸾凰，谁似鸾凰？石榴

树下事匆忙，惊散鸳鸯，拆散鸳鸯。　　一年不到读书堂，教不思量，怎不思量？朝朝暮暮只烧香，有分成双，愿早成双！

写词已罢，等那蜚英不来，又做诗一首。诗云：

昔人一别恨悠悠，犹把梅花寄陇头。

咫尺花开君不见，有人独自对花愁。

诗毕，恰好蜚英到书房里来采梅花，幼谦折了一枝梅花，同二词一诗，递与他去，又密嘱蜚英道："此花正盛开，你可托折花为名，递个回信来。"蜚英应诺，带了去与惜惜看了。惜惜只是偷垂泪眼，欲待依韵答他，因是年底，匆匆不曾做得，竟无回信。

到得开年，越州太守请幼谦的父亲忠父去做记室，忠父就带了幼谦去，自教他。去了两年，方得归家。惜惜知道了，因是两年前不曾答得幼谦的信，密遣蜚英持一小箧子来赠他。幼谦收了，开箧来看，中有金钱十枚，相思子一粒。幼谦晓得是惜惜藏着哑谜：钱取团圆之象，相思子自不必说。心下大喜，对蜚英道："多谢小娘子好情记念，何处再会得一会便好。"蜚英道："姐姐又不出来，官人又进去不得，如何得会？只好传消递息罢了。"幼谦复作诗一首与蜚英拿去做回柬。诗云：

一朝不见似三秋，真个三秋愁不愁？

金钱难买尊前笑，一粒相思死不休。

蜚英去后，幼谦将金钱系在着肉的汗衫带子上，想着惜惜时节，便解下来跌卦问卜，又当耍子。被他妈妈看见了，问幼谦道："何处来此金钱？自幼不曾见你有的。"幼谦回母亲道："娘面前不敢隐情，实是与孩儿同学堂读书的罗氏女近日所送。"张妈妈心中已解其意，想道："儿子年已弱冠，正是成婚之期。他与罗氏女幼年同学堂，至今寄着物件往来，必是他两情相爱。况且罗氏女在我家中，看他德容俱备，何不央人去求他为子妇，可不两全其美？"隔壁有个卖花杨老妈，久惯做媒，在张罗两家多走动。张妈妈就接他到家来，把此事对他说道："家里贫寒，本不敢攀他富室。但罗氏小娘子，自幼在我家与小官人同窗，况且是同日生的，或者为有这些缘分，不弃嫌肯成就也不见得。"杨老妈道："孺人怎如此说？宅上虽然清淡些，到底是官宦人家。罗宅眼下富盛，却是个暴发。两边扯来相对，还亏着孺人宅上些哩。待老媳妇去说就是。"张妈妈道："有烦妈妈委曲则个。"幼谦又私下叮嘱杨老妈许多说话，教他见惜惜小娘子时，千万致意。杨老妈多领诺去了，一径到罗家来。

罗仁卿同妈妈问其来意。杨老妈道："特来与小娘子作伐。”仁卿道：“是那一家？”杨老妈道：“说起来连小娘子吉帖都不消求，那小官人就是同年月日的。”仁卿道：“这等说起来，就是张忠父家了。”杨老妈道：“正是。且是好个小官人。”仁卿道：“他世代儒家，门第也好，只是家道艰难，靠着终年出去处馆过日，有甚么大长进处？”杨老妈道：“小官人聪俊非凡，必有好日。”仁卿道：“而今时势，人家只论见前，后来的事那个包得？小官人看来是好的，但功名须有命，知道怎么？若他要求我家女儿，除非会及第做官，便与他了。”杨老妈道：“依老媳妇看起来，只怕这个小官人这日子也有。”仁卿道：“果有这日子，我家决不失信。”罗妈妈也是一般说话。杨老妈道：“这等，老媳妇且把这话回复张老孺人，教他小官人用心读书巴出身则个。”罗妈妈道：“正是，正是。”杨老妈道：“老媳妇也到小娘子房里去走走。”罗妈妈道：“正好在小女房里坐坐，吃茶去。”

杨老妈原在他家走熟的，不消引路，一直到惜惜房里来。惜惜请杨老妈坐了，叫蜚英看茶。就问道：“妈妈何来？”杨老妈道：“专为隔壁张家小官人求小娘子亲事而来。小官人多多拜上小娘子，说道：‘自小同窗，多时不见，无刻不想。’今特教老身来到老员外、老安人处做媒，要小娘子怎生从中自做个主，是必要成！”惜惜道：“这个事须凭爹妈做主，我女儿家怎开得口！不知方才爹妈说话何如？”杨老妈道：“方才老员外与安人的意思，嫌张家家事淡泊些。说道：‘除非张小官人中了科名，才许他。’”惜惜道：“张家哥哥这个日子倒有，只怕爹妈性急，等不得，失了他信。既有此话，有烦妈妈上复他，叫他早自挣挫，我自一心一意守他这日罢了。”惜惜要杨妈替他传语，密地取两个金指环送他，道：“此后有甚说话，妈妈悄悄替他传与我知道，当有厚谢。不要在爹妈面前说了。”看官，你道这些老妈家，是马泊六的领袖，有甚么解不出的意思？晓得两边说话多有情，就做不成媒，还好私下牵合他两个，赚主大钱。又且见了两个金指环，一面堆下笑来道：“小娘子，凡有所托，只在老身身上，不误你事。”

出了罗家门，再到张家来回复，把这些说话，一一与张妈妈说了。张幼谦听得，便冷笑道：“登科及第，是男子汉分内事，何足为难？这老婆稳取是我的了。”杨老妈道：“他家小娘子，也说道：官人毕竟有这日，只怕爹娘等不得，或有变卦。他心里只守着你，教你自要奋发。”张妈妈对儿子道：“这是好说话，不可负了他！”杨老妈又私下对幼谦道：“罗家小娘子好生有情于官人，临动身又分付老身道：下次有说话悄地替他传传。送我两个金指环，这个小娘子实是贤慧。"幼谦道："他日有话相烦，是必不要推辞则个。"杨老妈道："当得，当得。"当下别了去。

明年，张忠父在越州打发人归家，说要同越州太守到京候差，恐怕幼谦在家失学，接了同去。幼谦只得又去了，不题。

却说罗仁卿主意，嫌张家贫穷，原不要许他的。这句"做官方许"的说话，是句没头脑的话，做官是期不得的。女儿年纪一年大似一年，万一如姜太公八十岁才遇文王，那女儿不等做老婆婆了？又见张家只是远出，料不成事。他那里管女儿心上的事？其时同里有个巨富之家，姓辛，儿子也是十八岁了。闻得罗家女子，才色双全，央媒求聘。罗仁卿见他家富盛，心里喜欢。又且张家只来口说得一番，不曾受他一丝，不为失约，那里还把来放在心上？一口许下了。辛家择日行聘。惜惜闻知这消息，只叫得苦。又不好对爹娘说得出心事，暗暗纳闷，私下对蜚英这丫头道："我与张官人同日同窗，谁不说是天生一对？我两个自小情如姊妹，谊等夫妻。今日却叫我嫁着别个，这怎使得？不如早寻个死路，倒得干净。只是不曾会得张官人一面，放心不下。"蜚英道："前日张官人也问我要会姐姐，我说没个计较，只得罢

了。而今张官人不在家；就是在时，也不便相会。"惜惜道："我到想上一计，可以相会；只等他来了便好，你可时常到外边去打听打听。"蜚英谨记在心。

且说张幼谦京中回来得，又是一年。闻得罗惜惜已受了辛家之聘，不见惜惜有甚么推托不肯的事。幼谦大恨道："他父母是怪不得，难道惜惜就如此顺从，并无说话？"一气一个死。提起笔来，做词一首。词名《长相思》，云：

天有神，地有神，海誓山盟字字真。如今墨尚新。　　过一春，又一春，不解金钱变作银。如何忘却人？

写毕了，放在袖中，急急走到杨老妈家里来。杨老妈接进了，问道："官人有何事见过？"幼谦道："妈妈晓得罗家小娘子已许了人家么？"杨老妈道："也见说，却不是我做媒的。好个小娘子，好生注意官人，可惜错过了。"幼谦道："我不怪他父母，到怪那小娘子，如何凭父母许别人，不则一声？"杨老妈道："叫他好孩儿家，怎好说得？他必定有个主意，可不要错怪了人！"幼谦道："为此要妈妈去通他一声，我有首小词，问他口气的，烦妈妈与我带一带去。"袖中摸出词来，并越州太守所送赆礼一两，转送杨老妈做脚步钱。杨老妈见了银子，如苍蝇见血，有甚事不肯做？欣然领命去了。把卖花为由，竟到罗家，走进惜惜房中来。

惜惜接着，问道："一向不见妈妈来走走。"杨老妈道："一向无事，不敢上门，今张官人回来了，有话转达，故此走来。"惜惜见说幼谦回了，道："我正叫蜚英打听，不知他已回来。"杨老妈道："他见说小娘子许了辛家，好生不快活。有封书托我送来小娘子看。"袖中摸出书来，递与惜惜。惜惜叹口气接了，拆开从头至尾一看，却是一首词。落下泪来道："他错怪了我也！"杨老妈道："老身不识字，书上不知怎地说？"惜惜道："他道我忘了他。岂知受聘，多是我爹妈的意思，怎由得我来？"杨老妈道："小娘子，你而今怎么发付他？"惜惜道："妈妈，你肯替张郎递信，必定受张郎之托。我有句真心话对你说，不妨么？"老妈道："去年受了小娘子尊赐，至今丝毫不曾出得力，又且张官人相托，随你分付，水里水里去，火里火里去，尽着老性命，做得的，只管做去，决不敢泄漏半句话的！"惜惜道："多感妈妈盛心！先要你去对张郎说明我的心事，我只为未曾面会得张郎，所以含忍至今。若得张郎当面一会，我就情愿同张郎死在一处，决不嫁与别人，偷生在世间的。"老妈道："你心事我好替你去说得，只是要会他，却不能勾，你家院宇深密，张官人又不会飞，我衣袖里又袋他不下，如何弄得他来相会？"惜惜道："我有一计，尽可使张郎来得。只求妈妈周全，十分稳便。"老妈道："老身方才说过了，但凭使唤，只要早定妙计，老身无不尽心。"惜惜道："奴家卧房，在这阁儿上，是我家中落末一层，与前面隔绝。阁下有一门，通后边一个小圃。圃周围有短墙，墙外便是荒地，通着外边的了。墙内有四五株大山茶花树，可以上得墙去的。烦妈妈相约张郎在墙外等，到夜来，我叫丫头打从树枝上登墙，将个竹梯挂在墙外来，张郎从梯上上墙，也从山茶树上下地，可以径到我房中阁上了。妈妈可怜我两人情重如山，替奴家备细传与张郎则个。"走到房里，摸出一锭银子来，约有四五两重，望杨老妈袖中就塞，道："与妈妈将就买些点心吃。"杨老妈假意道："未有功劳，怎么当这样重赏？只一件，若是不受，又恐怕小娘子反要疑心我未是一路，我只得斗胆收了。"谢别了惜惜出来，一五一十，走来对张幼谦说了。

幼谦得了这个消息，巴不得立时间天黑将下来。张、罗两家相去原不甚远，幼谦日间先去把墙外路数看看，望进墙去，果然四五株山茶花树透出墙外来。幼谦认定了，晚上只在这墙边等候。等了多时，并不见墙里有些些声响，不要说甚么竹梯不竹梯。等到后半夜，街鼓将动，方才闷闷回来了。到第二晚，第三晚，又复如此。白白守了三个深夜，并无动静。想道："难道耍我不成？还是相约里头，有甚么说话参差了？不然或是女孩儿家贪睡，忘记了，不知我外边人守候之苦。不免再央杨老妈去问明白。"又题一首诗于纸，云：

山茶花树隔东风，何曾云山万万重。

销金帐暖贪春梦，人在月明风露中。

写完走到杨老妈家，央他递去，就问失约之故。元来罗家为惜惜能事，一应家务俱托他所管。那日央杨老妈约了幼谦，不想有个姨娘到来，要他支陪，自不必说；晚间送他房里同宿，一些手脚做不得了。等得这日才去，杨老妈恰好走来，递他这诗。惜惜看了道："张郎又错怪了奴也！"对杨老妈道："奴家因有姨娘在此房中宿，三夜不曾合眼。无半点空隙机会，非奴家失约。今姨娘已去，今夜点灯后，叫他来罢，决不误期了。"杨老妈得了消息，走来回复张幼谦说："三日不得机会说话，准期在今夜点烛后了。"幼谦等到其时，踱到墙外去看，果然有一条竹梯倚在墙边。幼谦喜不自禁，蹑了梯子，一步一步走上去，到得墙头上，只见山茶树枝上有个黑影，吃了一惊。却是蜚英在此等候，咳嗽一声，

大家心照了。攀着树枝，多挂了下去。蜚英引他到阁底下，惜惜也在了，就一同挽了手，登阁上来，灯下一看，俱觉长成得各别了。大家欢极，齐声道："也有这日相会也！"也不顾蜚英在面前，大家搂抱定了。蜚英会意，移灯到阁外来了。于时月光入室，两人厮偎厮抱，竟到卧床上云雨起来：

> 一别四年，相逢半霎。回想幼时滋味，浑如梦境欢娱。当时小阵争锋，今日全军对垒。含苞微破，大创元有余红；玉茎顿雄，骤当不无半怯。只因尔我心中爱，拼却爷娘眼后身。

云雨既散，各诉衷曲。幼谦道："我与你欢乐，只是暂时，他日终须让别人受用。"惜惜道："哥哥兀自不知奴心事。奴自受聘之后，常拼一死，只为未到得嫁期，且贪图与哥哥落得欢会。若他日再把此身伴别人，犬豕不如矣！直到临时便见。"两人唧唧哝哝，讲了一夜的话。将到天明，惜惜叫幼谦起来，穿衣出去。幼谦问："晚间事如何？"惜惜道："我家中时常有事，未必夜夜方便，我把个暗号与你。我阁之西楼，墙外远望可见。此后楼上若点起三个灯来，便将竹梯来度你进来；若望来只是一灯，就是来不得的了，不可在外边痴等，似前番的样子，枉吃了辛苦。"如此约定而别。幼谦仍旧上山茶树，蹑竹梯而下。随后蜚英就登墙抽了竹梯起来，真个神鬼不觉。

以后幼谦只去远望，但见楼西点了三个灯，就步至墙外来，只见竹梯早已安下了，即便进去欢会。如此，每每四五夜，连宵行乐。若遇着不便，不过隔得夜把儿。往来一月有多。正在快畅之际，真是好事多磨：有个湖北大帅，慕张忠父之名，礼聘他为书记。忠父辞了越州太守馆，回家收拾去赴约，就要带了幼谦到彼乡试。幼谦得了这个消息，心中舍不得惜惜，甚是烦恼，却违拗不得。只得将情告知惜惜，就与哭别。惜惜拿出好些金帛来赠他做盘缠，哭对他道："若是幸得未嫁，还好等你归来再会。倘若你未归之前，有了日子，逼我嫁人，我只是死在阁前井中，与你再结来世姻缘。今世无及，只当永别了。"哽哽咽咽，两个哭了半夜，虽是交欢，终带惨凄，不得如常尽兴。临别，惜惜执了幼谦的手，叮咛道："你勿忘恩情，觑个空便，只是早归来得一日，也是好的。"幼谦道："此不必分付，我若不为乡试，定寻个别话，推着不去了。今却有此便，须推不得，岂是我的心愿？归得便归，早见得你一日，也是快活。"相抱着多时，不忍分开，各含眼泪而别。

幼谦自随父亲到湖北去，一路上触景伤心，自不必说。到了那边，正值试期。幼谦痴心自想：“若夺得魁名，或者亲事还可挽回得转，也未可料。”尽着平生才学，做了文赋，出场来就对父亲说道：“掉母亲家里不下，算计要回家。”忠父道：“怎不看了榜去？”幼谦道：“揭榜不中，有何颜面？况且母亲家里孤寂，早晚悬望。此处离家，须是路远，比不得越州时节，信息常通的。做儿的怎放心得下？那功名是外事，有分无分已前定了，看那榜何用？”缠了几日，忠父方才允了，放回家来。不则一日，到了家里。

元来辛家已拣定是年冬里的日子来娶罗惜惜了。惜惜心里着急，日望幼谦到家，真是眼睛多望穿了。时时叫蜚英寻了头由，到幼谦家里打听。此日蜚英打听得幼谦已回，忙来对惜惜说了。惜惜道：“你快去约了他，今夜必要相会，原仍前番的法儿进来的就是。”又写一首词，封好了，一同拿去与他看。

蜚英领命，走到张家门首，正撞见了张幼谦。幼谦道：“好了，好了。我正走出来要央杨老妈来通信，恰好你来了。”蜚英道：“我家姐姐盼官人不来，时常啼哭，日日叫我打听。今得知官人到了，登时遣我来约官人，今夜照旧竹梯上进来相会。有一个柬帖在此。”幼谦拆开来，乃是一首《卜算子》词。词云：

幸得那人归，怎便教来也？一日相思十二时，直是情难舍！　　本是好姻缘，又怕姻缘假。若是教随别个人，相见黄泉下。

幼谦读罢词，回他说："晓得了。"蜚英自去。幼谦把词来珍藏过了。

到得晚间，远望楼西，已有三灯明亮，急急走去墙外看，竹梯也在了。进去见了惜惜，惜惜如获珍宝，双手抱了，口里埋怨道："亏你下得！直到这时节才归来！而今已定下日子，我与你就是无夜不会，也只得两月多，有限的了。当与你极尽欢娱而死，无所遗恨。你少年才俊前程未可量，奴不敢把世俗儿女态，强你同死。但日后对了新人，切勿忘我！"说罢大哭。幼谦也哭道："死则俱死，怎说这话？我一从别去，那日不想你？所以试毕不等揭晓就回，只为不好违拗得父亲，故迟了几日。我认个不是罢了，不要怪我！蒙寄新词，我当依韵和一首，以见我的心事。"取过惜惜的纸笔，写道：

去时不由人，归怎由人也？罗带同心结到成，底事教抛舍？　　心是十分真，情没些儿假。若道归迟打掉篦，甘受三千下。

惜惜看了词中之意，晓得他是出于无奈，也不怨他，同到罗帏之中，极其缱绻。俗语道：新婚不如远归，况且晓得会期有数，又是一刻千金之价。你贪我爱，尽着心性做事，不顾死活。如是半月，幼谦有些胆怯了，对惜惜道："我此番无夜不来，你又早睡晚起，觉得忒胆大了些！万一有些风声，被人知觉，怎么了？"惜惜道："我此身早晚拚是死的，且尽着快活。就败露了，也只是一死，怕他甚么？"果然惜惜忒放泼了些，罗妈妈见他日间做事，有气无力，长打呵欠，又有时早晨起来，眼睛红肿的，心里疑惑起来道："这丫头有些改常了，莫不做下甚么事来？"就留了心。到人静后，悄悄到女儿房前察听动静。只听得女儿在阁上，低低微微与人说话，罗妈妈道："可不作怪！这早晚难道还与蜚英这丫头讲甚么话不成？就讲话，何消如此轻的，听不出落句来？"再仔细听了一回，又听得阁底下房里打鼾响，一发惊异道："上边有人讲话，下边又有人睡下，可不是三个人了？睡的若是蜚英丫头，女儿却与那个说话？这事必然跷蹊。"急走去对老儿说了这些缘故。罗仁卿大惊道："吉期近了，不要做将出来？"对妈妈道："不必迟疑，竟闯上阁去一看，好歹立见。那阁上没处去的。"妈妈去叫起两个养娘，拿了灯火，同妈妈前走，仁卿执着杆棒押后，一径到女儿房前来。见房门关得紧紧的，妈妈出声叫："蜚英丫头。"蜚英还睡着不应，阁上先听见了。惜惜道："娘来叫，必有甚家事。"幼谦慌张起来，惜惜道："你不要慌！悄悄住着，待我迎将下去。夜晚间他不走上来的。"忙起来穿了衣服，一面走下楼来。张幼谦有些心虚，怕不尴尬，也把衣服穿起，却是没个走路，只得将就闪在暗处静听。惜惜只认做母亲一个来问甚么话的，道是迎住就罢了，岂知一开了门，两灯火照得通红，连父亲也在，吃了一惊。正说不及话出来，只见母亲抓了养娘手里的火，父亲带着杆棒，望阁上直奔。惜惜见不是头，情知事发，便走向阁外来，望井要跳。一个养娘见他走急，带了火来照；一个养娘是空手的，见他做势，连忙抱住道："为何如此？"便喊道："姐姐在此投井！"蜚英惊醒，走起来看，只见姐姐正在那里苦挣，两个养娘尽力抱住。蜚英走去伏在井栏上了，口里哼道："姐姐使不得！"

不说下边鸟乱，且说罗仁卿夫妻走到阁上，暗处搜出一个人来。仁卿举起杆棒，正待要打。妈妈将灯上前一照，仁卿却认得是张忠父的儿子幼谦。且歇了手，骂道："小畜生！贼禽兽！你是我通家子侄，怎干出这等没道理的勾当来，玷辱我家！"幼谦只得跪下道："望伯伯恕小侄之罪，听小侄告诉。小侄自小与令爱只为同日同窗，心中相契。前年曾着人相求为婚，伯伯口许道：'等登第方可。’小侄为此发奋读书，指望完成好事。岂知宅上忽然另许了人家，故此令爱不忿，相招私合，原约同死同生。今日事已败露，令爱必死，小侄不愿独生，凭伯伯打死罢！”仁卿道：“前日此话固有，你几时又曾登第了来，却怪我家另许人？你如此无行的禽兽，料也无功名之分。你罪非轻，自有官法，我也不私下打你。”一把扭住。妈妈听见阁前嚷得慌，也恐怕女儿短见，忙忙催下了阁。

仁卿拖幼谦到外边堂屋，把条索子捆住，关好在书房里。叫家人看守着他，只等天明送官。自家复身进来看女儿时，只见颠得头蓬发乱，妈妈与养娘们还搅做了一团，在那里嚷。仁卿怒道：“这样不成器！等他死了罢！拦他何用？”举起杆棒要打，却得妈妈与养娘们，搀的搀，驮的驮，拥上阁去了，剩得仁卿一个在底下。抬头一看，只见蜚英还在井栏边。仁卿一肚子恼怒，正无发泄处，一手揪住头发，拖将过来便打道：“多是你做了牵头，牵出事来的。还不实说，是怎么样起头的？”蜚英起初还推一向在阁下睡，不知就里，被打不过，只得把来踪去迹细细招了，又说道：“姐姐与张官人时常哭泣，只求同死的。”仁卿见说了这话，喝退了蜚英，心里也有些懊悔道：“前日便许了他，不见得如此。而今却有辛家在那里，其事难处，不得不经官了。”

闹嚷了大半夜，早已天明。元来但是人家有事，觉得天也容易亮些。妈妈自和养娘窝伴住了女儿，不容他寻死路，仁卿却押了幼谦一路到县里来。县宰升堂，收了状词，看是奸情事，乃当下捉获的，知是有据。又见状中告他是秀才，就叫张幼谦上来问道：“你读书知礼，如何做此败坏风化之事？”幼谦道：“不敢瞒大人，这事有个委曲，非孟浪男女宣淫也。”县宰道：“有何委曲？”幼谦道：“小生与罗氏女同年月日所生，自幼罗家即送在家下读书，又系同窗。情孚意洽，私立盟书，誓同偕老。后来曾央媒求聘，罗家回道：‘必待登第，方许成婚。’小生随父游学，两年归家，谁知罗家不记前言，竟自另许了辛家。罗氏女自道难负前誓，只待临嫁之日，拚着一死，以谢小生，所以约小生去觌面永诀。踪迹不密，却被擒获。罗女强嫁必死，小生义不独生。事情败露，不敢逃罪。”

县宰见他人材俊雅，言词慷慨，有心要周全他。问罗仁卿道：“他说的是实否？”仁卿道：“话多实的，这事却是不该做。”县宰要试他才思，取过纸笔来与他道：“你情既如此，口说无凭，可将前后事写一供状来看看。”幼谦当堂提笔，一挥而就。供云：

窃惟情之所锺，正在吾辈；义之不歉，何恤人言！罗女生同月日，曾与共塾而作书生；幼谦契合金兰，匪仅逾墙而搂处子。长卿之悦，不为挑琴；宋玉之招，宁关好色！原许乘龙须及第，未曾经打毷氉；却教跨凤别吹箫，忍使顿成怨旷！临嫁而期永诀，何异十年不字之贞；赴约而愿捐生，无忝千里相思之谊。既藩篱之已触，总桎梏而自甘。伏望悯此缘悭，巧赐续貂奇遇；怜其情至，曲施解网深仁。寒谷逢乍转之春，死灰有复燃之色。施同种玉，报拟衔环。上供。

县宰看了供词，大加叹赏，对罗仁卿道："如此才人，足为快婿。尔女已是覆水难收，何不宛转成就了他？"罗仁卿道："已受过辛氏之聘，小人如今也不得自由。"县宰道："辛氏知此风声，也未必情愿了。"

县宰正待劝化罗仁卿，不想辛家知道，也来补状，要追究奸情。那辛家是大富之家，与县宰平日原有往来的。这事是他理直，不好曲拗得，又恐怕张幼谦出去，被他两家气头上蛮打坏了，只得准了辛家状词，把张幼谦权且收监，还要提到罗氏再审虚实。

却说张妈妈在家，早晨不见儿子来吃早饭，到书房里寻他，却又不见，正不知那里去了。只见杨老妈走来慌张道：“孺人知道么？小官人被罗家捉奸，送在牢中去了。”张妈妈大惊道：“怪道他连日有些失张失智，果然做出来。”杨老妈道：“罗、辛两家都是富豪，只怕官府处难为了小官人，怎生救他便好？”张妈妈道：“除非着人去对他父亲说知，讨个商量。我是妇人家，干不得甚么事，只好管他牢中送饭罢了。”张妈妈叫着一个走使的家人，写了备细书一封，打发他到湖北去通张忠父知道，商量寻个方便。家人星夜去了。

这边幼谦在牢中，自想：“县宰十分好意，或当保全。但不知那晚惜惜死活如何，只怕今生不能再会了！”正在思念流泪，那牢中人来索常例钱、油火钱，亏得县宰曾分付过，不许难为他，不致动手动脚，却也言三语四，絮聒得不好听。幼谦是个书生，又兼心事不快时节，怎耐烦得这些模样？分解不开之际，忽听得牢门外一片锣声筛着，一伙人从门上直打进来，满牢中多吃一惊。幼谦看那为头的肩下插着一面红旗，旗上挂下铜铃，上写“帅府捷报”。乱嚷道：“那一位是张幼谦秀才？”众人指着幼谦道：“这个便是。你们是做甚么的？”那伙人不由分说，一拥将来，团团把幼谦围住了，道：“我们是湖北帅府，特来报秀才高捷的。快写赏票！”就有个摸出纸笔来揪住他手，要写“五百贯”、“三百贯”

的乱嘈！幼谦道："且不要忙，拿出单来看，是何名次，写赏未迟。"报的人道："高哩，高哩。"取出一张红单来，乃是第三名。幼谦道："我是犯罪被禁之人，你如何不到我家里报去，却在此狱中啰唣？知县相公知道，须是不便。"报的人道："咱们是府上来，见说秀才在此，方才也曾着人禀过知县相公的。这是好事，知县相公料不嗔怪。"幼谦道："我身命未知如何，还要知县相公做主，我枉自写赏何干？"报的人只是乱嚷，牢中人从旁撺哄，把一个牢里闹做了一片。只听得喝道之声，牢中人乱窜了去，喊道："知县相公来了。"须臾，县宰笑嘻嘻的踱进牢来，见众人尚拥住幼谦不放，县宰喝道："为甚么如此？"报的人道："正要相公来，张秀才自道在牢中，不肯写赏，要请相公做主。"县宰笑道："不必喧嚷，张秀才高中，本县原有公费，赏钱五十贯文，在我库上来领。"取过笔来写与他了，众人嫌少，又添了十贯，然后散去。

县宰请过张秀才来换了衣巾，施礼过，拱他到公厅上，称贺道："恭喜高掇。"幼谦道："小生蒙覆庇之恩，虽得侥幸，所犯愆尤，还仗大人保全！"县宰道："此纤芥之事，不必介怀！下官自当宛转。"此时正出牌去拘罗惜惜出官对理未到，县宰当厅就发个票下来，票上写道："张子新捷，鼓乐送归；罗女免提，候申州定夺。"写毕，就唤吏典取花红鼓乐马匹伺候，县宰敬幼谦酒三杯，上了花红，送上了马，鼓乐前导，送出县门来。正是：

> 昨日牢中囚犯，今朝马上郎君。
>
> 风月场添彩色，氤氲使也欢欣。

却说幼谦迎到半路上，只见前面两个公人，押着一乘女轿，正望县里而来，轿中隐隐有哭声。这边领票的公人认得，知是罗惜惜在内，高叫道："不要来了，张秀才高中，免提了。"就取出票来与那边的公人看。惜惜在轿中分明听得，顶开轿帘窥看，只见张生气昂昂，笑欣欣骑在马上到面前来，心中暗暗自乐。幼谦望去，见惜惜在轿中，晓得那晚不曾死，心中放下了一个大疙瘩。当下四目相视，悲喜交集。抬惜惜的，转了轿，正在幼谦马的近边，先先后后，一路同走，恰象新郎迎着新人轿的一般，单少的是轿上结彩。直到分路处，两人各丢眼色而别。

幼谦回来见了母亲，拜过了，赏赐了迎送之人，俱各散讫。张妈妈道："你做了不老成的事，几把我老人家急死。若非有此番大救星，这事怎生了结？今日报事的打进来，还只道是官府门中人来嚷，慌得娘没躲处哩。

直到后边说得明白，方得放心。我说你在县牢里，他们一径来了。却是县间如何就肯放了你？"幼谦道："孩儿不才，为儿女私情，做下了事，连累母亲受惊。亏得县里大人好意，原有周全婚姻之意，只碍着辛家不肯。而今侥幸有了这一步，县里大人十分欢喜，送孩儿回来，连罗氏女也免提了。孩儿痴心想着，不但可以免罪，或者还有些指望也不见得。"妈妈道："虽然知县相公如此，却是闻得辛家恃富，不肯住手，要到上司陈告，恐怕对他不过。我起初曾着人到你父亲处商量去了，不知有甚关节来否？"幼谦道："这事且只看县里申文到州，州里主意如何，再作道理。娘且宽心。"须臾之间，邻舍人家多来叫喜。杨老妈也来了。母亲欢喜，不在话下。

却说本州太守升堂，接得湖北帅使的书一封，拆开来看，却为着张幼谦、罗氏事，托他周全。此书是张忠父得了家信，央求主人写来的。总是就托忠父代笔，自然写得十分恳切。那时帅府有权，太守不敢不尽心，只不知这件事的头脑备细，正要等县宰来时问他。恰好是日，本县申文也到，太守看过，方知就里。又晓得张幼谦新中，一发要周全他了。只见辛家来告状道："张幼谦犯奸禁狱，本县为情擅放，不行究罪，实为枉法。"太守叫辛某上来，晓谕他道："据你所告，那罗氏已是失行之妇，你争他何用？就断与你家了，你要了这媳妇，也坏了声名。何不追还了你原聘的财礼，另娶了一房好的，毫无瑕玷，可不是好？你须不比罗家，原是干净的门户，何苦争此闲气？"辛某听太守说得有理，一时没得回答，叩头道："但凭相公做主。"太守即时叫吏典取纸笔与他，要他写了情愿休罗家亲事一纸状词，行移本县，在罗仁卿名下，追辛家这项聘财还他。辛家见太守处分，不敢生词说，叩头而出。

太守当下密写一书，钉封在文移中，与县宰道："张、罗，佳偶也。茂宰可为了此一段姻缘。此奉帅府处分，毋忽！"县宰接了州间文移，又看了这书，具两个名帖，先差一个吏典去请罗仁卿公厅相见；又差一个吏典去请张幼谦。分头去了。

罗仁卿是个白身富翁，见县官具帖相请，敢不急赴？即忙换了小帽，穿了大摆褶子，来到公厅。县宰只要完成好事，优礼相待。对他道："张幼谦是个快婿，本县前日曾劝足下纳了他。今已得成名，若依我处分，诚是美事。"罗仁卿道："相公分付，小人怎敢有违？只是已许辛家，辛家断然要娶，小人将何辞回得他？有此两难，乞相公台鉴。"县宰道："只要足下相允，辛家已不必虑。"笑嘻嘻的叫吏典在州里文移中，取出辛家那纸休亲的状来，把与罗仁卿看。县宰道："辛家已如此，而今可以贺足下得佳婿矣。"仁卿沉吟道："辛家如何就肯写这一纸？"县宰笑道："足下不知，此皆州守大人主意，叫他写了以便令婿完姻的。"就在袖里摸出太守书来，与仁卿看了。仁卿见州、县如此为他，怎敢推辞？只得谢道："儿女小事，劳烦各位相公费心，敢不从命？"只见张幼谦也请到了，县宰接见，笑道："适才令岳亲口许下亲事了。"就把密书并辛氏休状与幼谦看过，说知备细。幼谦喜出望外，称谢不已。县宰就叫幼谦当堂拜认了丈人，罗仁卿心下也自喜欢。县宰邀进后堂，治酒待他翁婿两人。罗仁卿谦逊不敢与席，县宰道："有令婿面上，一坐何妨！"当下尽欢而散。

幼谦回去，把父亲求得湖北帅府关节托太守，太守又把县宰如此如此备细说一遍，张妈妈不胜之喜。那罗仁卿吃了知县相公的酒，身子也轻了好些，晓得是张幼谦面上带挈的，一发敬重女婿。罗妈妈一向护短女儿，又见仁卿说知县如此做主，又是个新得中的女婿，得意自不必说。次日，是黄道吉日，就着杨老妈为媒，说不舍得放女儿出门，把张幼谦赘了过来。洞房花烛之夜，两新人原是旧知，又多是吃惊吃吓，哭哭啼啼死边过的，竟得团圆，其乐不可名状。

　　成亲后，夫妇同到张家拜见妈妈。妈妈看见佳儿佳妇，十分美满。又分付道："州、县相公之恩，不可有忘！既已成亲，须去拜谢。"幼谦道："孩儿正欲如此。"遂留下惜惜在家相伴婆婆闲话，张妈妈从幼认得媳妇的，愈加亲热。幼谦却去拜谢了州、县。归来，州县各遣人送礼致贺。打发了毕，依旧一同到丈人家里来了。明年幼谦上春官，一举登第，仕至别驾，夫妻偕老而终。诗曰：

　　　　漫说囹圄是福堂，谁知在内报新郎？

　　　　不是一番寒彻骨，怎得梅花扑鼻香？

二刻拍案惊奇

二刻拍案惊奇序

　　尝记《博物志》云："汉刘褒画《云汉图》，见者觉热；又画《北风图》，见者觉寒。"窃疑画本非真，何缘至是？然犹曰人之见为之也。甚而僧繇点睛，雷电破壁；吴道玄画殿内五龙，大雨辄生烟雾。是将执画为真，则既不可；若云赝也，不已胜于真者乎？然则操觚之家，亦若是焉则已矣。

　　今小说之行世者，无虑百种，然而失真之病，起于好奇。知奇之为奇，而不知无奇之所以为奇。舍目前可纪之事，而驰骛于不论不议之乡，如画家之不图犬马而图鬼魅者，曰："吾以骇听而止耳。"夫刘越石清啸吹笳，尚能使群胡流涕解围而去；今举物态人情，恣其点染，而不能使人欲歌欲泣于其间。此其奇与非奇，固不待智者而后知之也。则为之解曰："文自《南华》、《冲虚》，已多寓言；下至非有先生、冯虚公子，安所得其真者而寻之？"不知此以文胜，非以事胜也。至演义一家，幻易而真难，固不可相衡而论矣。即如《西游》一记，怪诞不经，读者皆知其谬，然据其所载，师弟四人，各一性情，各一动止，试摘取其一言一事，遂使暗中摹索，亦知其出自何人，则正以幻中有真，乃为传神阿堵。而已有不如《水浒》之讥。岂非真不真之关，固奇不奇之大较也哉？

即空观主人者，其人奇，其文奇，其遇亦奇。因取其抑塞磊落之才，出绪余以为传奇，又降而为演义，此《拍案惊奇》之所以两刻也。其所捃摭，大都真切可据。即间及神天鬼怪，故如史迁纪事，摹写逼真，而龙之踞腹，蛇之当道，鬼神之理，远而非无，不妨点缀域外之观，以破俗儒之隅见耳。若夫妖艳风流一种，集中亦所必存。唯污蔑世界之谈，则戞戞乎其务去。鹿门子常怪宋广平之为人，意其铁心石肠，而为《梅花赋》，则清便艳发，得南朝徐、庾体。由此观之，凡托于椎陋以眩世，殆有不足信者夫。主人之言固曰："使世有能得吾说者，以为忠臣孝子无难；而不能者，不至为宣淫而已矣。"此则作者之苦心，又出于平平奇奇之外者也。

时剞劂告成，而主人薄游未返，肆中急欲行世，征言于余。余未知搦管，毋乃"刻画无盐，唐突西子"哉！亦曰"簸之扬之，糠秕在前"云尔。

壬申冬日　睡乡居士题并书

小　引

丁卯之秋，事附肤落毛，失诸正鹄，迟回白门。偶戏取古今所闻一二奇局可纪者，演而成说，聊舒胸中磊块。非曰行之可远，姑以游戏为快意耳。同侪过从者索阅一篇竟，必拍案曰："奇哉所闻乎！"为书贾所侦，因以梓传请。遂为钞撮成编，得四十种。支言俚说，不足供酱瓿；而翼飞胫走，较捻髭呕血、笔冢研穿者，售不售反霄壤隔也。嗟乎，文讵有定价乎？贾人一试之而效，谋再试之。余笑谓："一之已甚。"顾逸事新语可佐谈资者，乃先是所罗而未及付之于墨，其为柏梁余材，武昌剩竹，颇亦不少。意不能恝，聊复缀为四十则。其间说鬼说梦，亦真亦诞，然意存劝戒，不为风雅罪人，后先一指也。

竺乾氏以此等亦为绮语障，作如是观，虽现稗官身为说法，恐维摩居士知贡举，又不免驳放耳。

崇祯壬申冬日　即空观主人题于玉光斋中

第一卷　进香客莽看金刚经
出狱僧巧完法会分

诗曰：

世间字纸藏经同，见者须当付火中。

或置长流清净处，自然福禄永无穷。

话说上古苍颉制字，有鬼夜哭，盖因造化秘密，从此发泄尽了。只这一哭，有好些个来因。假如孔子作《春秋》，把二百四十二年间乱臣贼子心事阐发，凛如斧钺，遂为万古纲常之鉴，那些奸邪的鬼岂能不哭？又如子产铸刑书，只是禁人犯法，流到后来，奸胥舞文，酷吏锻罪，只这笔尖上边几个字断送了多多少少人？那些屈陷的鬼岂能不哭？至于后世以诗文取士，凭着暗中朱衣神，不论好歹，只看点头。他肯点点头的，便差池些，也会发高科，做高官；不肯点头的，遮莫你怎样高才，没处叫撞天的屈。那些呕心抽肠的鬼，更不知哭到几时，才是住手。可见这"字"的关系，非同小可。况且圣贤传经讲道，齐家治国平天下，多用着他不消说；即是道家青牛骑出去，佛家白马驮将来，也只是靠这几个字，致得三教流传，同于三光。那字是何等之物，岂可不贵重他！每见世间人不以字纸为意，见有那残书废叶，便将来包长包短，以致因而揩台抹桌，弃掷在地，扫置灰尘污秽中，如此作践，真是罪业深重。假如偶然见了，便轻轻拾将起来，付之水火，有何重难的事人不肯做？这不是人不肯做，一来只为人不晓得关着祸福，二来不在心上的事，匆匆忽略过了。只要能存心的人，但见字纸，便加爱惜，遇有遗弃，即行收拾，那个阴德可也不少哩！

宋时，王沂公之父爱惜字纸，见地上有遗弃的，就拾起来焚烧；便是落在粪秽中的，他毕竟设法取将起来，用水洗净，或投之长流水中，或候烘晒干了，用火焚过。如此行之多年，不知收拾净了万万千千的字纸。一日，妻有娠将产，忽梦孔圣人来吩咐道："汝家爱惜字纸，阴功甚大。我已奏过上帝，遣弟子曾参来生汝家，使汝家富贵非常。"梦后果生一儿，因感梦中之语，就

取名为王曾。后来连中三元，官封沂国公。宋朝一代中三元的，止得三人，是宋庠、冯京与这王曾，可不是最希罕的科名了！谁知内中这一个，不过是惜字纸积来的福，岂非人人做得的事？如今世上人见了享受科名的，那个不称羡道是难得？及至爱惜字纸这样容易事，却错过了不做，不知为何，且听小子说几句：

苍颉制字，爰有妙理。

三教圣人，无不用此。

眼观秽弃，颡当有泚。

三元科名，惜字而已。

一唾手事，何不拾取？

小子因为奉劝世人惜字纸，偶然记起一件事来。一个只因惜字纸拾得一张故纸，合成一大段佛门中因缘，有好些的灵异在里头。有诗为证：

翰墨因缘法宝流，山门珍秘永传留。

从来神物多呵护，堪笑愚人欲强谋。

却说唐朝侍郎白乐天，号香山居士，他是个佛门中再来人，专一精心内典，勤修上乘。虽然顶冠束带，是个宰官身，却自念佛看经，做成居士相。当时因母病，发愿手写《金刚般若经》百卷，以祈冥佑，散施在各处寺宇中。后来五代、宋、元兵戈扰乱，数百年间，古今名迹海内亡失已尽，何况白香山一家遗墨，不知多怎地消灭了。唯有吴中太湖内洞庭山一个寺中，流传得一卷，直至国朝嘉靖年间依然完好，首尾不缺。凡吴中贤士大夫、骚人墨客曾经赏鉴过者，皆有题跋在上，不消说得；就是四方名公游客，也多曾有赞叹顶礼、请求拜观、留题姓名日月的，不计其数。算是千年来希奇古迹，极为难得的物事。山僧相传至宝收藏，不在话下。

且说嘉靖四十三年，吴中大水，田禾淹尽，寸草不生。米价踊贵，各处禁粜闭籴，官府严示平价，越发米不入境了。元来大凡年荒米贵，官府只合静听民情，不去生事。少不得有一伙有本钱趋利的商人，贪那贵价，从外方贱处贩将米来；有一伙有家当囤米的财主，贪那贵价，从家里廒中发出米去。米既渐渐辐辏，价自渐渐平减，这个道理也是极容易明白的。最是那不识时务执拗的腐儒做了官府，专一遇荒就行禁粜、闭籴、平价等事。他认道是不使外方籴了本地米去，不知一行禁止，就有棍徒诈害，遇见本地交易，便自声扬犯禁，拿到公庭，立受枷责。那有身家的怕惹事端，家中有米，只索闭仓高坐，又且官有定价，不许贵卖，无大利息，何苦出粜？那些贩米的客人，见官价不高，也无想头。就是小民私下愿增价暗籴，惧怕败露受责受罚。有本钱的人，不肯担这样干系，干这样没要紧的事。所以越弄得市上无米，米价转高，愚民不知，上官不谙，只埋怨道："如此禁闭，米只不多；如此抑价，米只不贱。"没得解说，只囫囵说一句救荒无奇策罢了。谁知多是要行荒政，反致越荒的。

闲话且不说。只因是年米贵，那寺中僧侣颇多，坐食烦难。平日檀越也为年荒米少，不来布施。又兼民穷财尽，饿殍盈途，盗贼充斥，募化无路。那洞庭山位在太湖中间，非舟楫不能往来。寺僧平时吃着十方，此际料没得有凌波出险、载米上门的了。真个是：

香积厨中无宿食，净时钵里少余粮。

寺僧无计奈何。内中有一僧，法名辨悟，开言对大众道："寺中僧徒不少，非得四五十石米不能度此荒年。如今料无此大施主，难道抄了手坐看饿死不成？我想白侍郎《金刚经》真迹，是累朝相传至宝，何不将此件到城中寻个识古董人家，当他些米粮且度一岁？到来年有收，再图取赎，未为迟也。"住持道："相传此经值价不少，徒然守着他，救不得饥饿，真是戤米囤饿杀了。把他去当米，诚是算计。但如此年时，那里撞得个人肯出这样闲钱，当这样冷货？只怕空费着说话罢了。"辨悟道："此时要遇个识宝太师，委是不能够。想起来只有山塘上王相国府当内严都管，他是本山人，乃是本房檀越，就中与我独厚。这卷白侍郎的经，他虽未必识得，却也多曾听得。凭着我一半面皮，挨当他几十挑米，敢是有的。"众僧齐声道："既然如此，事不宜迟，只索就过湖去走走。"

住持走去房中，厢内捧出经来，外边是宋锦包袱包着，揭开里头看时，却是册页一般装的，多年不经裱褙，糨气已无，周围镶纸多泛浮了。住持道："此是传名的古物，如此零落了，知他有甚好处？今将去与人家藏放得好些，不要失脱了些便好。"众人道："且未知当得来当不来，不必先自耽忧。"辨悟道："依着我说，当便或者当得来。只是救一时之急，赎取时这项钱粮还不知出在那里。"众人道："且到赎时再做计较。眼下只是米要紧，不必多疑了。"当下雇了船只，辨悟叫个道人随了，带了经包，一面过湖到山塘上来。

行至相府门前，远远望去，只见严都管正在当中坐地。辨悟上前稽首，相见已毕，严都管便问道："师父何事下顾？"辨悟道："有一件事特来与都管商量，务要都管玉成则个。"都管道："且说看何事。可以从命，无不应承。"辨悟道："敝寺人众缺欠斋粮，目今年荒米贵，无计可施。寺中祖传《金刚经》，是唐朝白侍郎真笔，相传价值千金，想都管平日也晓得这话的。意欲将此卷当在府上铺中，得应付米百来石，度过荒年，救取合寺人众生命，实是无量功德。"严都管道："是甚希罕东西，金银宝贝做的，值此价钱？我虽曾听见老爷与宾客们常说，真是千闻不如一见。师父且与我看看再商量。"辨悟在道人手里接过包来，打开看时，多是零零落落的旧纸。严都管道："我只说是怎么样金碧辉煌的，原来是这等悔气色脸，到不如外边这包还花碌碌好看，如何说得值多少东西？"都管强不知以为知的，逐叶翻翻，一直翻到后面去，看见本府有许多大乡宦名字及图书在上面，连主人也有题跋手书印章，方喜动颜色道："这等看起来，大略也值些东西，我家老爷才肯写名字在上面。除非为我家老爷这名字多值了百来两银子，也不见得。我与师父相处中，又是救济好事，虽是百石不能够，我与师父五十石去罢。"辨悟道："多当多赎，少当少赎。就是五十石也罢，省得担子重了，他日回赎难措处。"当下严都管将经包袱得好了，捧了进去。终久是相府门中手段，做事不小，当真出来写了一张当票，当米五十石，付与辨悟道："人情当的，不要看容易了。"说罢，便叫开仓斛发。辨悟同道人雇了脚夫，将米一斛一斛的盘明下船，谢别了都管，千欢万喜，载回寺中不题。

　　且说这相国夫人，平时极是好善，尊重的是佛家弟子，敬奉的是佛家经卷。那年冬底，都管当中送进一年簿籍到夫人处查算，一向因过岁新正，忙忙未及简勘。此时已值二月中旬，偶然闲手揭开一叶看去，内一行写着"姜字五十九号，当洞庭山某寺《金刚经》一卷，本米五十石"。夫人道："奇怪！是何经卷当了许多米去？"猛然想道："常见相公说道洞庭山寺内有卷《金刚经》，是山门之宝，莫非即是此件？"随叫养娘们传出去，取进来看。不逾时取来。夫人盥手净了，解开包揭起看时，是古老纸色，虽不甚晓得好处与来历出处，也知是旧人经卷，便念声佛道："此必是寺中祖传之经，只为年荒将来当米吃了。这些穷寺里如何赎得去？留在此处亵渎，心中也不安稳。譬如我斋了这寺中僧人一年，把此经还了他罢，省得佛天面上取利不好看。"吩咐当中都管说："把此项五十石作做夫人斋僧之费，速唤寺中僧人，还他原经供养去。"

　　都管领了夫人的命，正要寻便捎信与那辨悟，教他来领此经，恰值十九日是观世音生日，辨悟过湖来观音山上进香，事毕到当中来拜都管。都管见了道："来得正好！我正在寻山上烧香的人捎信与你。"辨悟道："都管有何吩咐？"都管道："我无别事，便为你旧年所当之经，我家夫人知道了，就发心布施这五十石本米与你寺中，不要你取赎了，白还你原经，去替夫人供养着。故此要寻你来还你。"辨悟见说，喜之不胜，合掌道："阿弥陀佛！难得有此善心的施主，使此经重还本寺，真是佛缘广大，不但你夫人千载流传，连老都管也种福不浅了。"都管道："好说，好说！"随去禀知夫人，请了此经出来，奉还辨悟。夫人又吩咐都管："可留来僧一斋。"都管遵依，设斋请了辨悟。

辨悟笑嘻嘻捧着经包，千恩万谢而行。到得下船埠头，正值山上烧香多人，坐满船上，却待开了。辨悟叫住，也搭将上去，坐好了开船。船中人你说张家长，我说李家短，不一时，行至湖中央。辨悟对众人道："列位说来说去，总不如小僧今日所遇施主，真是个善心喜舍，量大福大的了。"众人道："是那一家？"辨悟道："是王相国夫人。"众人内中有的道："这是久闻好善的，今日却如何布施与师父？"辨悟指着经包道："即此便是大布施。"众人道："想是你募缘簿上开写得多了。"辨悟道："若是有心施舍，多些也不为奇。专为是出于意外的，所以难得。"众人道："怎生出于意外？"辨悟就把去年如何当米，今日如何白还的事说了一遍，道："一个荒年，合寺僧众多是这夫人救了的。况且寺中传世之宝正苦没本利赎取，今得奉回，实出侥幸。"众人见说一本经当了五十石米，好生不信，有的道："出家人惯说天话，那有这事？"有的道："他又不化我们东西，何故掉谎？敢是真的。"又有的道："既是值钱的佛经，我们也该看看，一缘一会，也是难得见的。"要与辨悟取出来看。辨悟见一伙多是些乡村父老，便道："此是唐朝白侍郎真笔，列位未必识认，亵亵渎渎，看他则甚？"内中有一个教乡学假斯文的，姓黄号丹山，混名黄撮空，听得辨悟说话，便接口道："师父出言太欺人！甚么白侍郎黑侍郎，便道我们不认得？那个白侍郎，名字叫得白乐天，《千家诗》上多有他的诗，怎欺负我不晓得？我们今日难得同船过湖，也是个缘分，便大家请出来看看古迹。"众人听得，尽拍手道："黄先生说得有理。"一齐就去辨悟身边，讨取来看。辨悟四不拗六，抵当众人不住，只得解开包袱，摊在舱板上。揭开经来，那经叶叶不粘连的了，正揭到头一板，怎当得湖中风大，忽然一阵旋风，搅到经边一掀，急得辨悟忙将两手揿住，早把一叶吹到船头上。那时，辨悟只好按着，不能脱手去取，忙叫众人快快收着。众人也大家忙了手脚，你挨我挤，吆吆喝喝，磕磕撞撞，那里管得着？说时迟，那时快，被风一卷，早卷起在空中。原来一年之中，惟有正二月的风是从地下起的，所以小儿们放纸鸢风筝，只在此时。那时是二月天气，正好随风上去，那有下来的风恰恰吹来还你船中？况且太湖中间，汗汗漾漾的所在，没弄手脚处，只好共睁着眼，望空仰看。但见：

> 天际飞冲，似炊烟一道直上；云中荡漾，如游丝几个翻身。纸鸢到处好为邻，俊鹘飞来疑是伴。底下叫的叫，跳的跳，只在湖中一叶舟；上边往一往，来一来，直通海外三千国。不生得补青天的大手抓将住，没处借系白日的长绳缚转来。

辨悟手按着经卷，仰望着天际，无法施展，直看到望不见才住。眼见得这一纸在爪哇国里去了，只叫得苦。众人也多呆了，互相埋怨。一个道："才在我手边，差一些儿不拿得住。"一个道："在我身边飞过，只道你来拿，我住了手。"大家唧哝。一个老成的道："师父再看看，敢是吹了没字的素纸还好。"辨悟道："那里是素纸！刚是揭开头一张，看得明明白白的。"众人疑惑，辨悟放开双手看时，果然失了头一板。辨悟道："千年古物，谁知今日却弄得不完全了！"忙把来叠好，将包包了，紫涨了面皮，只是怨怅。众人也多懊悔，不敢则声。黄撮空没做道理处，文诌诌强通句把不中款解劝的话。看见辨悟不喜欢，也再没人敢讨看了。船到山边，众人各自上岸散讫。辨悟自到寺里来，说了相府白还经卷缘故，合寺无不欢喜赞叹。却把湖中失去一叶的话，瞒住不说。寺僧多是不在行的，也没人翻来看看，交与住持收拾过罢了。

话分两头。却说河南卫辉府，有一个姓柳的官人，补了常州府太守，择日上任。家中亲眷设酒送行，内中有一个人，乃是个博学好古的山人，曾到苏、杭四处游玩访友过来，席间对柳太守说道："常州府与苏州府接壤，那苏州府所属太湖洞庭山某寺中，有一件希奇的物事，乃是白香山手书《金刚经》。这个古迹价值千金，今老亲丈就在邻邦，若是有个便处，不可不设法看一看。"那个人是柳太守平时极尊信的。他虽不好古董，却是个极贪的性子，见说了值千金，便也动了火，牢牢记在心上。到任之后，也曾问起常州乡士大夫，多有晓得的，只是苏、松隔属，无因得看。他也不是本心要看，只因千金之说上心，希图频对人讲，或有奉承他的解意了，购求来送他未可知。谁知这些听说的人道是隔府的东西，他不过无心问及，不以为意。以后在任年余，渐渐放手长了。有几个富翁为事打通关节，他传出密示，要苏州这卷《金刚经》。讵知富翁要银子反易，要这经却难，虽曾打发人寻着寺僧求买，寺僧道是家传之物，并无卖意。及至问价，说了千金。买的多不在行，伸伸舌，摇摇头，恐怕做错了生意，折了重本，看不上眼，不是算了，宁可苦着百来两银子送进衙去，回说"《金刚经》乃本寺镇库之物，不肯卖的，情愿纳价"罢了。太守见了白物，收了顽涎，也不问起了。如此不止一次。这《金刚经》到是那太守发科分、起发人的丹头了，因此明知这经好些难取，一发上心。

有一日，江阴县中解到一起劫盗，内中有一行脚头陀僧。太守暗喜道："取《金刚经》之计，只在此僧身上了。"一面把盗犯下在死囚牢里，一面叫个禁子到衙来，悄悄吩咐他道："你到监中，可与我密密叮嘱这行脚僧，我当堂再审时，叫他口里扳着苏州洞庭山某寺，是他窝赃之所，我便不加刑罚了。你却不可泄漏讨死吃！"禁子道："太爷吩咐，小的性命怎地不值钱？多在小的身上罢了。"禁子自去依言行事。果然次日升堂，研问这起盗犯，用了刑具，这些强盗各自招出赃仗窝家。独有这个行脚僧不上刑具，就一口招道：赃在洞庭山某寺窝着，寺中住持叫甚名字。原来行脚僧人做歹事的，一应荒庙野寺投斋投宿，无处不到，打听做眼，这寺中住持姓名，恰好他晓得，正投太守心上机会。太守大喜，取了供状，叠成文卷，一面行文到苏州府捕盗厅来，要提这寺中住持。差人赍文坐守，捕厅金了牌，另差了两个应捕，驾了快船，一直望太湖中洞庭山来。真个：

> 人似饥鹰，船同蜚虎。鹰在空中思攫食，虎逢到处立吞生。静悄村墟，魆地神号鬼哭；安闲舍

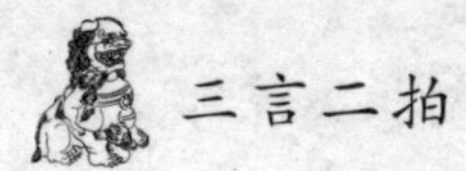

宇，登时犬走鸡飞。即此便是活无常，阴间不数真罗刹。

应捕到了寺门前，雄纠纠的走将入来，问道："那一个是住持？"住持上前稽首道："小僧就是。"应捕取出麻绳来便套，住持慌了手脚道："有何事犯，便直得如此？"应捕道："盗情事发，还问甚么事犯！"众僧见住持被缚，大家走将拢来，说道："上下不必粗鲁！本寺是山塘王相府门徒，等闲也不受人欺侮！况且寺中并无歹人，又不曾招接甚么游客住宿，有何盗情干涉？"应捕见说是相府门徒，又略略软了些，说道："官差吏差，来人不差。我们捕厅因常州府盗情事，扳出与你寺干连，行关守提。有干无干，当官折辨，不关我等心上，只要打发我等起身！"一个应捕假做好人道："且宽了缚，等他去周置，这里不怕他走了去。"住持脱了身，讨牌票看了，不知头由。一面商量收拾盘缠，去常州分辨，一面将差使钱送与应捕。应捕嫌多嫌少，诈得满足了才住手。应捕带了住持下船，辨悟叫个道人跟着，一同随了住持，缓急救应。到了捕厅，点了名，办了文书，解将过去。免不得书房与来差多有了使费。住持与辨悟、道人，共是三人，雇了一个船，一路盘缠了来差，到常州来。

说话的，你差了。隔府关提，尽好使用支吾，如何去得这样容易？看官有所不知，这是盗情事，不比别样闲讼，须得出身辨白，不然怎得许多使用？所以只得来了。未见官时，辨悟先去府中细细打听劫盗与行脚僧名字、来踪去迹，与本寺没一毫影响，也没个仇人在内，正不知祸根是那里起的，真摸头路不着。说话间，太守升堂。来差投批，带住持到。太守不开言问甚事由，即写监票发下监中去。住持不曾分说得一句话，竟自黑碌碌地吃监了。太守监罢了住持，唤原差到案前来，低问道：“这和尚可有人同来么？”原差道：“有一个徒弟、一个道人。”太守道：“那徒弟可是了事的？”原差道：“也晓得事体的。”太守道：“你悄地对那徒弟说：可速回寺中去取那本《金刚经》来，救你师父，便得无事；若稍迟几日，就讨绝单了。”原差道：“小的去说。”

太守退了堂。原差跌跌脚道：“我只道真是盗情，元来又是甚么《金刚经》！”盖只为先前借此为题诈过了好几家，衙门人多是晓得的了，走去一十一五对辨悟说了。辨悟道：“这是我上世之物。怪道日前有好几起常州人来寺中求买，说是府里要，我们不卖与他。直到今日，却生下这个计较，陷我师父，强来索取。如今怎么处？”原差道：“方才明明吩咐稍迟几日就讨绝单。我老爷只为要此经，我这里好几家受了累。何况是你本寺有的，不送得他，他怎肯住手，却不枉送了性命？快去与你住持师父商量去！"辨悟就央原差领了到监里，把这些话一一说了。住持道："既是如此，快去取来送他，救我出去罢了。终不成为了大家门面的东西，断送了我一个人性命罢？"辨悟道："不必二三，取了来就是。"对原差道："有烦上下代禀一声，略求宽容几日，以便往回。师父在监，再求看觑。"原差道："既去取了，这个不难，多在我身上，放心前去。"

辨悟留下盘缠与道人送饭，自己单身，不辞辛苦，星夜赶到寺中，取了经卷，复到常州。不上五日，来会原差道："经已取来了，如何送进去？"原差道："此是经卷，又不是甚么财物。待我在转桶边击梆，禀一声，递进去不妨。"果然原差递了进去。太守在私衙，见说取得《金刚经》到，道是宝物到了，合衙人眷多来争看。打开包时，太守是个粗人，本不在行，只道千金之物，必是怎地庄严；看见零零落落，纸色晦黑，先不像意。揭开细看字迹，见无个起首，没头没脑。看了一会，认有细字号数，仔细再看，却原来是第二叶起的。太守大笑道："凡事不可虚慕名，虽是古迹，也须得完全才好。今是不全之书，头一板就无了，成得甚用？说甚么千金百金，多被这些酸子传闻误了，空费了许多心机，难为这个和尚坐了这几日监，岂不冤枉！"内眷们见这经卷既没甚么好看，又听得说和尚坐监，一齐撺掇，叫

还了经卷，放了和尚。太守也想道没甚紧要，仍旧发与原差，给还本主。衙中传出去说："少了头一张，用不着，故此发了出来。"辨悟只认还要补头张，怀着鬼胎道："这却是死了！"正在心慌，只见连监的住持多放了出来。原差来讨赏，道："已此没事了。"住持不知缘故。原差道："老爷起心要你这经，故生这风波。今见经不完全，没有甚么头一张，不中他意，有些懊悔了。他原无怪你之心，经也还了，事也罢了。恭喜！恭喜！"

住持谢了原差，回到下处，与辨悟道："那里说起，遭此一场横祸！今幸得无事，还算好了。只是适才听见说经上没了头张，不完全，故此肯还。我想此经怎的不完全？"辨悟才把前日太湖中众人索看，风卷去头张之事，说了一遍，住持道："此天意也！若是风不吹去首张，此经今日必然被留，非复我山门所有了。如今虽是缺了一张，后边名迹还在，仍旧归吾寺宝藏，此皆佛天之力。"喜喜欢欢，算还了房钱饭钱，师徒与道人三众雇了一个船，同回苏州来。

过了浒墅关数里，将到枫桥，天已昏黑，忽然风雨大作，不辨路径。远远望去，一道火光烛天，叫船家对着亮处只管摇去。其时风雨也息了，看看至近，却是草舍内一盏灯火明亮，听得有木鱼声。船到岸边，叫船家缆好了。辨悟踱上去，叩门讨火。门还未关，推将进去，却是一个老者靠着桌子诵经。见是个僧家，忙起身叙了礼。辨悟求点灯，老者打个纸捻儿，蘸蘸油点着了，递与辨悟。辨悟接了纸捻，照得满屋明亮。偶然抬头带眼见壁间一幅字纸粘着，尤心一看，吃了一惊，大叫道："怪哉！怪哉！"老者问道："师父见此纸，为何大惊小怪？"辨悟道："此话甚长！小舟中还有师父在内，待小僧拿火去照了，然后再来奉告，还有话讲。"老者道："老汉是奉佛弟子，何不连尊师接了起来？"老者就叫小厮祖寿出来，同了辨悟到舟中，来接那一位师父。

辨悟未到船上，先叫住持道："师父快起来！不但投着主人，且有奇事了！"住持道："有何奇事？"辨悟道："师父且到里面见了主人，请看一件物事。"住持同了辨悟走进门来，与主人相见了。辨悟拿了灯，拽了住持的手，走到壁间，指着那一幅字纸道："师父可认认看。"住持抬眼一看，只见首一行是"金刚般若波罗密经"，第二行是"法会因由分第一"，正是白香山所书，乃经中之首叶在湖中飘失的。拍手道："好象是吾家经上的，何缘得在此处？"老者道："贤师徒惊怪此纸，必有缘故。"辨悟道："老丈肯把得此纸的根由一说，愚师徒也剖心相告。"老者摆着椅子道："请坐了献茶，容老汉慢讲。"

师徒领命，分次坐了。奉茶已毕，老者道："老汉姓姚，是此间渔人。幼年不曾读书，从不识字，只靠着鱼虾为生。后来中年，家事尽可度日了，听得长老们说因果，自悔作业太多，有心修行。只为不识一字，难以念经，因此自恨。凡见字纸，必加爱惜，不敢作践，如此多年。前年某月某日晚间，忽然风飘甚么物件下来，到于门前。老汉望去，只看见一道火光落地，拾将起来，却是一张字纸。老汉惊异，料道多年宝惜字纸，今日见此光怪，必有奇处，不敢亵渎，将来粘在壁间，时常顶礼。后来有个道人到此见了，对老汉道：'此《金刚经》首叶，若是要念全经，我当教汝。'遂手出一卷，教老汉念诵一遍。老汉随口念过，心中豁然，就把经中字一一认得。以后日渐增加，今颇能遍历诸经了。记得道人临别时，指着此纸道：'善守此幅，必有后果。'老汉一发不敢怠慢，每念诵时，必先顶礼。今两位一见，共相惊异，必是晓得此纸的来历了。"住持与辨悟同声道："适间迷路，忽见火光冲天，随亮到此，却只是灯火微明，正在怪异。方才见老丈见教，得此纸时，也见火光，乃知是此纸显灵，数当会合。老丈若肯见还，功德更大了。"老者道："非师等之物，何云见还？"辨悟道："好教老丈得知：此纸非凡笔，乃唐朝侍郎白香山手迹也，全经一卷，在吾寺中，海内知名。吾师为此近日被一个狠官人拿去，强逼要献，几丧性命，没奈何只得献出。还亏得前年某月某日湖中遇风，飘去首叶，那官人嫌他不全，方得重还。今日正奉归寺中供养，岂知却遇着所失首叶在老丈处，重得瞻礼。前日若非此纸失去，此经已落他人之手；今日若非此纸重逢，此经遂成不全之文。一失一得，不先不后，两番火光，岂非韦驮尊天有灵，显此护法手段出来么？"

老者似信不信的答应。辨悟走到船内，急取经包上来，解与老者看，乃是第二叶起，将来对着壁间字法纸色，果然一样无差。老者叹异，念佛不已，将手去壁间揭下来，合在上面，长短阔狭无不相同。一卷经完完全全了，三人尽皆欢喜。老者吩咐治斋相款，就留师徒两人同榻过夜。住持私对辨悟道："起初我们恨柳太守，如今想起来，也是天意。你失去首叶，寺中无一人知道，珍藏到今，若非此一番跋涉，也无从遇着原纸来完全了。"辨悟道："上天晓得柳太守起了不良之心，怕夺了全卷去，故先吹掉了一纸。今全卷重归，仍旧还了此一纸，实是天公之巧，此卷之灵！想此老亦是会中人，所云道人，安知不是白侍郎托化来的！"住持道："有理，有理！"是夜，姚老者梦见韦驮尊天来对他道："汝幼年作业深重，亏得中年回首，爱惜字纸。已命香山居士启汝天聪，又加守护经文，完全成卷，阴功更大，罪业尽消。来生在文字中受报，福禄非凡。今生且赐延寿一纪，正果而终。"老者醒来，明明记得。次日，对师徒二人道："老汉爱护此纸经年，今见全经，无量欢喜。虽将此纸奉还，老汉不能忘情。愿随师父同行，出钱请个裱匠，到寺中重新装好，使老汉展诵几遍，方为称怀。"师徒二人道："难得檀越如此信心，实是美事，便请下船同往敝寺随喜一番。"

老者吩咐了家里，带了盘缠，唤小厮祖寿跟着，又在城里接了一个高手的裱匠，买了作料，一同到寺里来。盘桓了几日，等裱匠完工，果然裱得焕然一新。便出衬钱请了数众，展念《金刚经》一昼夜，与师徒珍重而别。后来，每年逢诞日或佛生日，便到寺中瞻礼白香山手迹一遍，即行持念一日，岁以为常。年过八十，到寺中沐浴坐化而终。寺中宝藏此卷，闻说至今犹存。有诗为证：

> 一纸飞空大有缘，反因失去得周全。
>
> 拾来宝惜生多福，故纸何当浪弃捐！

小子不敢明说寺名，只怕有第二个像柳太守的寻踪问迹，又生出事头来。再有一诗笑那太守道：

> 伧父何知风雅缘？贪看古迹只因钱。
>
> 若教一卷都将去，宁不冤他白乐天！

第二卷　小道人一着饶天下 女棋童两局注终身

词云：

> 百年伉俪是前缘，天意巧周全。试看人世，禽鱼草木，各有蝉联。　　从来材艺称奇绝，必自种姻缘。文君琴思，仲姬画手，匹美双传。（词寄《眼儿媚》）

自古道：物各有偶。才子佳人，天生匹配，最是人世上的佳话。看官且听小子说：山东兖州府巨野县有个秩芳亭，乃是地方居民秋收之时，祭赛田祖先农、公举社会聚饮的去处。向来亭上有一扁额，大书三字在上，相传是唐颜鲁公之笔，失去已久，众人无敢再写。一日正值社会之期，乡里父老相商道："此亭徒有其名，不存其扁。只因向是木扁，所以损坏。今若立一通石碑在亭中，别请当今名笔写此三字在内，可垂永久。"此时只有一个秀才，姓王名维翰，是晋时王羲之一派子孙，惯写颜字，书名大盛。父老具礼相求，道其本意。维翰欣然相从，约定社会之日，就来赴会，即当举笔。父老砻石端正。

到于是日，合乡村男妇儿童，无不毕赴，同观社火。你道如何叫得社火？凡一应吹箫打鼓、踢球放弹、勾拦傀儡、五花爨弄诸般戏具，尽皆施呈，却像献来与神道观玩的意思，其实只是人扶人兴，大家笑耍取乐而已。所以王孙公子，尽有携酒挟伎特来观看的。直待诸戏尽完，赛神礼毕，大众齐散，止留下主会几个父老，亭中同分神福，享其祭余，尽醉方休。此是历年故事。此日只为邀请王维翰秀才书石，特接着上厅行首谢天香在会上相陪饮酒。不想王秀才别被朋友留住，一时未至。父老虽是设着酒席，未敢自饮，呆呆等待。谢天香便问道："礼事已毕，为何迟留不饮？"众父老道："专等王秀才来。"谢天香道："那个王秀才？"父老道："便是有名会写字的王维翰秀才。"谢天香道："我也久闻其名，可惜不曾会面。今日社酒却等他做甚？"父老道："他许下在石碑上写秾芳亭三字。今已磨墨停当在此，只等他来动笔罢然后饮酒。"谢天香道："既是他还未来，等我学写个儿耍耍何如？"父老道："大姐又能写染？"谢天香道："不敢说能，粗学涂抹而已。请过大笔一用，取一回笑话，等王秀才来时，抹去了再写不妨。"父老道："俺们那里有大笔？凭着王秀才带来用的。"谢天香看见瓦盆里墨浓，不觉动了挥洒之兴，却恨没有大笔应手。心生一计，伸手在袖中摸出一条软纱汗巾来，将角儿团簇得如法，拿到瓦盆边蘸了浓墨，向石上一挥，早写就了"秋芳"二字，正待写"亭"字起，听得鸾铃响，一人指道："兀的不是王秀才来也！"

谢天香就住手不写，抬眼看时，果然王秀才骑了高头骏马，瞬息来到亭前，从容下马到亭中来。众父老迎着，以次相见。谢天香末后见礼，王秀才看了谢天香容貌，谢天香看了王秀才仪表，两相企羡，自不必说。王秀才看见碑上已有"秋芳"二大字，墨尚未干，称赞道："此二字笔势非凡，有恁样高手在此，何待小生操笔？却为何不写完了？"父老道："久等秀才不到，此间谢大姐先试写一番看看。刚写到两字，恰好秀才来了，所以住手。"谢天香道："妾身不揣，闲在此间作耍取笑，有污秀才尊目。"王秀才道："此书颜骨柳筋，无一笔不合法，不可再易，就请写完罢了。"父老不肯道："专仰秀才大名，是必要烦妙笔一番！"谢天香也谦逊道："贱妾偶尔戏耍，岂可当真！"王秀才道："若要抹去二字，真是可惜！倘若小生写来，未必有如此妙绝，悔之何及？恐怕难为父老每盛心推许，容小生续成罢了。只问适间大姐所用何笔？就请借用一用，若另换一管，锋端不同了。"谢天香道："适间无笔，乃贱妾用汗巾角蘸墨写的。"王秀才道："也好，也好！就借来试一试。"谢天香把汗巾递与王秀才。王秀才接在手中，向瓦盆中一蘸，写个"亭"字续上去。看来笔法俨如一手写成，毫无二样。父老内中也有斯文在行的，大加赞赏道："怎的两人写来恰似出于一手？真是才子佳人，可称双绝！"王秀才与谢天香俱各心里喜欢，两下留意。父老一面就命勒石匠把三字刻将起来，一面就请王秀才坐了首席，谢天香陪坐，大家尽欢吃酒。席间，王秀才与谢天香讲论字法，两人多是青春美貌，自然投机。父老每多是有年纪历过多少事体过的，有什么不解意处？见两人情投意合，就撺掇两个成其夫妇，后来竟谐老终身。这是两个会写字的成了一对的话。

看来，天下有一种绝技，必有一个同声同气的在那里凑得。在夫妻里面，更为希罕。自古书画琴棋，谓之文房四艺。只这王、谢两人，便是书家一对夫妻了。若论画家，只有元时魏国公赵子昂与夫人管氏仲姬，两个多会画，至今湖州天圣禅寺东西两壁，每人各画一壁，一边山水，一边竹石，并垂不朽。若论琴家，是那司马相如与卓文君，只为琴心相通，临邛夜奔，这是人人晓得的，小子不必再来敷演。如今说一个棋家在棋盘上赢了一个妻子，千里姻缘，天生一对，也是一段希奇的故事，说与看官每听一听。有诗为证：

世上输赢一局棋，谁知局内有夫妻？

坡翁当日曾遗语，胜固欣然败亦宜！

话说围棋一种，乃是先天河图之数：三百六十一着，合着周天三百六十五度四分度之一，黑白分阴阳以象两仪，立四角以按四象。其中有千变万化、神鬼莫测之机。仙家每每好此，所以有王质烂柯之说。相传是帝尧所置，以教其子丹朱。此亦荒唐之谈，难道唐虞以前连神仙也不下棋？况且这家技艺不是寻常教得会的。若是天性相近，一下手晓得走道儿，便有非常仙着着出来，一日高似一日，直到绝顶方休。也有品格所限，只差得一子两子地步，再上进不得了。至于本质下劣，就是奢遮的国手师父指教他秘密几多年，只到得自家本等，高也高不多些儿。真所谓棋力酒量恰像个前生分定，非人力所能增减也。

　　宋时，蔡州大吕村有个村童，姓周名国能，从幼便好下棋。父母送他在村学堂读书，得空就与同伴每画个盘儿，拾取两色砖瓦块做子赌胜。出学堂来，见村中老人家每动手下棋，即袖着手儿站在旁边，呆呆地厮看。或时看到闹处，不觉心痒，口里漏出着把来指手画脚教人，定是寻常想不到的妙着。自此日着日高，是村中有名会下棋的高手，先前曾饶过国能几子的，后来多反受国能饶了，还下不得两平。遍村走将来，并无一个对手，此时年才十五六岁，棋名已著一乡。乡人见国能小小年纪手段高得出奇，尽传他在田畔拾枣，遇着两个道士打扮的在草地上对坐安枰下棋，他在旁边蹲着观看，道士觑着笑道："此子亦好棋乎？可教以人间常势。"遂就枰上指示他攻守杀夺、救应防拒之法。也是他天缘所到，说来就解，一一领略不忘。道士说："自此可无敌于天下矣！"笑别而去。此后果然下出来的迥出人上，必定所遇是仙长，得了仙诀过来的。有的说是这小伙子调喉，无过是他天性近这一家，又且耽在里头，所以转造转高，极穷了秘妙，却又撰出见神见鬼的天话哄着愚人。这也是强口人不肯信伏的常态。总来不必辨其有无，却是棋高无敌是个实的了。

　　因为棋名既出，又兼年小希罕，便有官员士夫、王孙公子与他往来。又有那不伏气甘折本的小二哥与他赌赛，十两五两输与他的。国能渐渐手头饶裕，礼度熟娴，性格高傲，变尽了村童气质，弄做个斯文模样。父母见他年长，要替他娶妻。国能就心里望头大了，对父母说道："我家门户低微，目下取得妻来，不过是农家之女，村妆陋质不是我的对头。儿既有此绝艺，便当挟此出游江湖间，料不须带着盘费走。或者不拘那里天缘有在，等待依心像意寻个对得我来的好女儿为妻，方了平生之愿。"父母见他说得话大，便就住了手。

过不多几日，只见国能另换了一身衣服，来别了父母出游。父母一眼看去，险些不认得了。你道他怎生打扮：

> 头戴包巾，脚蹬方履。身上穿浅地深绿的蓝服，腰间系一坠两股的黄绦。若非葛稚川侍炼药的丹童，便是董双成同思凡的道侣。

说这国能葛巾野服，扮做了道童模样，父母吃了一惊，问道："儿如此打扮，意欲何为？"国能笑道："儿欲从此云游四方，遍寻一个好妻子，来做一对耳。"父母道："这是你的志气，也难阻你。只是得手便回，莫贪了别处欢乐，忘了故乡。"国能道："这个怎敢！"是日是个黄道吉日，拜别了父母，即便登程，从此自称小道人。

一路行去，晓得汴梁是帝王之都，定多名手，先向汴京进发。到得京中，但是对局，无有不输与小道人的，棋名大震。往来多是朝中贵人，东家也来接，西家也来迎，或是行教，或是赌胜，好不热闹过日。却并不见一个对手，也无可意的女佳人撞着眼里的。混过了多时，自想姻缘未必在此，遂离了京师，又到太原、真定等处游荡。一路行棋，眼见得无出其右，奋然道："吾闻燕山乃辽国郎主在彼称帝，雄丽过于汴京，此中必有高人国手天下无敌的在内。今我在中国既称绝技，料然到那里不到得输与人了。何不往彼一游，寻个出头的国手较一较高低，也与中国吐一吐气，博他一个远乡异域的高名，传之不朽？况且自古道燕、赵多佳人，或者借此技艺，在王公贵人家里出入，图得一个好配头，也不见得。"遂决意往北路进发，风飡水宿，夜住晓行，不多几日，已到了燕山地面。

且说燕山形胜，左环沧海，右拥太行，北枕居庸，南襟河济。向称天府之国，暂为夷主所都。此时燕山正是耶律部落称尊之所，宋时呼之为北朝，相与为兄弟之国。盖自石晋以来，以燕、云一十六州让与彼国了，从此渐染中原教化，百有余年。所以夷狄名号向来只是单于、可汗、赞普、郎主等类，到得辽人，一般称帝称宗，以至官员职名大半与中国相参，衣冠文物，百工技艺，竟与中华无二。辽国最好的是弈棋。若有第一等高棋，称为国手，便要遣进到南朝请人比试。曾有一个王子最高，进到南朝。这边棋院待诏顾思让也是第一手，假称第三手，与他对局，以一着解两征，至今棋谱中传下镇神头势。王子赢不得顾待诏，问通事说是第三手。王子愿见第一，这边回他道："赢得第三，方见第二；赢得第二，方见第一。今既赢不得第三，尚不得见第二，怎能够见得第一？"王子只道是真，叹口气道："我北朝第一手赢不得南朝第三手，再下棋何干！"摔碎棋枰，伏输而去，却不知被中国人瞒过了。此是已往的话。

只说那时辽国围棋第一称国手的乃是一个女子，名为妙观，有亲王保举，受过朝廷册封为女棋童，设个棋肆，教授门徒。你道如何教授？盖围棋三十二法，皆有定名：有"冲"，有"干"，有"绰"，有"约"，有"飞"，有"关"，有"扎"，有"粘"，有"顶"，有"尖"，有"觑"，有"门"，有"打"，有"断"，有"行"，有"立"，有"捺"，有"点"，有"聚"，有"跷"，有"挟"，有"拶"，有"辟"，有"刺"，有

"勒"，有"扑"，有"征"，有"劫"，有"持"，有"杀"，有"松"，有"盘"。妙观以此等法传授于人。多有王侯府中送将男女来学棋，以及大家小户少年好戏欲学此道的，尽来拜他门下，不记其数，多呼妙观为师。妙观亦以师道自尊，妆模做样，尽自矜持，言笑不苟，也要等待对手，等闲未肯嫁人。却是棋声传播，慕他才色的咽干了涎唾，只是不能胜他，也没人敢启齿求配。空传下个美名，受下许多门徒，晚间师父娘只是独宿而已。有一首词单道着妙观好处：

> 丽质本来无偶，神机早已通玄。枰中举国莫争先，女将驰名善战。　　玉手无惭国手，秋波合唤秋仙。高居师席把棋传，石作门生也眩。（右词寄《西江月》）

话说国能自称小道人，游到燕山，在饭店中歇下，知妙观是国手的话，留心探访。只见来到肆前，果然一个少年美貌的女子，在那里点指划脚教人下棋。小道人见了，先已飞去了三魂，走掉了七魄，恨不得双手抱住了他做一点两点的事。心里道："且未可露机，看他着法如何。"呆呆地袖着手，在旁冷眼厮觑。见他着法还有不到之处，小道人也不说破。一连几日，有些耐不得了，不觉口中嗫嚅，逗露出一两着来。妙观出于不意，见指点出来的多是神着，抬眼看时，却是一个小伙儿，又是道家妆扮的，情知有些诧异，心里疑道："那里来此异样的人？"忍着只做不睬，只是大剌剌教徒弟们对局。妙观偶然指点一着，小道人忽攘臂争道："此一着未是胜着，至第几路必然受亏。"果然下到其间，一如小道人所说。妙观心惊道："奇哉此童！不知自何处而来。若再使他在此观看，形出我的短处，枉为人师，却不受人笑话？"大声喝道："此系教棋之所，是何闲人乱入厮混？"便叫两个徒弟，把小道人叫了出来，不容观看。小道人冷笑道："自家棋低，反要怪人指教，看你躲得过我么？"反了手踱了出来，私下想道："好个美貌女子！棋虽非我比，女人中有此也不易得。只在这几个黑白子上定要赚他到手，倘不如意，誓不还乡！"走到对门，问个老者道："此间店房可赁与人否？"老者道："赁来何用？"小道人道："因来看棋，意欲赁个房儿住着，早晚偷学他两着。"老者道："好好！对门女棋师是我国中第一手，说道天下无敌的。小师父小小年纪，要在江湖上云游，正该学他些着法。老汉无儿女，止有个老嬷缝纫度日，也与女棋师往来得好。此门面房空着，专一与远来看棋的人闲坐，趁几文茶钱的。小师父要赁，就打长赁了也好。"

　　小道人就在袖里摸出包来，拣一块大些的银子，与他做了定钱。抽身到饭店中搬取行囊，到这对门店中安下。铺设已定，见店中有见成垩就的木牌在那里，他就与店主人说，要借来写个招牌。老者道："要招牌何用？莫非有别样高术否？"小道人道："也要在此教教下棋，与对门棋师赛一赛。"老者道："不当人子，那里还讨个对手么？"小道人道："你不要管，只借我牌便是。"老者道："牌自空着，但凭取用，只不要惹出事来，做了话靶。"小道人道："不妨，不妨。"就取出文房四宝来，磨得墨浓，蘸得笔饱，挥出一张牌来，竖在店面门口。只因此牌一出，有分交：绝技佳人，望枰而纳款；远来游客，出手以成婚。你道牌上写的是甚话来？他写道：汝南小道人手谈，奉饶天下最高手一先。老者看见了，道："天下最高手你还要饶他先哩！好大话，好大话！只怕见我女棋师不得。"小道人道："正要饶得你女棋师，才为高手。"老者似信不信，走进里面去，把这些话告诉老媪。老媪道："远方来的人敢开大口，或者有些手段也不见得。"老者道："点点年纪，那里便有什么手段？"老媪道："有智不在年高，我们女棋师又是有年纪的么？"老者道："我们下着这样一个人与对门作敌，也是一场笑话。且看他做出便见。"

　　不说他老口儿两下唧哝，且说这边立出牌来，早已有人报与妙观得知。妙观见说写的是"饶天下最高手"，明是与他放对的了。情知是昨日看棋的小伙，心中好生忿忿不平，想道："我在此擅名已久，那里来这个小冤家来寻我们的错处？"发个狠，要就与他决个胜负。又转一个念头道："他昨日看棋时，偶然指点的着数多在我意想之外。假若与他决一局，幸而我胜，劈破他招牌，赶他走路不难；万一输与他了，此名一出，那里还显得有我？此事不可造次，须着一个先探一探消息再作计较。"妙观有个弟子张生，是他门下最得意的高手，也是除了师父再无敌手的。妙观唤他来，说道："对门汝南小道人口说大话，未卜手段虚实。我欲与决输赢，未可造次。据汝力量，已与我争不多些儿了，汝可先往一试，看汝与彼优劣，便可以定彼棋品。"

　　张生领命而出，走到小道人店中，就枰求教。张生让小道人是客，小道人道："小牌上有言在前，遮末是高手也要饶他一先，决不自家下起。若输与足下时，受让未迟。"张生只得占先下了。张生穷思极想方才下得一着，小道人只随手应去，不到得完局，张生已败。张生拱手伏输道："客艺果高，非某敌手，增饶一子，方可再请教。"果然摆下二子，然后请小道人对下。张生又输了一盘。张生心服，道："还饶不住，再增一子。"增至三子，然后张生觉得松些，恰恰下个两平。看官听说：凡棋有敌手，有饶先，有先两；受饶三子，厥品中中，未能通幽，可称用智。受得国手三子饶的，也算是高强了。只为张生也是妙观门下出色弟子，故此还挣得来，若是别一个，须动手不得，看来只是小道人高得紧了。小道人三局后，对张生道："足下之棋也算高强，可见上国一斑矣。不知可有堪与小道对敌的，请出一个来，小道情愿领教。"张生晓得此言是撺他师父出马，不敢应答，作别而去。来到妙观跟前密告道："此小道人技艺甚高，怕吾师也要让他一步。"妙观摇手戒他不可说破，惹人耻笑。

自此之后，妙观不敢公然开肆教棋。旁人见了标牌，已自惊骇，又见妙观收敛起来，那张生受饶三子之说，渐渐有人传将开去，正不知这小道人与妙观果是高下如何。自有这些好事的人，三三两两议论。有的道："我们棋师不与较胜负，想是不放他在眼里的了。"有的道："他牌上明说饶天下最高手一先，我们棋师难道忍得这话起，不与争雄？必是个有些本领的，棋师不敢造次出头。"有的道："我们棋师现是本国第一手，并无一个男人赢得他的，难道别处来这个小小道人便恁地高强不成？是必等他两个对一对局，定个输赢来我们看一看，也是着实有趣的事。"又一个道："妙是妙，他们岂肯轻放对？是必众人出些利物与他们赌胜，才弄得成。"内中有个胡大郎道："妙！妙！我情愿助钱五十千。"支公子道："你出五十千，难道我又少得不成？也是五十千！"其余的也有认出十千、五千的，一时凑来，有了二百千之数。众人就推胡大郎做个收掌之人，敛出钱来多交付与他，就等他约期对局，临时看输赢对付发利物，名为"保局"，此也是赌胜的旧规。其时众人议论已定，胡大郎等利物齐了，便去两边约日比试手段。果然两边多应允了，约在第三日午时在大相国寺方丈内对局。众人散去，到期再会。

女棋童妙观得了此信，虽然应允，心下有些虚怯，道："利物是小事，不争与他赌胜，一下子输了，枉送了日前之名！此子远来作客，必然好利，不如私下买嘱他，求他让我些儿，我明收了利物，暗地加添些与他，他料无不肯的。怎得个人来与我通此信息便好？"又怕弟子们见笑，不好商量得。思量对门店主老嬷常来此缝衣补裳的，小道人正下在他家，何不央他来做个引头，说合这话也好？算计定了，魆地着个女使招他来说话。

　　老嬷听得，便三脚两步走过对门来，见了妙观，道："棋师娘子，有何吩咐？"妙观直引他到自己卧房里头，坐下了，妙观开口道："有件事要与嬷嬷商量则个。"老嬷道："何事？"妙观道："汝南小道人正在嬷嬷家里下着，奴有句话要嬷嬷说与他。嬷嬷，好说得么？"老嬷道："他自恃棋高，正好来与娘子放对。我见老儿说道：众人出了利物，约着后日对局，娘子却又要与他说甚么话？"妙观道："正为对局的事要与嬷嬷商量。奴在此行教已久，那个王侯府中不唤奴是棋师？寻遍一国没有奴的对手，眼见得手下收着许多徒弟哩。今远来的小道人却说饶尽天下的大话，奴曾教最高手的弟子张生去试他两局，回来说他手段颇高。众人要看我每两下本事，约定后日放对。万一输与他了，一则丧了本朝体面，二则失了日前名声，不是要处。意欲央嬷嬷私下与他说说，做个人情，让我些个。"嬷嬷道："娘子只是放出日前的本事来赢他方好，怎么折了志气反去求他？况且见赌着利物哩，他如何肯让？"妙观道："利物是小事，他若肯让奴赢了，奴一毫不取，私下仍旧还他。"嬷嬷道："他赢了你棋，利物怕不是他的？又讨个大家喝声采不好？却明输与你了，私下受这些说不响的钱，他也不肯。"妙观道："奴再于利物之外私下赠他五十千。他与奴无仇，且又不是本国人，声名不关什么干系。得了若干利物，又得了奴这些私赠，也够了他了。只要嬷嬷替奴致意于他，说奴已甘伏，不必在人前赢奴，出奴之丑便是。"嬷嬷道："说便去说，肯不肯只凭得他。"妙观道："全仗嬷嬷说得好些，肯时奴自另谢嬷嬷。"老嬷道："对门对户，日前相处面上，甚么大事说起谢来！"嘻嘻的笑了出去。

走到家里，见了小道人，把妙观邀去的说话一十一五对他说了。小道人见说罢，便满肚子痒起来，道："好！好！天送个老婆来与我了。"回言道："小子虽然年幼远游，靠着些小技艺，不到得少了用度，那钱财颇不希罕，只是旅邸孤单，小娘子若要我相让时，须依得我一件事，无不从命。"老嬷道："可要怎生？"小道人喜着脸道："妈妈是会事的，定要说出来？"老妈道："说得明白，咱好去说。"小道人道："日里人面前对局，我便让让他；晚间要他来被窝里对局，他须让让我。"老嬷道："不当人子！后生家讨便宜的话莫说！"小道人道："不是讨便宜。小子原非贪财帛而来，所以住此许久，专慕女棋师之颜色耳。嬷嬷为我多多致意，若肯容我半晌之欢，小子甘心诈输，一文不取；若不见许，便当尽着本事对局，不敢容情。"老嬷道："言重，言重！

老身怎好出口？"小道人道："你是妇道家，对女人讲话有甚害羞？这是他喉急之事，便依我说了，料不怪你。"说罢，便深深一喏道："事成另谢媒人。"老嬷笑道："小小年纪，倒好老脸皮。说便去说，万一讨得骂时，须要你赔礼。"小道人道："包你不骂的。"老嬷只得又走将过对门去。

妙观正在心下虚怯，专望回音。见了老嬷，脸上堆下笑来道："有烦嬷嬷尊步，所说的事可听依么？"老嬷道："老身磨了半截舌头，依倒也依得，只要娘子也依他一件事。"妙观道："遮莫是甚么事，且说将来，奴依他便了。"老嬷道："若是娘子肯依，倒也不费本钱。"妙观道："果是甚么事？"老嬷道："这件事，易则至易，难则至难。娘子恕老身不知进退的罪，方好开口。"妙观道："奴有事相央，嬷嬷尽着有话便说，岂敢有嫌？"老嬷又假意推让了一回，方才带笑说道："小道人只身在此，所慕娘子才色兼全，他阴沟洞里想天鹅肉吃哩！"妙观通红了脸，半晌不语。老嬷道："娘子不必见怪，这个原是他妄想，不是老身撰造出来的话。娘子怎生算计，回他便了。"妙观道："我起初原说利物之外再赠五十千，也不为轻鲜，只可如此求他了。肯让不肯让，好歹回我便了，怎胡说到这个所在？羞人答答的。"老嬷道："老身也把娘子的话一一说了。他说道，原不希罕钱财，只要娘子允此一事，甘心相让，利物可以分文不取。叫老身就没法回他了，所以只得来与娘子直说。老身也晓得不该说的，却是既要他相让，他有话，不敢隐瞒。"妙观道："嬷嬷，他分明把此话挟制着我，我也不好回得。"嬷嬷道："若不回他，他对局之时决不容情。娘子也要自家算计。"妙观见说到对局，肚子里又怯将起来；想着说到这话，又有些气不分，思量道："叵耐这没廉耻的小弟子孩儿！我且将计就计，哄他则个。"对老嬷道："此话羞人，不好直说。嬷嬷见他，只含糊说道若肯相让，自然感德非浅，必当重报就是了。"嬷嬷得了此言，想道："如此说话，便已是应承的了。我且在里头撮合了他两口，必有好处到我。"千欢万喜，就转身到店中来，把前言回了小道人。小道人少年心性，见说有些口风儿，便一团高兴，皮风骚痒起来，道："虽然如此，传言送语不足为凭，直待当面相见亲口许下了，方无番悔。"老嬷只得又去与妙观说了。妙观有心求他，无言可辞，只得约他黄昏时候灯前一揖为定。

是晚，老嬷领了小道人径到妙观肆中客坐里坐了。妙观出来相见，拜罢，小道人开口道："小子云游到此，见得小娘子芳容，十分侥幸。"妙观道："奴家偶以小艺擅名国中，不想遇着高手下临。奴家本不敢相敌，争奈众心欲较胜负，不得不在班门弄斧。所有奉求心事已托店主嬷嬷说过，万望包容则个。"小道人道："小娘子吩咐，小子岂敢有违！只是小子仰慕小娘子已久，所以在对寓栖迟，不忍舍去。今客馆孤单，若蒙小娘子有见怜之心，对局之时，小子岂敢不揣自逞？定当周全娘子美名。"妙观道："若得周全，自当报德，决不有负足下。"小道人笑容满面，作揖而谢道："多感娘子美情，小子谨记不忘。"妙观道："多蒙相许，一言已定。夜晚之间，不敢亲送，有烦店主嬷嬷伴送过去罢。"叫丫鬟另点个灯，转进房里来了。小道人自同老嬷到了店里，自想：适间亲口应承，这是探囊取物，不在话下的了。只等对局后图成好事不题。

到了第三日，胡大郎早来两边邀请对局，两人多应允了。各自打扮停当，到相国寺方丈里来。胡大郎同支公子早把利物摆在上面一张桌儿上，中间一张桌儿放着一个白铜镶边的湘妃竹棋枰，两个紫檀筒儿，贮着黑白两般云南窑棋子。两张椅东西对面放着，请两位棋师坐着交手，看的人只在两横长凳上坐。妙观让小道人是客，坐了东首，用着白棋。妙观请小道人先下子，小道人道："小子有言在前，这一着先要饶天下最高手，决不先下的。直待赢得过这局，小子才占起。"妙观只得拱一拱道："恕有罪，应该低者先下了。"果然妙观手起一子，小道人随手而应。正是：

> 花下手闲敲，出楸枰，两下交。争先布摆妆圈套，单敲这着，双关那着，声迟思入风云巧。笑山樵，从交柯烂，谁识这根苗。（右调《黄莺儿》）

小道人虽然与妙观下棋，一眼偷觑着他容貌，心内十分动火，想着他有言相许，有意让他一分，不尽情攻杀，只下得个两平。算来白子一百八十着，小道人认输了半子。这一番却是小道人先下起了，少时完局。他两人手下明白，已知是妙观输了。旁边看的嚷道："果然是两个敌手，你先我输，我先你输，大家各得一局。而今只看这一局以定输赢。"妙观见第二番这局觉得力量拥拽，心里有些着忙。下第三局时，频频以目送情。小道人会意，仍旧东支西吾，让他过去。临了收拾了官着，又是小道人少了半子。大家齐声喝采道："还是本国棋师高强，赢了两局也！"小道人只不则声，呆呆看着妙观。胡大郎便对小道人道："只差半子，却算是小师父输了。小师父莫怪！"忙忙收起了利物，一同众人哄了女棋师妙观到肆中，将利物交付，各自散去。

小道人自和一二个相识，尾着众人闲话而归。有的问他道：“那里不争出了这半子？却算做输了一局，失了这些利物。”小道人只是冷笑不答。众人恐怕小道人没趣，多把话来安慰他，小道人全然不以为意。到了店中，看的送的多已散去。店中老嬷便出来问道：“今日赌胜的事却怎么了？”小道人道：“应承过了说话，还舍得放本事赢他？让他一局过去，帮衬他在众人面前生光采，只好是这样凑趣了。”老嬷笑道：“这等却好。他不忘你的美情，必有好处到你，带挈老身也兴头则个。”小道人口里与老嬷说话，一心想着佳音，一眼对着对门盼望动静。

此时天色将晚，小道人恨不得一霎时黑下来。直到点灯时候，只见对面肆里扑地把门关上了。小道人着了急，对老嬷道：“莫不这小妮子负了心？有烦嬷嬷往彼处探一探消息。”老嬷道：“不必心慌，他要瞒生人眼哩！再等一会，待人静后没消息，老身去敲开门来问他就是。”小道人道：“全仗嬷嬷作成好事。”正说之间，只听得对过门环铛的一响，走出一个丫鬟来，径望店里走进。小道人犹如接着一纸九重恩赦，心里好不侥幸，只听他说怎么好话出来。丫鬟向嬷嬷道了万福，说道：“侍长棋师小娘子多多致意嬷嬷，请嬷嬷过来说话则个。”老嬷就此同行，起身便走。小道人赶着附耳道：“嬷嬷精细着。”老嬷道：“不劳吩咐。”带着笑脸，同丫鬟去了。小道人就像热地上蚰蜒，好生打熬不过，禁架不定。正是：

　　眼盼捷旌旗，耳听好消息。

　　若得遂心怀，愿彼观音力。

　　却说老嬷随了丫鬟走过对门，进了肆中，只见妙观早已在灯下笑脸相迎，直请至卧房中坐地，开口谢道：“多承嬷嬷周全之力，日间对局，侥幸不失体面。今要酬谢小道人相让之德，原有言在先的，特请嬷嬷过来，交付利物并谢礼与他。”老嬷道：“娘子花朵儿般后生，怎地会忘事？小道人原说不希罕财物的，如何又说利物谢礼的话？”妙观假意失惊道：“除了利物谢礼，还有什么？”嬷嬷道：“前日说过的，他一心想慕娘子，诸物不爱，只求圆成好事，娘子当面许下了他。方才叮嘱了又叮嘱，在家盼望，真似渴龙思水哩！娘子如何把话说远了？”妙观变起脸来道：“休得如此胡说！奴是清清白白之人，从来没半点邪处，所以受得朝廷册封，王亲贵戚供养，偌多门生弟子尊奉。那里来的野种，敢说此等污言！教他快些息了妄想，收此利物及谢礼过去，便宜他多了。”说罢，就指点丫鬟将日间收来的二百贯文利物一盘托出，又是小匣一个放着五十贯的谢礼，交付与老嬷道：“有烦嬷嬷将去，交付明白。”分外又是三两一小

封，送与老嬷做辛苦钱。说道："有劳嬷嬷两下周全，些小微物，勿嫌轻鲜则个。"那老嬷是个经纪人家眼孔小的人，见了偌多东西，心里先自软了；又加自己有些油水，想道："许多利物，又添上谢礼，真个不为少了。那个小伙儿也该心满意足，难道只痴心要那话不成？且等我回他去看。"便对妙观道："多蒙娘子赏赐，老身只得且把东西与他再处。只怕他要说娘子失了信，老身如何回他？"妙观道："奴家何曾失甚么信？原只说自当重报，而今也好道不轻了。"随唤两个丫鬟捧着这些钱物，跟了老嬷送在对门去。吩咐："放下便来，不要停留！"两个丫鬟领命，同老嬷三人共拿了礼物，径往对门来。果然丫鬟放下了物件，转身便走。

小道人正在盼望之际，只见老嬷在前，丫鬟在后，一齐进门，料到必有好事到手。不想放下手中东西，登时去了，正不知是甚么意思，忙问老嬷道："怎的说了？"老嬷指着桌上物件道："谢礼已多在此了，收明便是，何必再问？"小道人道："那个希罕谢礼？原说的话要紧！"老嬷道："要紧！要紧！你要紧，他不要紧？叫老娘怎处？"小道人道："说过的话怎好赖得？"老嬷道："他说道原只说自当重报，并不曾应承甚的来。叫我也不好替你讨得嘴。"小道人道："如此混赖，是白白哄我让他了。”老嬷道：“见放着许多东西，白也不算白了。只是那话，且消停消停，抹干了嘴边这些顽涎，再做计较。”小道人道：“嬷嬷休如此说！前日是与小子觌面讲的话，今日他要赖将起来。嬷嬷再去说一说，只等小子今夜见他一见，看他当面前怎生悔得！”老嬷道：“方才为你磨了好一会牙，他只推着谢礼，并无些子口风。而今去说也没干，他怎肯再见你？”小道人道：“前日如何去一说，就肯相见？”老嬷道：“须知前日是求你的时节，作不得难。今事体已过，自然不同了。”小道人叹口气道：“可见人情如此！我枉为男子，反被这小妮子所赚。毕竟在此守他个破绽出来，出这口气！”老嬷道：“且收拾起了利物，慢慢再看机会商量。”当下小道人把钱物并叠过了，闷闷过了一夜。有诗为证：

亲口应承总是风，两家黑白未和同。

当时未见一着错，今日满盘还是空。

一连几日，没些动静。一日，小道人在店中闲坐，只见街上一个番汉牵着一匹高头骏马，一个虞候骑着，到了门前。虞候跳下马来，对小道人声喏道：“罕察王府中请师父下棋，备马到门，快请骑坐了就去。”小道人应允，上了马，虞候步行随着。瞬息之间，已到王府门首。

小道人下了马，随着虞候进去，只见诸王贵人正在堂上饮宴。见了小道人，尽皆起身道："我辈酒酣，正思手谈几局，特来奉请。今得到来，恰好！"即命当直的掇过棋桌来。诸王之中先有两个下了两局，赌了几大觥酒，就推过高手与小道人对局，以后轮换请教。也有饶六七子的，也有饶四五子的，最少的也饶三子两子，并无一个对下的。诸王你争我嚷，各出意见，要逞手段，怎当得小道人随手应去，尽是神机莫测。诸王尽皆叹服，把酒称庆，因问道："小师父棋品与吾国棋师妙观果是那个为高？"小道人想着妙观失信之事，心里有些怀恨，不肯替他隐瞒，便道："此女棋本下劣，枉得其名，不足为道。"诸王道："前日闻得你两人比试，是妙观赢了，今日何反如此说？"小道人道："前日他叫人私下央求了小子。小子是外来的人，不敢不让本国的体面，所以故意输与他，岂是棋力不敌？若放出手段来，管取他输便了！"诸王道："口说无凭，做出便见。去唤妙观来，当面试看。"罕察立命从人控马去，即时取将女棋童妙观到来。

妙观向诸王行礼毕，见了小道人，心下有好些忸怩，不敢撑眼看他，勉强也见了一礼。诸王俱赐坐了，说道："你每两人多是国手，未定高下。今日在咱们面前比试一比试，咱们出一百千利物为赌，何如？"妙观未及答应，小道人站起来道："小子不愿各殿下破钞，小子自有利物与小娘子决赌。"说罢，袖中取出一包黄金来，道："此金重五两，就请赌了这些。"妙观回言道："奴家却不曾带些甚么来，无可相对。"小道人向诸王拱手道："小娘子无物相赌，小子有一句话说来请问各殿下看，可行则行。"诸王道："有何话说？"小道人道："小娘子身畔无金，何不即以身躯出注？如小娘子得胜，就拿了小子的黄金去；若小子胜了，赢小娘子做个妻房。可中也不中？"诸王见说，俱各拍手跌足，大笑起来道："妙，妙，妙！咱门多做个保亲，正是风流佳话！"妙观此时欲待应承，情知小道人手段高，输了难处；欲待推却，明明是怯怕赌胜，不交手算输了，真是在左右两难。怎当得许多贵人在前力赞，不由得你躲闪。亦且小道人兴高气傲，催请对局。妙观没个是处，羞惭窘迫，心里先自慌乱了。勉强就局，没一子下去是得手的，觉是触着便碍。正所谓"棋高一着，缚手缚脚"，况兼是心意不安的，把平日的力量一发减了，连败了两局。小道人起身出局，对着诸王叩一头道："小子告赢了，多谢各殿下赐婚。"诸王抚掌称快道："两个国手，原是天生一对。妙观虽然输了局，嫁得此丈夫，可谓得人矣！待有吉日了，咱们各助花烛之费就是了。"急得个妙观羞惭满面，通红了脸皮，无言可答，只低着头不做声。罕察每人与了赏赐，吩咐从人，各送了回家。

小道人扬扬自得，来对店主人与老嬷道："一个老婆，被小子棋盘上赢了来，今番须没处躲了。"店主、老嬷问其缘故，小道人将王府中与妙观对局赌胜的事说了一遍。老嬷笑道："这番却赖不得了。"店主人道："也须使个媒，行个礼才稳。"小道人笑道："我的媒人大哩！各位殿下多是保亲。"店主人道："虽然如此，也要个人通话。"小道人道："前日他央嬷嬷求小子，往来了两番，如今这个媒自然是嬷嬷做了。"老嬷道："这是带挈老身吃喜酒的事，当得效劳。"小道人道："小子如今即将昨日赌胜的黄金五两，再加白银五十两为聘仪，择一吉日烦嬷嬷替我送去，订约成亲则个。"店主人即去房中取出一本择日的星书来，翻一翻道："明日正是黄道日，师父只管行聘便了。"一夜无词。

次日，小道人整顿了礼物，托老嬷送过对门去。连这老嬷也装扮得齐整起来：

> 白皙皙脸揸胡粉，红霏霏头戴绒花。胭脂浓抹露黄牙，狄髻浑如斗大。　　没把臂一双窄袖，忐狼犹一对宽鞋。世间何处去寻他？除是金刚脚下。

说这店家老嬷装得花簇簇地，将个盒盘盛了礼物，双手捧着，一径到妙观肆中来。妙观接着，看见老嬷这般打扮，手中又拿着东西，也有些瞧科，忙问其来意。老嬷嘻着脸道："小店里小师父多多拜上棋师小娘子，道是昨日王府中席间娘子亲口许下了亲事，今日是个黄道吉日，特着老身来作伐行礼。这个盒儿里的，就是他下的聘财，请娘子收下则个。"妙观呆了一晌，才回言道："这话虽有个来因，却怎么成得这事？"老嬷道："既有来因，为何又成不得？"妙观道："那日王府中对局，果然是奴家输与他了。这话虽然有的，止不过一时戏言。难道奴家终身之事，只在两局棋上结果了不成？"老嬷道："别样话戏得，这个话他怎肯认做戏言？娘子前日央求他时节，他兀自妄想；今日又添出这一番赌赛事体，他怎由得你番悔？娘子休怪老身说，看这小道人人物聪俊，年纪不多，你两家同道中又是对手，正好做一对儿夫妻。娘子不如许下这段姻缘，又完了终身好事，又不失一时口信，带挈老身也吃一杯喜酒。未知娘子主见如何？"妙观叹口气道："奴家自幼失了父母，寄养在妙果庵中。亏得老道姑提挈成人，教了这一家技艺，自来没一个对手，得受了朝廷册封，出入王宫内府，谁不钦敬？今日身子虽是自家做得主的，却是上无尊长之命，下无媒妁之言，一时间凭着两局赌赛，偶尔亏输，便要认起真来，草草送了终身大事，岂不可羞？这事断然不可！"老嬷道："只是他说娘子失了口信，如何回他？"妙观道："他原只把黄金五两出注的，奴家偶然不带得东西在身畔。以后输了。今日拚得赔还他这五两，天大事也完了。"老嬷道："只怕说他不过。虽然如此，常言道事无三不成，这遭却是两遭了，老身只得替你再回他去，凭他怎么处。"妙观果然到房中箱里面秤了五两金子，把个封套封了，拿出来放在盒儿面上，道："有烦嬷嬷还了他。重劳尊步，改日再谢。"老嬷道："谢是不必说起。只怕回不倒时，还要老身聒絮哩！"

老嬷一头说，一头拿了原礼并这一封金子，别了妙观，转到店中来，对小道人笑道："原礼不曾收，回敬倒有了。"小道人问其缘故，老嬷将妙观所言一一说了。小道人大怒道："这小妮子昧了心，说这等说话！既是自家做得主，还要甚尊长之命、媒妁之言？难道各位大王算不得尊长的么？就是嬷嬷，将礼物过去，便也是个媒妁了，怎说没有？总来他不甘伏，又生出这些话来混赖，却将金子搪塞！我不希罕他金子，且将他的做个告状本，告下他来，不怕他不是我的老婆！"老嬷道："不要性急。此番老身去，他说的话比前番不同了，是软软的了。还等老身去再三劝他。"小道人道："私下去说，未免是我求他了，他必然还要拿班。不如当官告了他，须赖不去！"当下写就了一纸告词，竟到幽州路总管府来。

那幽州路总管泰不华正升堂理事，小道人随牌进府，递将状子上去。泰不华总管接着，看见上面写道："告状人周国能，为赖婚事。能本籍蔡州，流寓马足。因与本国棋手女子妙观赌赛，将金五两聘定，诸王殿下尽为证见。讵料事过心变，悔悖前盟。夫妻一世伦常被赖，死不甘伏！恳究原情，追断完聚，异乡沾化。上告。"总管看了状词，说道："元来为婚姻事的。凡户、婚、田、土之事，须到析津、宛平两县去，如何到这里来告？"周国能道："这女子是册封棋童的，况干连着诸王殿下，非天台这里不能主婚。"总管准了状词。一面差人行拘妙观对理。差人到了妙观肆中，将官票与妙观看了。妙观吃了一惊道："这个小弟子孩儿，怎便如此恶取笑！"一边叫弟子张生将酒饭陪待了公差，将赏钱出来打发了，自行打点出官。公差知是册封的棋师，不敢啰唣，约在衙门前相会，先自去了。

妙观叫乘轿抬到府前，进去见了总管。总管问道："周国能告你赖婚一事，这怎么说？"妙观道："一时赌赛亏输，实非情愿。"总管道："既已输了，说不得情愿不情愿。"妙观道："偶尔戏言，并无甚么文书约契，怎算得真？"周国能道："诸王殿下多在面上作证，大家认做保亲，还要甚文书约契？"总管道："这话有的么？"妙观一时语塞，无言可答。总管道："岂不闻一言既出，驷马难追？况且婚姻大事，主合不主离。你们两人既是棋中国手，也不错了配头。我做主与你成其好事罢！"妙观道："天台张主，岂敢不从？只是此人不是本国之人，萍踪浪迹，嫁了他，须随着他走。小妇人是个官身，有许多不便处。"周国能道："小人虽在湖海飘零，自信有此绝艺，不甘轻配凡女。就是妙观，女中国手，也岂容轻配凡夫？若得天台做主成婚，小人情愿超籍在此，两下里相帮行教，不回故乡去了。"总管道："这个却好。"妙观无可推辞，只得凭总管断合。

周国能与妙观各回下处。周国能就再央店家老嬷重下聘礼，约定日期成亲。又到各王府说知，各王府俱各助花红灯烛之费。胡大郎、支公子一干好事的，才晓得前日暗地相嘱许下佳期之说，大家笑耍，各来帮兴。成亲之日，好不热闹。过了几时，两情和洽，自不必说。周国能又指点妙观神妙之着，两个都造到绝顶，竟成对手。诸王贵人以为佳话，又替周国能提请官职，封为棋学博士，御前供奉。后来周国能差人到蔡州密地接了爹娘，到燕山同享荣华。周老夫妻见了媳妇一表人物，两心快乐，方信国能起初不肯娶妻，毕竟寻出好姻缘来，所谓有志者事竟成也！有诗为证：

> 国手惟争一着先，个中藏着好姻缘。
>
> 绿窗相对无余事，演谱推敲思入玄。

第三卷　权学士权认远乡姑
白孺人白嫁亲生女

词云：

世间奇物缘多巧，不怕风波颠倒。遮莫一时开了，到底还完好。　　丰城剑气冲天表，雷焕张华分宝。他日偶然齐到，津底双龙袅。

此词名《桃源忆故人》，说着世间物事有些好处的，虽然一时拆开，后来必定遇巧得合。那"丰城剑气"是怎么说？晋时大臣张华，字茂先，善识天文，能辨古物。一日，看见天上斗牛分野之间，宝气烛天，晓得豫章丰城县中当有奇物出世。有个朋友雷焕，也是博物的人，遂选他做了丰城县令，托他到彼，专一为访寻发光动天的宝物，吩咐他道："光中带有杀气，此必宝剑无疑。"那雷焕领命，到了县间，看那宝气却在县间狱中。雷焕领了从人，到狱中尽头去处，果然掘出一对宝剑来，雄曰"纯钩"，雌曰"湛卢"。雷焕自佩其一，将其一献与张华，各自宝藏，自不必说。后来，张华带了此剑行到延平津口，那剑忽在匣中跃出，到了水边，化成一龙。津水之中也钻出一条龙来，凑成一双，飞舞升天而去。张华一时惊异，分明晓得宝剑通神，只水中这个出来凑成双的不知何物，因遣人到雷焕处问前剑所在。雷焕回言道："先曾渡延平津口，失手落于水中了。"方知两剑分而复合，以此变化而去也。至今人说因缘凑巧，多用"延津剑合"故事。所以这词中说的正是这话。而今说一段因缘，隔着万千里路，也只为一件物事凑合成了，深为奇巧。有诗为证：

温峤曾输玉镜台，圆成钿合更奇哉！

可知宿世红丝系，自有媒人月下来。

话说国朝有一位官人，姓权，名次卿，表字文长，乃是南直隶宁国府人氏。少年登第，官拜翰林编修之职。那翰林生得仪容俊雅，性格风流，所事在行，诸般得趣，真乃是天上谪仙，人中玉树。他自登甲第，在京师为官一载有余。京师有个风俗，每遇初一、十五、二十五日，谓之庙市，凡百般货物俱赶在城隍庙前，直

摆到刑部街上来卖，挨挤不开，人山人海的做生意。那官员每清闲好事的，换了便巾便衣，带了一两个管家长班出来，步走游看，收买好东西旧物事。朝中惟有翰林衙门最是清闲，不过读书下棋，饮酒拜客，别无他事相干。权翰林况且少年心性，下处闲坐不过，每遇做市热闹时，就便出来行走。

一日，在市上看见一个老人家，一张桌儿上摆着许多零碎物件，多是人家动用家伙，无非是些灯台铜杓、壶瓶碗碟之类，看不得在文墨眼里的。权翰林偶然一眼瞟去，见就中有一个色样奇异些的盒儿，用手去取来一看，乃是个旧紫金钿盒儿，却只是盒盖。翰林认得是件古物，可惜不全，问那老儿道：“这件东西须还有个底儿，在那里？”老儿道：“只有这个盖，没有见甚么底。”翰林道：“岂有没底的理？你且说这盖是那里来的，便好再寻着那底了。”老儿道：“老汉有几间空房在东直门，赁与人住。有个赁房的，一家四五口害了天行症候，先死了一两个后生，那家子慌了，带病搬去，还欠下些房钱，遗下这些东西作退帐。老汉收拾得，所以将来货卖度日。这盒儿也是那人家的，外边还有一个纸簏儿藏着，有几张故字纸包着。咱也不晓得那半扇盒儿要做甚用，所以摆在桌儿上，或者遇个主儿买去也不见得。"翰林道："我到要买你的，可惜是个不全之物。你且将你那纸篓儿来看。"老儿用手去桌底下摸将出来，却是一个破碎零落的纸糊头篓儿。翰林道："多是无用之物，不多几个钱卖与我罢。"老儿道："些小之物，凭爷赏赐罢。"翰林叫随从管家权忠与他一百个钱，当下成交。老儿又在篓中取出旧包的纸儿来包了，放在篓中，双手递与翰林。

翰林叫权忠拿了，又在市上去买了好几件文房古物，回到下处来，放在一张水磨天然几上，逐件细看，多觉买得得意。落后看到那纸篓儿，扯开盖，取出纸包来，开了纸包，又细看那钿盒，金色灿烂，果是件好东西。颠倒相来，到底只是一个盖。想道："这半扇落在那里？且把来藏着，或者凑巧有遇着的时节也未可知。"随取原包的纸儿包他，只见纸破处，里头露出一些些红的出来。翰林把外边纸儿揭开来看，里头却衬着一张红字纸。翰林取出定睛一看，道："原来如此！"你道写的甚么？上写道："大时雍坊住人徐门白氏，有女徐丹桂，年方二岁。有兄白大，子曰留哥，亦系同年生。缘氏夫徐方，原籍苏州，恐他年隔别无凭，有紫金钿盒各分一半，执此相寻为照。"后写着年月，下面着个押字。翰林看了道："原来是人家婚姻照验之物，是个要紧的，如何却将来遗下，又被人卖了？也是个没搭煞的人了。"又想道："这写文书的妇人既有丈夫，如何却不是丈夫出名？"又把年月选起指头算一算看，笑道："立议之时到今一十八年，此女已是一十九岁，正当妙龄，不知成亲与未成亲。"又笑道："妄想他则甚？且收起着。"因而把几件东西一同收拾过了。

到了下市，又踱出街上来行走。看见那老儿仍旧在那里卖东西，问他道："你前日卖的盒儿，说是那一家掉下的。这家人搬在那里去了？你可晓得？"老儿道："谁晓得他。他一家人先从小的死起，死得来慌了，连夜逃去，而今敢是死绝了也不见得。"翰林道："他住在你家时有甚么亲戚往来？"老儿道："他有个妹子，嫁与下路人，住在前门。以后不知那里去了，多年不见往来了。"权翰林自想道："问得着时，还了他那件东西，也是一桩方便的好事。而今不知头绪，也只索由他罢了。"

回还寓所，只见家间有书信来：夫人在家中亡过了。翰林痛哭了一场，没情没绪，打点回家，就上个告病的本。奉圣旨："权某准回籍调理，病痊赴京听用。钦此。"权翰林从此就离了京师，回到家中来了。

话分两头，且说钿盒的来历。苏州有个旧家子弟，姓徐名方，别号西泉，是太学中监生。为干办前程，留寓京师多年。在下处岑寂，央媒娶下本京白家之女为妾，生下一个女儿，是八月中得的，取名丹桂。同时，白氏之兄白大郎也生一子，唤做留哥。白氏女人家性子，只护着自家人，况且京师中人不知外方头路，不喜欢攀扯外方亲戚，一心要把这丹桂许与侄儿去。徐太学自是寄居的人，早晚思量回家，要留着结下路亲眷，十分不肯。一日，太学得选了闽中二尹，打点回家赴任，就带了白氏出京。白氏不得遂愿，恋恋骨肉之情，瞒着徐二尹私下写个文书，不敢就说许他为婚，只把一个钿盒儿分做两处，留与侄儿做执照，指望他年重到京师，或是天涯海角，做个表证。

白氏随了二尹到了吴门。原来二尹久无正室，白氏就填了孺人之缺，一同赴任。又得了一子，是九月生的，名唤糕儿。二尹做了两任官回家，已此把丹桂许下同府陈家了。白孺人心下之事，地远时乖，只得丢在脑后。虽然如此，中怀歉然，时常在佛菩萨面前默祷，思想还乡，寻钿盒的下落。已后，二尹亡逝，守了儿女，做了孤孀，才把京师念头息了。想那出京时节，好歹已是十五六个年头，丹桂长得美丽非凡。所许陈家儿子年纪长大，正要纳礼成婚，不想害了色痨，一病而亡。眼见得丹桂命硬，做了望门寡妇，一时未好许人，且随着母亲、兄弟，穿些淡素衣服挨着过日。正是：

孤辰寡宿无缘分，空向天边盼女牛。

不说徐丹桂凄凉，且说权翰林自从断了弦，告病回家，一年有余，尚未续娶，心绪无聊，且到吴门闲耍，意图寻访美妾。因怕上司府县知道，车马迎送，酒礼往来，拘束得不耐烦，揣料自己年纪不多，面庞娇嫩，身材琐小，旁人看不出他是官，假说是个游学秀才，借寓在城外月波庵隔壁静室中。那庵乃是尼僧，有个老尼唤做妙通师父，年有六十已上，专在各大家往来，礼度熟闲，世情透彻。看见权翰林一表人物，虽然不晓得是埋名贵人，只认做青年秀士，也道他不是落后的人，不敢怠慢。时常叫香公送茶来，或者请过庵中清话。权翰林也略把访妾之意问及妙通，妙通说是出家之人不管闲事，权翰林就住口，不好说得。

是时正是七月七日，权翰林身居客邸，孤形吊影，想着"牛女银河"之事，好生无聊。乃咏宋人汪彦章《秋闱》词，改其末句一字，云：

高柳蝉嘶，采菱歌断，秋风起。晚云如髻，湖上山横翠。　帘卷西楼，过雨凉生。天如水，画楼十二，少个人同倚。（词寄《点绛唇》）

权翰林高声歌咏，趁步走出静室外来。新月之下，只见一个素衣的女子走入庵中。翰林急忙尾在背后，在黑影中闪着身子看那女子。只见妙通师父出来接着，女子未叙寒温，且把一炷香在佛前烧起。那女子生得如何？

> 闻道双衔凤带，不妨单着鲛绡。夜香知与阿谁烧？怅望水沉烟袅。　　云鬟风前丝卷，玉颜醉里红潮。莫教空度可怜宵，月与佳人共僚（音了）。

（词寄《西江月》）

那女子拈着香，跪在佛前，对着上面，口里喃喃呐呐，低低微微，不知说着许多说话，没听得一个字。那妙通老尼便来收科道："小娘子，你的心事说不能尽，不如我替你说一句简便的罢。"那女子立起身来道："师父，怎的简便？"妙通道："佛天保佑，早嫁个得意的丈夫。可好么？"女子道："休得取笑！奴家只为生来命苦，父亡母老，一身无靠，所以拜祷佛天，专求福庇。"妙通笑道："大意相去不远。"女子也笑将起来。妙通摆上茶食，女子吃了两盏茶，起身作别而行。

权翰林在暗中看得明白，险些儿眼里放出火来，恨不得走上前一把抱住。见他去了，心痒难熬。正在禁架不定，恰值妙通送了女子回身转来，见了道："相公还不曾睡？几时来在此间？"翰林道："小生见白衣大士出现，特来瞻礼。"妙通道："此邻人徐氏之女丹桂小娘子。果然生得一貌倾城，目中罕见。"翰林道："曾嫁人未？"妙通道："说不得。他父亲在时，曾许下在城陈家小官人。比及将次成亲，那小官人没福死了。耽搁了这小娘子做了个望门寡，一时未有人家来求他的。"翰林道："怪道穿着淡素！如何夜晚间到此？"妙通道："今晚是七夕牛女佳期，他遭着如此不偶之事，心愿不足，故此对母亲说了，来烧炷夜香。"翰林道："他母亲是甚么样人？"妙通道："他母亲姓白，是个京师人，当初徐家老爷在京中选官娶了来家的。且是直性子，好相与。对我说，还有个亲兄在京，他出京时节，有个侄儿方两岁，与他女儿同庚的。自出京之后，杳不相闻，差不多将二十年来了，不知生死存亡。时常托我在佛前保佑。"翰林听着，呆了一会，想道："我前日买了半扇钿盒，那包的纸上分明写是徐门白氏，女丹桂；兄白大，子白留哥。今这个女子姓徐名丹桂，母亲姓白，眼见得就是这家了。那卖盒儿的老儿说那家死了两个后生，老人家连忙逃去，把信物多掉下了。想必死的后生就是他侄儿留哥，不消说得。谁想此女如此妙丽，在此另许了人家，可又断了。那信物却落在我手中，却又在此相遇，有如此凑巧之事！或者到是我的姻缘也未可知。"以心问心，跌足道："一二十年的事，三四千里的路，有甚查帐处？

只须如此如此。"算计已定，对妙通道："适才所言白老孺人，多少年纪了？"妙通道："有四十多岁了。"翰林道："他京中亲兄可是白大？侄儿子可叫做留哥？"妙通道："正是，正是。相公如何晓得？"翰林道："那孺人正是家姑。小生就是白留哥，是孺人的侄儿。"妙通道："相公好取笑。相公自姓权，如何姓白？"翰林道："小生幼年离了京师，在江湖上游学。一来慕南方风景，二来专为寻取这头亲眷，所以移名改姓，游到此地。今偶然见师父说着端的，也是一缘一会，天使其然；不然，小生怎地晓得他家姓名？"妙通道："原来有这等巧事！相公，你明日去认了令姑，小尼再来奉贺便了。"翰林当下别了老尼，到静室上游思妄想，过了一夜。

天明起来，叫管家权忠，叮嘱停当了说话，结束整齐，一直问道徐家来。到了门首，看见门上一个老儿在那里闲坐，翰林叫权忠对他说："可进去通报一声，有个白大官打从京中出来的。"老儿说道："我家老主人没了，小官儿又小。你要见那个的？"翰林道："你家老孺人可是京中人，姓白么？"老儿道："正是姓白。"权忠道："我主人是白大官，正是孺人的侄儿。"老儿道："这等，你随我进去通报便是。"老儿领了权忠，竟到孺人面前。权忠是惯事的人，磕了一头，道："主人白大官在京中出来，已在门首了。"白孺人道："可是留哥？"权忠道："这是主人乳名。"孺人喜动颜色，道："如此喜事！"即忙唤自家儿子道："糕儿，你哥哥到了，快去接了进来。"那小孩子嬉嬉颠颠、摇摇摆摆出来接了翰林进去。

翰林腼腼腆腆，冒冒失失进去，见那孺人起来，翰林叫了"姑娘"一声，唱了一喏，待拜下去。孺人一把扯住道："行路辛苦，不必大礼。"孺人含着眼泪看那翰林，只见眉清目秀，一表非凡，不胜之喜。说道："想老身出京之时，你只有两岁，如今长成得这般好了。你父亲如今还健么？"翰林假意掩泪道："弃世久矣！小侄只为眼底没个亲人，见父亲在时曾说有个姑娘嫁在下路，所以小侄到南方来游学，专欲寻访。昨日偶见月波庵妙通师父说起端的，方知姑娘在此，特来拜见。"孺人道："如何声口不像北边？"翰林道："小侄在江湖上已久，爱学南言，所以变却乡音也。"翰林叫权忠送上礼物。孺人欢喜收了，谢道："至亲骨肉，只来相会便是，何必多礼？"翰林道："客途乏物孝敬姑娘，不必说起，且喜姑娘康健。昨日见妙通说过，已知姑夫不在了。适间这位是表弟，还有一位表妹，与小侄同庚的，在么？"孺人道："你姑夫在时已许了人家，姻缘不偶，未过门就断了，而今还是个没吃茶的女儿。"翰林道："也要请相

见。"孺人道："昨日去烧香，感了些风寒，今日还没起来梳洗。总是你在此还要久住，兄妹之间时常可以相见。且到西堂安下了行李再去。"一边吩咐排饭，一手拽着翰林到西堂来。打从一个小院门边经过，孺人用手指道："这里头就是你妹子的卧房。"翰林鼻边悄闻得一阵兰麝之香，心中好生庆幸。那孺人陪翰林吃了饭，着落他行李在书房中，是件安顿停当了，方才进去。权翰林到了书房中，想道："特地冒认了侄儿，要来见这女子，谁想尚未得见。幸喜已认做是真，留在此居住，早晚必然生出机会来，不必性急，且待明日相见过了，再作道理。"

且说徐氏丹桂，年正当时，误了佳期，心中常怀不足。自那七夕烧香，想着牛女之事，未免感伤情绪，兼冒了些风寒，一时懒起。见说有个表兄自京中远来，他曾见母亲说小时有许他为婚之意，又闻得他容貌魁梧，心里也有些暗动，思量会他一面。虽然身子懒怯，只得强起梳妆，对镜长叹道："如此好容颜，到底付之何人也？"有《绵搭絮》一首为证：

> 瘦来难任，宝镜怕初临。鬼病侵寻，闷对秋光冷透襟。最伤心静夜闻砧。慵拈绣球，懒抚瑶琴。终宵里有梦难成，待晓起翻嫌晓思沉。

梳妆完了，正待出来见表兄。只见兄弟糕儿急急忙忙走将来道："母亲害起急心疼来，一时晕去。我要到街上去取药，姐姐可快去看母亲去！"桂娘听得，疾忙抽身便走了出房，减妆也不及收，房门也不及锁，竟到孺人那里去了。

权翰林在书房中梳洗已毕，正要打点精神，今日求见表妹，只听得人传出来道："老孺人一时急心疼，晕倒了。"他想道："此病惟有前门棋盘街定神丹一服立效，恰好拜匣中带得在此。我且以子侄之礼入堂问病，就把这药送他一丸。医好了他，也是一个讨好的机会。"就去开出来，袖在袖里，一径望内里来问病。路经东边小院，他昨日见孺人说，已晓得是桂娘的卧房。却见门开在那里，想道："桂娘一定在里头，只作三不知闯将进去，见他时再作道理。"翰林捏着一把汗走进卧房。只见：

> 香奁尚启，宝镜未收。剩粉残脂，还在盆中荡漾；花钿翠黛，依然几上铺张。想他纤手理妆时，少个画眉人凑巧。

翰林如痴似醉，把桌上东西这件闻闻，那件嗅嗅，好不伎痒。又闻得扑鼻馨香，回首看时，那绣帐牙床、锦衾角枕且是整齐精洁。想道："我且在他床里眠他一眠，也沾他些香气，只当亲挨着他皮肉一般。"一躺躺下去，眠在枕头上，呆呆地想了一回。等待几时，不见

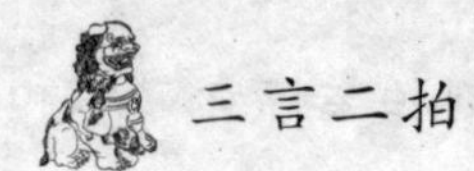

动静，没些意智，慢慢走了出来。将到孺人房前，摸摸袖里，早不见了那丸药，正不知失落在那里了。定性想一想，只得打原来路上一路寻到书房里去了。

桂娘在母亲跟前守得疼痛少定，思量房门未锁，妆台未收，跑到自房里来。收拾已完，身子困倦，揭开罗帐，待要歇息一歇息。忽见席间一个纸包，拾起来打开看时，却是一丸药。纸包上有字，乃是"定神丹，专治心疼，神效"几个字。桂娘道："此自何来？若是兄弟取至，怎不送到母亲那里去，却放在我的席上？除了兄弟，此处何人来到？却又恰恰是治心疼的药，果是跷蹊！且拿到母亲那里去问个端的。"取了药，掩了房门，走到孺人处来，问道："母亲，兄弟取药回来未曾？"孺人道："望得眼穿，这孩子不知在那里顽耍，再不来了。"桂娘道："好教母亲得知，适间转到房中，只见床上一颗丸药，纸上写着'定神丹，专治心疼，神效'。我疑心是兄弟取来的，怎不送到母亲这里，却放在我的房中？今兄弟兀自未回，正不知这药在那里来的。"孺人道："我儿，这'定神丹'只有京中前门街上有得卖，此处那讨？这分明是你孝心所感，神仙所赐。快拿来我吃！"桂娘取汤来递与孺人，咽了下去。一会，果然心疼立止，母子欢喜不尽。孺人疼痛既止，精神疲倦，蒙蒙的睡了去。

1984

　　桂娘守在帐前，不敢移动。恰好权翰林寻药不见，空手走来问安。正撞着桂娘在那里，不及回避。桂娘认做是白家表兄，少不得要相见的，也不躲闪。这里权翰林正要亲傍，堆下笑来，买将上去，唱个肥喏道："妹子，拜揖了。"桂娘连忙还礼道："哥哥，万福。"翰林道："姑娘病体若何？"桂娘道："觉道好些，方才睡去。"翰林道："昨日到宅，渴想妹子芳容一见，见说玉体欠安，不敢惊动。"桂娘道："小妹听说哥哥到来，心下急欲迎待，梳洗不及，不敢草率。今日正要请哥哥厮见，恰遇母亲病急，脱身不得。不想哥哥又进来问病，幸瞻丰范。"翰林道："小兄不远千里而来，得见妹子玉貌，真个是不枉奔波走这遭了。"桂娘道："哥哥与母亲姑侄至亲，自然割不断的。小妹薄命之人，何足挂齿！"翰林道："妹子芳年美质，后禄正长，佳期可待，何出此言？"此时两人对话，一递一来。桂娘年大知味，看见翰林丰姿俊雅，早已动火了八九分，亦且认是自家中表兄妹一脉，甜言软语，更不羞缩，对翰林道："哥哥初来舍下，书房中有甚不周到处，可对你妹子说，你妹子好来照料一二。"翰林道："有甚么不周到？"桂娘道："难道不缺长少短？"翰林道："虽有缺少，不好对妹子说得。"桂娘道："但说何妨？"翰林道："所少的，只怕妹子不好照管。然不是妹子，也不能照管。”桂娘道：“少甚东西？”翰林笑道：“晚间少个人作伴耳。”桂娘通红了面皮，也不回答，转身就走。翰林赶上去一把扯住道：“携带小兄到绣房中，拜望妹子一拜望，如何？”桂娘见他动手动脚，正难分解，只听得帐里老孺人开声道：“那个在此说话响？”翰林只得放了手，回首转来道：“是小侄问安。”其时桂娘已脱了身，跑进房里去了。

孺人揭开帐来，看见了翰林，道：“原来是侄儿到此。小兄弟街上未回，妹子怎不来接待？你方才却和那个说话？”翰林心怀鬼胎，假说道：“只是小侄，并没有那个。”孺人道：“这等，是老人家听差了。”翰林心不在焉，一两句话，连忙告退。孺人看见他有些慌速失张失志的光景，心里疑惑道：“起初我服的定神丹出于京中，想必是侄儿带来的，如何却在女儿房内？适才睡梦之中分明听得与我女儿说话，却又说道没有。他两人不要晓得前因，辄便私自往来，日后做出勾当。他男长女大，况我原有心配合他的。只是侄儿初到，未见怎的，又不知他曾有妻未，不好就启齿。且再过几时，看相机会圆成罢了。”踌躇之间，只见糕儿拿了一贴药走将来，道：“医生入娘贼出去了！等了多时才取这药来。”孺人嗔他来迟，说道：“等你药到，娘死多时了。今天幸不疼，不吃这药了。你自陪你哥哥去。"糕儿道:"那哥哥也不是老实人。方才走进来撞着他,却在姐姐卧房门首东张西张,见了我,方出去了。"孺人道:"不要多嘴!"糕儿道:"我看这哥哥也标致,我姐姐又没了姐夫,何不配与他了,也完了一件事,省得他做出许多馋痨喉急出相。"孺人道:"孩子家怎地轻出口!我自有主意。"孺人虽喝住了儿子,却也道是有理的事,放在心中打点,只是未便说出来。

那权翰林自遇桂娘两下交口之后,时常相遇,便眉来眼去,彼此有情。翰林终日如痴似狂,拿着一管笔写来写去,茶饭懒吃。桂娘也日日无情无绪,恹恹欲睡,针线慵拈。多被孺人看在眼里。然两个只是各自有心,碍人耳目,不曾做甚手脚。

一日,翰林到孺人处去,恰好遇着桂娘梳妆已毕,正待出房。翰林阑门迎着,相唤了一礼。翰林道:"久闻妹子房闼精致,未曾得造一观。今日幸得在此相遇,必要进去一看。"不由分说,望门里一钻,桂娘只得也走了进来。翰林看见无人,一把抱住道:"妹子慈悲,救你哥哥客中一命则个!"桂娘不敢声张,低低道:"哥哥尊重。哥哥不弃小妹,何不央人向母亲处求亲?必然见允。如何做那轻薄模样!"翰林道:"多蒙妹子指教,足见厚情。只是远水救不得近火,小兄其实等不得那从容的事了。"桂娘正色道:"若要苟合,妹子断然不从!他日得做夫妻,岂不为兄所贱?"挣脱了身子,望门外便走,早把个云髻扭歪,两鬓都乱了。急急走到孺人处,喘气尚是未息。孺人见了,觉得有些异样,问道:"为何如此模样?"桂娘道:"正出房来,撞见哥哥后边走来,连忙先跑,走得急了些个。"孺人道:"自家兄妹,何必如此躲避?"孺人也只道侄儿就在后边来,却又不见到。原来没些意思,反走出去了。孺人自此又是一番疑心,性急要配合他两个,只是少个中间合撮的人。猛然想道:"侄儿初到时,说道见妙通师父说了,才寻到我家来的。何不就叫妙通来与他说知其事,岂不为妙?"当下就吩咐儿子糕儿,叫他去庵中接那妙通,不在话下。

却说权翰林走到书房中,想起适才之事,心中怏怏。又思量:"桂娘有心于我,虽是未肯相从,其言有理。却不知我是假批子,教我央谁的是?"自又忖道:"他母子俱认我是白大,自然是钿盒上的根瓣了。我只将钿盒为证,怕这事不成?"又转想一想道:"不好,不好!万一名姓偶然相同,钿盒不是他家的,却不弄真成假?且不要打破网儿,只是做些工夫,偎得亲热,自然到手。"正胡思乱想,走出堂前闲步。忽然妙通师父走进门来,见了翰林,打个问讯道:"相公,你投亲眷好处安身许久了,

再不到小庵走走？”权翰林还了一礼，笑道：“不敢瞒师父说，一来家姑相留，二来小生的形孤影只，岑寂不过，贪着骨肉相傍，懒向外边去了。”妙通道：“相公既苦孤单，老身替你做个媒罢！”翰林道：“小生久欲买妾，师父前日说不管闲事，所以不敢相央。若得替我做个媒人，十分好了。”妙通道：“亲事到有一头在我心里。适才白老孺人相请说话，待我见过了他，再来和相公细讲。”翰林道：“我也有个人在肚里，正少个说合的，师父来得正好。见过了家姑，是必到书房中来走走，有话相商则个。”妙通道：“晓得了。”说罢话，望内里就走进去。

见了孺人，孺人道：“多时不来走走。”妙通道：“见说孺人有些贵恙，正要来看，恰好小哥来唤我，故此就来了。”孺人道：“前日我侄初到，心中一喜一悲，又兼辛苦了些儿，生出病来。而今小恙已好，不劳费心。只有一句话儿要与师父说说。”妙通道：“甚么话？”孺人道：“我只为女儿未有人家，日夜忧愁。”妙通道：“一时也难得像意的。”孺人道：“有到有一个在这里，正要与师父商量。”妙通道：“是那个？到要与我出家人商量。”孺人道：“且莫说出那个，只问师父一句话，我京中来的侄儿说道先认得你的，可晓得么？”妙通道：“在我那里作寓好些时，见我说起孺人，才来认亲的，怎不晓得？且是好一个俊雅人物！"孺人道："我这侄儿，与我女儿同年所生，先前也曾告诉师父过的。当时在京就要把女儿许他为妻，是我家当先老爹不肯。我出京之时，私下把一个钿盒分开两扇，各藏一扇以为后验，写下文书一纸。当时侄儿还小，经今年远，这钿盒、文书虽不知还在不在，人却是了。眼见得女儿别家无缘，也似有个天意在那里。我意欲完前日之约，不好自家启齿；抑且不知他京中曾娶过妻否，要烦你到西堂与我侄儿说此事，如若未娶，待与他圆成了可好么？"妙通道："这个当得，管取一说就成。且拿了这半扇钿盒去，好做个话柄。"孺人道："说得是。"走进房里去，取出来交与妙通。妙通袋在袖里了，一径到西堂书房中来。

翰林接着道："师父见过家姑了？"妙通道："是见过了。"翰林道："有甚说话？"妙通道："多时不见，闲叙而已。"翰林道："可见我妹子么？"妙通道："方才不曾见，再过会到他房里去。"翰林道："好个精致房，只可惜独自孤守！"妙通道："目下也要说一个人与他了。"翰林道："起先师父说有头亲事要与小生为媒，是那一家？"妙通道："是有一家，是老身的檀越。小娘子模样尽好，正与相公厮称。只是相公要娶妾，必定有个正夫人了，他家却是不肯做妾的。"翰林道："小生曾有正妻，

亡过一年多了。恐怕一时难得门当户对的佳配，所以且说个取妾。若果有好人家像得吾意，自然聘为正室了。"妙通道："你要怎么样的才像得你意？"翰林把手指着里面道："不瞒老师父说，得像这里表妹方妙。"妙通笑道："容貌到也差不多儿。"翰林道："要多少聘财？"妙通袖里摸出钿盒来，道："不须别样聘财，却倒是个难题目。他家有半扇金盒儿，配得上的就嫁他。"翰林接上手一看，明知是那半扇的底儿，不胜欢喜。故意问道："他家要配此盒，必有缘故。师父可晓得备细？"妙通道："当初这家子原是京中住的，有个中表曾结姻盟，各分钿盒一扇为证。若有那扇，便是前缘了。"翰林道："若论钿盒，我也有半扇，只不知可配得着否？"急在拜匣中取出来，一配，却好是一个盒儿。妙通道："果然是一个，亏你还留得在。"翰林道："你且说那半扇，是那一家的？"妙通道："再有那家？怎样不知，倒来哄我？是你的亲亲表妹桂娘子的，难道你到不晓得？"翰林道："我见师父藏头露尾不肯直说出来，所以也做哑妆呆，取笑一回。却又一件，这是家姑从幼许我的，何必今日又要师父多这些宛转？"妙通道："令姑也曾道来，年深月久，只怕相公已曾别娶，就不好意思，所以要老身探问个明白。今相公弦断未续，钿盒现配成双。待老身回复孺人，只须成亲罢了。"翰林道："多谢撮合大恩！只不知几时可以成亲？早得一日也好。"妙通道："你这馋样的新郎！明日是中秋佳节，我撺掇孺人就完成了罢，等甚么日子？"翰林道："多感！多感！"

妙通袖里怀了这两扇完全的钿盒，欣然而去，回复孺人。孺人道是骨肉重完，旧物再见，喜欢无尽，只待明日成亲吃喜酒了。此时胸中十万分，那有半分道不是他的侄儿？正是：

> 只认盒为真，岂知人是假？
>
> 奇事颠倒颠，一似塞翁马。

权翰林喜之如狂，一夜不睡。绝早起来，叫权忠到当铺里去赁了一顶儒巾，一套儒衣，整备拜堂。孺人也绝早起来，料理酒席，催促女儿梳妆，少不得一对参拜行礼。权翰林穿着儒衣，正似白龙鱼服，掩着口只是笑，连权忠也笑。旁人看的无非道是他喜欢之故，那知其情？但见花烛辉煌，恍作游仙一梦。有词为证：

> 银烛灿芙蕖，瑞鸭微喷麝烟浮。喜红丝初绾，
>
> 宝合曾输。何郎俊才调凌云，谢女艳容华濯露。月
>
> 轮正值团圆暮，雅称锦堂欢聚。（右调《西眉序》）

酒罢送入洞房，就是东边小院桂娘的卧房，乃前日偷眠妄想、强进挨光的所在，今日停眠整宿，你道快活

不快活！权翰林真如入蓬莱山岛了。

入得罗帏，男贪女爱，两情欢畅，自不必说。云雨既阑，翰林抚着桂娘道："我和你千里姻缘，今朝美满，可谓三生有幸。"桂娘道："我和你自幼相许，今日完聚，不足为奇。所喜者，隔着多年，又如此远路，到底团圆，乃像是天意周全耳。只有一件，你须不是这里人，今入赘我家，不知到底萍踪浪迹，归于何处？抑且不知你为儒为商，作何生业。我嫁鸡逐鸡，也要商量个终身之策。一时欢爱不足恋也。"翰林道："你不须多虑。只怕你不嫁得我，既嫁了我，包你有好处。"桂娘道："有甚好处？料没有五花官诰夫人之分。"翰林笑道："别件或者烦难，若只要五花官诰，包管箱笼里就取得出。"桂娘啐了一啐道："亏你不羞！"桂娘只道是一句夸大的说话，不以为意。翰林却也含笑，不就明言。且只软款温柔，轻怜痛惜，如鱼似水，过了一夜。

明晨起来，各各梳洗已毕，一对儿穿着大衣，来拜见尊姑，并谢妙通为媒之功。正行礼之时，忽听得堂前一片价筛锣，像有十来个人喧嚷将起来，慌得小舅糕儿没钻处。翰林走出堂前来，问道："谁人在此罗唣？"说声未了，只见老家人权孝，同了一班京报人一见了就磕头道："京中报人特来报爷高升的。小人们那里不寻得到？方才街上遇见权忠，才知爷寄迹在此。却如何这般打扮？快请换了衣服！"权翰林连忙摇手，叫他不要说破，禁得那一个住？你也"权爷"、我也"权爷"不住的叫，拿出一张报单来，已升了学士之职，只管嚷着求赏。翰林着实叫他们："不要说我姓权！"京报人那管甚么头由，早把一张报喜的红纸高高贴起在中间，上写："飞报：贵府老爷权，高升翰林学士，命下。"这里跟随管家权忠拿出冠带，对学士道："料想瞒不过了，不如老实行事罢！"学士带笑脱了儒巾儒衣，换了冠带，讨香案来，谢了圣恩。吩咐京报人出去门外候赏。

转身进来，重请岳母拜见。那孺人出于不意，心慌撩乱，没个是处，好像青天里一个霹雳，不知是那里起的。只见学士拜下去，孺人连声道："折杀老身也！老身不知贤婿姓权，乃是朝廷贵臣，真是有眼不识泰山。望高抬贵手，恕家下简慢之罪。"学士道："而今总是一家人，不必如此说了。"孺人道："不敢动问贤婿，贤婿既非姓白，为何假称舍侄，光降寒门？其间必有因由。"学士道："小婿寄迹禅林，晚间闲步月下，看见令爱芳姿，心中仰慕无已。问起妙通师父，说着姓名居址，家中长短备细，故此托名前来，假意认亲。不想岳母不疑，欣然招纳，也是三生有缘。"妙通道："学士初

到庵中，原说姓权。后来说着孺人家事，就转口说了姓白。小尼也曾问来，学士回说道：'因为访亲，所以改换名姓。'岂知贵人游戏，我们多被瞒得不通风，也是一场天大笑话。"孺人道："却又一件，那半扇钿盒却自何来？难道贤婿是通神的？"学士笑道："侄儿是假，钿盒却真。说起来实有天缘，非可强也。"孺人与妙通多惊异道："愿闻其详。"学士道："小婿在长安市上偶然买得此盒一扇，那包盒的却是文字一纸，正是岳母写与令侄留哥的，上有令爱名字。今此纸见在小婿处，所以小婿一发有胆冒认了。求岳母饶恕欺诳之罪。"孺人道："此话不必题起了。只是舍侄家为何把此盒出卖？卖的是甚么样人？贤婿必然明白。"学士道："卖的是一个老儿，说是令兄旧房主。他说令兄全家遭疫，少者先亡，止遗老口，一时逃去，所以把物件遗下，拿出来卖的。"孺人道："这等说起来，我兄与侄皆不可保，真个是物在人亡了！"不觉掉下泪来。妙通便收科道："老孺人，姻缘分定，而今还管甚侄儿不侄儿，是姓权是姓白？招得个翰林学士做女婿，须不辱没了你的女儿。"孺人道："老师父说得有理。"大家称喜不尽。

此时桂娘子在旁，逐句逐句听着，口虽不说出来，才晓得昨夜许他五花官诰做夫人，是有来历的，不是过头说话；亦且钿盒天缘，实为凑巧，心下得意，不言可知。权学士既喜着桂娘美貌，又见钿盒之遇，以为奇异，两下恩爱非常。重谢了妙通师父，连岳母、小舅都带了赴任。后来秩满，桂娘封为宜人，夫妻偕老。

世间百物总凭缘，大海浮萍有偶然。

不向长安买钿盒，何从千里配婵娟？